喜欢你是你

Je t'aime comme tu es

沈熊猫 著

江苏凤凰文艺出版社
JIANGSU PHOENIX LITERATURE AND ART PUBLISHING, LTD

图书在版编目（CIP）数据

喜欢你是你/ 沈熊猫著. -- 南京 : 江苏凤凰文艺出版社，2017.12

ISBN 978-7-5594-1199-0

Ⅰ. ①喜… Ⅱ. ①沈… Ⅲ. ①长篇小说－中国－当代 Ⅳ. ①I247.5

中国版本图书馆CIP数据核字(2017)第246429号

书　　名	喜欢你是你
著　　者	沈熊猫
责任编辑	姚　丽
特约编辑	邓理 唐瑜
策划编辑	杨　旋
封面设计	杨晓宇
封面插画	那　泓
内文设计	吴紫薇
出版发行	江苏凤凰文艺出版社
出版社地址	南京市中央路165号，邮编：210009
出版社网址	http://www.jswenyi.com
印　　刷	北京盛通印刷股份有限公司
开　　本	710毫米×1000毫米　1/32
印　　张	9
字　　数	283千字
版　　次	2017年12月第1版　2017年12月第1次印刷
标准书号	ISBN 978-7-5594-1199-0
定　　价	34.80元

目录

Contents

Chapter 01 夜航西行

他说，你们命中注定，
就该相遇。

航班抵达北京，天空下起了毛毛细雨，我拖着登机箱往国际航站楼走去。

要转机的乘客个个行色匆匆，夹在其中走得慢腾腾的我，反倒像个异类。并不是我不着急，只是首都机场向来没什么准点航班，赶过去，也是久等。

我转去洗手间，换了套舒适的运动装，这才往登机口走去。

等我走到登机口，矗立在那里的显示屏上闪烁着“航班延误”的字样。这种感觉像是考试时押题成功，我忍不住笑了出来。

这时，旁边长椅上的男人看了过来。

他是混血，这是我第一眼就敢肯定的。男人戴着眼镜，头发一丝不苟地向后梳着，厚实且深邃的五官就那样暴露了出来。

见我正在打量他，男人弯起眉眼，原本浅褐色的眼睛被明亮的灯光照得颜色更浅。我冲他笑了笑，他也礼貌性地冲我颔首致意。

我不知怎么想的，竟笔直朝他走去，在他身边落座。刚坐定，我的手机响了起来，是郑克己的电话。

“俛仰[①]，你到北京了吗？”他的声音一贯低沉，听起来就很踏实。

“到了，在候机。现在十点半了，你还在忙吗？”

注①：“俛”为“俯”的异体字，“俛仰”同“俯仰”，此处为周绵绵的字，故用“俛仰”。

“事情没有处理完，我睡不了。我和几个师兄都在处理后事，不能陪你一起去，你一个人注意安全。”

他又嘱咐了好些话，语调放软了些。

我不停地点头说好，待旁人投来视线，我才知道自己的行为有些愚蠢——这样的点头哈腰郑克己又看不到，我干吗做得这么殷勤？于是我停止了这样的动作，靠在了椅子上。等他说完话后，我便挂掉了电话。

男人指了指我的手机，问：“Your boyfriend？”

他的英语发音有些生硬，像是法国人的口音。不过他的声线迷人，很有味道。

我笑着摇头：“Nope，just a friend.”

他耸了下肩膀，向我道歉。

我忍不住好奇，问：“你是法国人？”

“不，我是瑞士人。”

说话时，他的目光落在我身上。那样的眼神给我一种感觉，他像我久别重逢的老友。

这个想法太荒唐了，我又不认识他。

我冲他礼貌地笑了笑，便赶紧移开视线，开始翻自己的书包，最后一次确认我没有落下东西。

书包里全是文件，这些文件又多又繁杂，可它们却相当贵重。平日里这些东西都是锁在银行保险箱内的，今天被我随意塞在一个破背包中，也是委屈它们了。

不过这些东西都不是我的。它们只有一个主人，而我今天刚刚参加完他的葬礼。

彼时我刚从意大利归来，因长期熬夜、饮食不规律惹得一身顽疾。我爸妈心烦，让我住进医院做全身检查。

医院生活无聊，我闲来无事坐在小花园读书，恰巧遇到了前来散步的宋老。

宋老问我看什么书，我说我在看《维摩诘经》。他起了兴致，突然发问：“小姑娘，你看得懂吗？”

我也不恼，合上书本反问一句：“老先生，你生病了要吃药，一定要研究清楚那些药的化学成分才肯吃吗？”

他哈哈大笑，本是浑浊的眼珠突然有光芒溢出。我仔细打量宋老的五官，私下断定，这位老人年轻时一定很帅。

诊断结果出来，顽疾无法一时治好，只能慢慢调养。

医生对我强调：“小姑娘，平常不要老发脾气，少吃海鲜，多吃蔬菜。”说完后，他便以医院床位紧张为由，打发我出院了。

出院前，我去探望宋老。

闲聊的时候，宋老问我：“小朋友，你有工作吗？”

“混吃等死吧。”我坦然答道。

听到这话，宋老笑了。他摇了摇头：“你这小鬼，刻薄了些。你愿不愿意替我工作？”

“管吃就行。”我说。

就这样，我成了宋老的专职“朗读者”，当然，带薪还管吃。

不过这份职业并不好做。

我从小学画画，文化课并不拔尖。虽然语文不错，但也只是不错。可谁知道，宋老居然是享誉世界的学者，主攻古籍研究。我一听“古籍”二字就头大，古文佶屈聱牙，我连断句都断不好，遑论朗读了。

我术业不精，常常乱读一气。

宋老威胁我说：“再这样我就辞了你。”

我拍了拍肚皮：“库存太少，才疏学浅。”

宋老认了，一字一句纠正我读错的文本。哪知我这人是秋风过驴耳，一个耳朵进一个耳朵出。我错了一百次，从来不打心里过，偶尔念对一次，宋老都要感激涕零。

就是这短短的半年时间里，我和宋老都有飞速地成长。

他的龙钟老态被我气得活力十足，我的坏脾气被他磨炼得棱角全无。一老一少总是跳脚，也算是合作愉快。

宋老住在市中心，他不像那些隐居老人喜欢在市郊买个大别墅。他说住在那里太麻烦，突然发病说不定都能死在路上。住在市中心多好，想要清净，就把楼层买高点。

果然是大隐隐于市的智者，要想参禅哪里都是道场，心若不净深山都是红尘。

我跟着宋老见了很多人，他每次介绍我非常简明扼要："周俛仰，我的关门弟子，也是我的助理。"

俛仰是宋老给我取的字。我本名周绵绵，他说不好，一点都不像我。我问宋老："我像什么？"

宋老说："你像顽石，八风吹不动的那种。"

我听得出来那是讽刺，我说："孙悟空可能和我是同款顽石。"

宋老听得大笑。笑过之后，宋老问我："悟空是祖师给的名，我也给你赐个字怎么样？"

我点了点头。

于是我被宋老赐字俛仰，寓意俯仰之间，多去想想。

除我之外，宋老还有弟子，身份也各不相同。他最喜欢的是一个律师，叫郑克己，简直视如己出。郑克己也一心一意地帮宋老处理闲杂事务。

郑克己五官俊朗，眼如点漆，但下巴处有一个小小的坑。

后来跟他混熟了，我对他提的第一个要求就是：能不能摸一摸你下巴上的那个小坑?

大概是我的要求太突兀，郑克己被我骇住，吓得几天没敢来宋老家里报到。

而且这人还有一个毛病——洁癖。一来不吃路边摊；二来随身携带酒精棉片，走到哪里擦到哪里。

我跟着宋老四处讲学。除此之外，我还要帮他确定讲学时间、洽谈部分业务，还要管理开支。当然，我的本职工作依旧是朗读者，这些事，宋老说是“能者多劳”。

有一次我跟着宋老去太湖学堂讲学。他讲《中庸》的第五章，我坐在底下和一群学生写笔记。

课程讲完，有个穿戴不俗的人走上去对宋老说：“还是没找到啊。”

那是我第一次见到宋老如此丧气的表情。那一瞬间，世界都灰暗下来，天地混沌得就像盘古尚未劈开的大鸡蛋一般。

我在回程的车上问宋老：“宋老，你在找什么？”

宋老说：“我在找孙子。”

我想了想，又问：“我连您儿子都没见过，孙子又从何来？”

他老人家突然打开了封存多年的话匣子，同我说起了一段带着尘埃的故事。

宋老名叫宋弥，字散华。早年从国外归来，后投身于革命斗争中。因生活所迫，又和人合资开公司。最难的时候被一个农户的女儿收留。两人成亲后有一子，取名其光。

不过宋老对我说，那个孩子不是他的。到底是谁的，他也没有深究。别人对他毕竟有救命之恩，当个便宜爸爸也没有什么不好。

孩子长大后，因时局问题，一家人又分开了。宋老只身前往台湾讲学，这一去就是二十载。

再返内地，他和夫人失去了联络。回到老宅时，夫人给他留下了一个盒子，里面装着的是一些照片和投递无效的信件。

宋老又开始在内地讲学，同时也在寻找着夫人和宋其光。后辗转获悉，夫人病逝，宋其光不知所踪。但宋其光也有一子，名渊，出生年月日也十分清楚。随即附上的，还有一张满月照片。

他将照片给我看。里面的婴儿有着绒绒的头发胖嘟嘟的脸，眼睛笑成一条线，还露出了粉色的牙床。

宋老告诉我，他要找到宋渊。

这话用佛教里的十二因缘来解，就是受缘爱。爱得要死就要抓取。但是这个世界上越抓得紧就越跑得快，向心力有多强，离心力就有多强。

到现在为止，宋老还是没有找到自己的孙子宋渊。

这老头讲了一辈子的古籍，从四书五经到佛学，道理他都懂，这会儿却拼了命的也要攀缘，非得找到那小孙子不可。

为了自己的执念，宋老不惜来求我。

一日傍晚，我去到宋老家中，开门之后，发现宋老倒在地上。

我当时还算冷静，及时打了120。可打给郑克己时，我在电话那边说："宋老没死，你不要那么紧张。"

电话那头的郑克己劈头盖脸给了我一通骂。我暗想，我也只是紧张到说错话了。

救护车将宋老拖到医院。医院方面听闻是宋老入院，连院长都被惊动，亲自派遣最得力的弟子进入手术室。

我坐在塑料长椅上，双眼发直。其间，我爸妈给我打过几个电话，我说宋老还在抢救，我走不开。他们偃旗息鼓，不再管我。

急救室的灯灭了，我全身的血液好像集中在了心脏，身体冻得像喜马拉雅山上千年不化的积雪。

戴着口罩的医生推门而出，他摘下口罩，一脸喜色："宋老救回来了。"

突发性心血管疾病，一点预兆都没有。医生对我说宋老要注意饮食，多锻炼。他絮絮叨叨说了一大堆，我点了点头。

手术下来的第一天夜里要守夜，宋老手术时上了麻药，容易陷入深眠。我需要盯着一台小机器，一旦数据低于医生告诉我的指标，我就要拍拍宋老，需要他回应我。

我坐在病房的椅子上，盯着那台仪器。不一会儿，门口传来动静。我回头一看，是郑克己。

男人风尘仆仆，他告诉我他在出差，刚刚从别市飞回来。

循惯例，郑克己在坐下前用酒精棉片把整张椅子都擦遍了。他身材高大，屈坐在一个小小的椅子上缩手缩脚，看起来挺不自在。

“宋老快九十了，有点毛病很正常。”我对郑克己说道。

郑克己“嗯”了一声，不那么干脆。

过了会儿，他转头，两颗黑珠子直直地看过来，眼神里写满了诚恳：“周俛仰，我最近在帮宋老修改遗嘱。”

我“哦”了一声，搔了下后脑勺，想了半天才憋出一句话：“宋老年纪大了，有个三病两痛挺正常的，是应该准备一下。”

“宋老心愿未了，他想找到宋渊。”他又说了一句。

我冲他攥了下自己的左手：“加油，我相信你可以的。你一定能找到宋渊。”

“宋老的遗嘱里提到了你。”他目光深深，看向我时欲言又止。

郑克己说：“你听我说点事情。”

我俩一边守夜，郑克己一边告诉我关于宋老遗嘱的事情。

宋老为了找孙子，准备让我做他全部身家的监护人，控制财产的流向。他自知这是个艰难的任务，决定给我一大笔钱作为补偿。

这笔钱并不是平白砸在我头上的，而是有条款限制的。

如果我在十年的时间里都没有找到宋渊，那么信托基金和存款全部上缴宋老的饮光基金会；如果我在十年内找到了宋渊，那么信托基金和一笔存款都是我的。除此之外，在瑞士莫尔日的一套房产也归我所有。

郑克己言之凿凿：“那笔钱如果好好打算，应该是一生衣食无忧。”

他把藏了好久的话全部倒了出来，说完之后，脸上有一种难言的痛快。那表情，灿烂到有些刺眼。

那些藏起来的话兜头盖脸上了我的脑袋，所以憋屈的不再是他，而是我了。

条件听起来确实很让人动心，但是这么大一笔钱从天而降，恕我直言，事出反常必有妖。

我坐在椅子上想了很久，不管郑克己说些什么，我都懒得回应。

他一副循循善诱的口吻，做惯律师的模样也在此时跑了出来。这人居然从包里掏出了刚改好的遗嘱，上面还落了宋老的私章和签名。我逐张翻阅，看得有些头疼。我没看出个什么门道来。

遗嘱里那些专业名词和客观的字眼描述了一个完全陌生但拥有丰厚遗产的学者。可我认识的宋老，是那个总被我气得直笑，还骂我“竖子无用”的爷爷。

那叠纸被我递了回去，憨人郑又问：“怎么样，你想好了吧？”

“没有。你再问一句我从这里跳下去。”

也许是我的表情太过狠戾，郑克己终于闭上了嘴。

我们守了一夜。第二天清晨，等医生查完房后，郑克己要家里的保姆来替我们。我走出医院，被明晃晃的太阳晒得想吐。

我回家睡了一觉，再醒来时是隔日早晨，匆匆洗漱后，赶去医院。

等我去到病房，护工告诉我，宋老醒了。

我轻手轻脚地走进病房，看到了宋老。他戴着呼吸机，一眼不眨地看着我，浑浊的双眼里饱含泪水，想要传达着什么。

我知道宋老想说什么。

我说：“你让我想想，毕竟这对我来说，是一个重要的决定。”

他轻轻抬了下拇指，那个意思我看得懂，相当于点头说好。

我好像被一双看不见的手推到了分岔路口，往左还是往右，已经成了眼下最难抉择的问题。

这一刻我低头又抬头，抬头又低头，就在这俯仰之间，我的脑子顿时清明了起来。

是不是在宋老赐字的时候，我的一生就已经被他定义了。本来只需要应对生活的周绵绵，变成了需要思考人生的周俛仰。

人的一生是选择的集合，踌躇之际，确实应该多想想。

我在家里三天没出门，整整纠结了七十二小时，然后大义凛然地走去了医院。

我二十一岁回国，跟着宋老在外讲学两年，在这两年里，我学了很多东西。不仅仅是古文历史，还有人生见地。而且我知道，他几乎为古籍的保存和传播，奉献了一生。

他让我看到的世界，远比我曾经接触的东西，更为深远宽阔。

在品德和功课上，宋老对我要求严格。可生活上，他是个无比宽宏的长辈。

宋老每日工作繁忙，并不讲究吃食，有时一碗素面就能打发。而我无肉不欢，有时吃不上肉，还会发火。为此，宋老有时还专门去楼下不远处的地方给我买炸鸡排回来。我每次看到那些我爱吃的“垃圾食品”，真是想哭又想笑。

那是来自长辈的宠爱，更是旁人享不到的福分。

只要想到这些事，我便没办法说不。

我走到病房，宋老已经撤了呼吸机。他坐在床上看书，虽然精神不振，但状态还算不错。见我来了，他放下书。

我走到床前，说：“宋老，我帮你找孙子。”

听到这话，最吃惊的当属郑克己。他正在给宋老削苹果，不知是不是我喊得太大声，他一个激灵把自己的左手给削破了。

我知道他为什么这么诧异。这三天里郑克己跟我打了八百遍电话。他先是苦言相劝，见我冥顽不灵，终于耐心耗尽，对我咆哮道：“周俛仰，如果我是你，我一定立马答应！”

我平心静气地回复他：“第一，我叫周绵绵；第二，你不是我。”

他被我气得摔了手机。

现在，他瞪我一眼，转头对宋老说："老师，我去要个创可贴。"

郑克己站起身，走到我身边，他用右手推了下我的脑门，说："好好照顾老师！"

我白了他一眼。

宋老看到我俩，笑了起来。

后来宋老出院，遣了郑克己特意请来的保姆，自己动手打理个人生活。

除此之后，宋老开始系统性教授我一些专业知识。我也不敢插科打诨，只能闷头往里学，能听多少是多少。

某天夜里我做完功课，宋老叫住了我。他对我说："我帮你订了三天后的机票，目的地苏黎世。你去签署一些文件，那些东西就由你保管了。"

我握紧了宋老的手，鼻头一酸。

他反握住我的手，说："俛仰，很多东西你得一个人面对了。对了，我把我所有的书稿都留给你了。如果有人要出版，一定要你签字。"

我很久没哭了。但宋老刚说完这话，我的眼泪就落下，砸在了他苍老的手背上。

我知道，这句话是离别的征兆。

"人别的都躲得过，就是躲不过一死。我从出生就在学习怎么去面对死亡，正好，你也学学。"他伸手替我抹掉了眼泪。

这眼泪是真的怎么都抹不干净，我越哭越厉害，止都止不住。

两三年的朝夕相处，一朝就要面对分离。

那一夜，我含着眼泪入眠。

第二天，郑克己给我打来电话，他声音嘶哑："老师走了。"

我捏着电话，又一次泣不成声。

宋老教会我如何成为一个更好的人，可我还没学会如何放下这诸多因缘，他就这样先走了一步。

我捏着手中的文件开始发呆。

有人轻推我的胳膊，我抬头一看，是那个混血男人。

对方看到我，表情有些惊诧。他抽出西装衣领上的装饰丝巾，塞在我手里，又对我比了比他自己的眼睛。

在他的提示下，我摸了摸自己的脸，居然是湿的。我有些不好意思，他对我露出一个微笑："我们可以上飞机了。"

"谢谢。"

我快速整理好自己的东西，跟在他的身后上了飞机。

登上飞机后，我给父母和郑克己分别发了一条短信，告诉他们我登机了，不用担心。

不一会儿，郑克己发来消息："知道了，你休息一会儿。"

我关掉手机，放在一边的小桌上。我的手里还捏着那条深蓝色的装饰丝巾，上面染着淡淡的香水味道，我举到鼻底嗅了嗅，很轻易就分辨出来是哪种香水。

阿蒂仙，冥府之路。

不知怎么的，我想到了宋老的葬礼。

他的葬礼上没有一个人哭。葬礼的流程简单，每个人表情肃穆庄严，天晴得异常，凉爽有风。

宋老早就对我们说过，死不是一件悲伤的事，上苍赐予人类最大的公平便是都得死。

飞机起飞，不久开始送餐。我要了香槟，想要借着酒劲睡过去，不想再去考虑今天的事情。

半夜时分，飞机遇到气流，有些轻微的颠簸。我从梦中醒来，机舱内寂静无声。

我的睡眠质量不好，突然醒来就很难入睡。我起身穿好鞋子，往洗手间的房间走去。机舱里大多数人都睡着了，只有几盏阅读灯还点着。

等我从洗手间回来，又看到了他，那个棕栗色头发戴着眼镜的男人。

他躺在椅子里，手里拿着一本绿色封皮的小说。我站了良久，企图看清楚他手中小说的书名。

没过一会儿，那人转过头看向我，他轻声说了一句什么，我没听懂。我一脸茫然地看着他："对不起，能再说一次吗？"

他点了点头，又重复了一次刚才的单词。我终于听清，他说的是法语单词。

L'amant，翻译过来便是"情人"。

他把书递到我面前，轻声问道："你是想知道我在看什么？"

我点点头，低头去看书名。

等到看清书名的那一刻，我更惊讶了——绿色的书皮上居然用中文印着小小的"情人"二字。

"你懂中文？"我忍不住问。

他冲我点了点头，在阅读灯的照射下，男人浅棕色的眸子看起来像宝石。他用普通话对我说："是的。"

那个"是"字被他发得有点儿奇怪，我抿着唇，有点想笑。

他看着我，又将书翻了几页，指着其中一行字，问："这句话，是什么意思？"

"他说他很孤独，因为他爱她，所以这种孤独感对他来说就更残酷。"

什么意思？

我撑着脑袋想了很久，久到一阵困意侵占了我的大脑。即便想了这么久，我也没办法给他解释那句话的意思。

我耸肩，摆出了一副"爱莫能助"的表情。我说："对不起，我没有爱上任何人，也没有这种感觉到残酷的孤独。所以我也没办法理解这句话的意思。"

“多好。”他半是感慨地叹了口气。

男人放下了书，对我说：“我叫Evan，中文名是宋伊汶。”

全天下怎么能有这么多宋姓人士，连个外国人都自姓为宋。

我忍不住又问：“你姓宋？”

“我的外公是中国人。”他向我解释。

我点了点头。

宋伊汶问我：“那你呢，你叫什么？”

“周绵绵，叫我Mia就好。”

“我的？”宋伊汶的眼神有些调侃的意味。

在意大利语里，Mia这个单词就是“我的”的意思，具体意指阴性事物归我所属。意大利语、法语、西班牙语语法类似，凡是事物，都要分个阴阳。

“是的，我的。”我点了点头，跟他道了再见。

还有几个小时的时间，我赶紧走回座位，准备闷头再睡一觉。

接下来的航程中，我没有再点香槟，因为它喝得我头疼。最起码我得在下飞机时保持清醒，要不然海关一定会让我进小黑屋。

降落前一个小时，我去洗漱换衣。回来的时候，我又遇到了宋伊汶。

他穿着长袖和运动裤，脑袋上还套一个黑色的眼罩，头发凌乱，青色的胡茬也冒了出来。他冲了我打了个招呼，神采奕奕。

突然间，我有点想知道他的年纪，这种莫名的念头突然出现在脑海时，便没办法抹去了。

宋伊汶从洗手间回来，他换上了一身深灰色的条纹西装，脸上也整理得干干净净。一瞬间，他又恢复到精英模样。

我拦下了他，刚准备发问。哪知宋伊汶俯下身来，他轻声说：“我二十八岁。”

他怎么会知道我想问的是年龄？

被猜中心思的我突然间就脸红了，他又问我：“那么你呢？”

“二……二十三。”一向口齿伶俐的我突然结巴了起来。

他直起了身子，调侃了一句：“小女孩。”

下了飞机后，我直奔海关处。

那里大排长龙，我趁机给父母和郑克己打电话报平安。郑克己对我大吐苦水：“宋老真是太宠你，把所有的烂摊子全部塞给了我和师兄们。”

他的声音透着疲倦，看样子是真的很累。

我也帮不上忙，只能安慰两句：“能者多劳，能者多劳。你和师兄们比我厉害太多，只能多劳烦你们了。”

郑克己在电话那边哼了一声，算是回应。

这时我看到了宋伊汶穿着深灰色西装，从欧盟通道快速穿行而过。而我，还在非欧盟通道中排队。

我目送他远去，心里默默地说了一声再见。

我去取托运行李，居然又遇到宋伊汶。

他的行李摆在行李车上，旁边有人推着。他站在那里，看到我时，冲我招手。

我走过去，宋伊汶问我：“你要去哪里？我送你去。”

我向他说明目的地，是位于班霍夫大街上的一个酒店。他点了点头：“我也住在那里。”

这么巧？我有些诧异，他却面色平淡。苏黎世有这么多酒店，他偏偏和我同一间？

我还来不及细想，他又问：“你来苏黎世是旅游吗？”

“嗯……算是。”

我没有说实话，他也没有追问。

我俩并肩走出机场，早早有车候在那里。司机见到宋伊汶，马上从车上下来，为我们拉开了车门。

我坐进后座，本以为宋伊汶会坐到副驾驶座，谁知他在我身边落座。

隔得近了，我又闻到了他身上的香水味道。

我问：“你的香水，是冥府之路吗？”

宋伊汶从随身的包里拿出香水，我接来一看，果然是阿蒂仙的冥府之路。他对我说：“你的鼻子很厉害。”

我把香水递还给他，手上也沾染了同样的味道。

我对宋伊汶说：“我喜欢这个味道。”

宋伊汶颔首，他说：“香水也要选择场合。”

突如其来的一句话让我愣住了。我本以为他还有下句，谁知说完之后，他便没了话，只是拿出手机按来按去，开始忙自己的事情。

我有点无聊，一会儿看看街景，一会儿看看车里。我的目光忍不住落在宋伊汶身上。男人的一双手很是好看。骨节分明、手指修长，连指甲都修剪得恰到好处。

大概是我看了太久，宋伊汶抬起头来，问：“你在看什么？”

我冲他摆了摆自己的手：“你的手可真好看。”

他又问：“等会儿你要吃点什么吗？”

“你请我坐车，我请你吃饭好吗？”我问了他一句。

“好啊，那就谢谢你了。”他微微一笑，眼角处自有风华倾泻。

“不怕我选的食物不合你的口味？”我问。

“那就当一次崭新的体验。”他回答。

我们放下行李后，便出了酒店。我带着他走街串巷来到了一条街，那里多的是土耳其和阿拉伯人开的店。

说实话，其实在来之前我还有点犹豫，毕竟这样一个“贵公子”被我拉到了国外的“平民美食一条街”，感觉还是怪怪的。但是人家可自在了，他好奇地打量着街边的每一家店，没有半分瞧不起的感觉。

他看够了，这才兴致勃勃地问我：“Mia，我们吃什么？”

“Kebabs，你知道吗？”

“当然，我偶尔也会吃的。”宋伊汶笑着点头，“上学的时候，我很喜欢吃这个。”

“我也是。”

聊到这个，我们居然有了共鸣。

在意大利留学的时候我就酷爱kebabs，那是一种土耳其美食，用粗长的铁签将肉串在上面，接着用火去烤。烤好之后夹在烤饼里，加上各类切得碎碎的蔬菜和酱汁，用锡纸包好。

我领着他进了一家店，看到墙上那些熟悉的广告图案，一瞬间有种错觉，我还在上学。

我问宋伊汶：“你有什么不吃的东西吗？”

“辣椒，洋葱。”他盯着玻璃柜里花花绿绿的蔬菜说了一句，“多点酸奶酱。”

我拿了两罐芬达，又要了一份薯条。

不一会儿，kebabs做好了。

我端来后很不客气地选了一个，刚刚剥掉一半锡纸，就对上宋伊汶的眼神。他那双浅褐色的眸子看着我，也不说话，就是看着我。

一时间我居然有点心虚，只好客气一句：“要不然你吃这个？”

宋伊汶十分坦然地接了过去，还说了声“谢谢”。

烤肉的汁水浓厚，会从锡纸的缝隙中渗出来，宋伊汶没有注意。等我抬头看他，他手上已是一片狼藉，我指着他的右手哈哈大笑：“你看你的手。”

他举起右手，看到自己指缝中都是油汁，也忍不住笑了。

我本以为宋伊汶该是处处优雅，谁知这人还有如此笨拙的一面，挺让人意外的。

我递过纸巾，他小声地说了一句“不好意思”，脸上难得出现了一丝绯红。

第二天，我来到了事先预约过的银行。他们仔细核对了我的身份和授权文件，这才放我上楼。

全程陪同我的工作人员有一双碧绿的眼珠，金色的头发稍显灰白。

他问我：“宋先生还好吗？”

“他前天去世了。”

对方停下了脚步，深深叹气：“我很抱歉。”

我努力撑起了笑容，力求不表露出伤心，但我的眼睛还是湿了一片，看什么都沾着泪光。

等到我的事情办完，他对我说：“我们还要为你签发一张信用卡，制作时间需要七个工作日。你能不能留下地址，我给你邮寄过去？”

我说：“给我打电话吧，我来取。”

他点头，一直将我送到银行门口。走出银行的大门，我再次看到了站在街边的宋伊汶。

看到宋伊汶的时候，我有种不真实的感觉。我和他总会偶然相遇，这样的巧合仿佛是天意。

他没有穿西装，一身休闲打扮。他穿着风衣外套，行动间略带不羁。我正往外走去，他正向里走来。

宋伊汶留意到我，笑容一如初见。我再次产生错觉，我们真的是相逢的老友。

阳光正好，他的眉眼被衬得更加俊朗。我忍不住低下头，不想让他发现我脸上突然蔓延的羞怯。

他问我：“事情办完了？”

我点头。

“准备开始旅游了？”宋伊汶问。

“应该是的。”我说。

“Buon viaggio.（旅途愉快）”宋伊汶说。

我昨天跟他说过我曾在意大利上学，谁知这人意大利语比我说得还好。这句祝福，只怕也是特地说的。

宋伊汶往银行里走去，我准备回酒店。

宋伊汶的司机还是昨日那位，他看到我，冲我打招呼。我笑着走了过去，从包里翻出水果糖分给他。他大方接过，对我道谢。

时间还早，我也无处可去。我拆了糖倚在车头，和那位司机有一搭没一搭地聊天。

本来我只是问问苏黎世有什么好去处，司机突然问我："你去过日内瓦吗？"

我点了点头："当然，两年前我第一次来瑞士，就是去的日内瓦。"

他一脸欣喜，又追问："你知道湖边的那个酒店吗？"

日内瓦湖边有好几个酒店，我又详细地问了一番。我惊奇地发现，司机所说的那个酒店，我居然去过。

我告诉他我去过，他很意外。然后他告诉我，那个酒店是阿姆雷德家族的产业，宋伊汶来自阿姆雷德家族。

一时间，我居然不知道该说什么。司机看到我这样倒是笑了，他用了一个词形容我和宋伊汶，是Destiny——命运。

他说，你们命中注定，就该相遇。

我被他说得脸红，他发现了我的害羞，只是遗憾地摇了摇头，说："很遗憾啊。"

"遗憾什么？"我问。

"Evan这次回来，是为了他的订婚礼。他要和一个美国小姐订婚了。"说着话，他又打量我一眼，"比起那位美国小姐，我觉得你更可爱。"

我知道这是恭维，并不能当真。那么多形容词可选，到我头上，只轮到一个"可爱"。这说明什么？说明我没有她的美貌、才华、睿智。

可爱真是个好词，它好歹给了我些许安慰。

听到这话，我也明白了，宋伊汶并不是我可以痴心妄想的人。

我点了点头，说："那我先走了。"

“Evan马上就出来了，你不等一等他吗？”司机说。

“不用了，替我谢谢他就好了。”

说完，我摆了摆手，便离开了。

我在苏黎世逛了整日，心里突然冒出一个莫名的想法。

隔日清晨，我拖着行李去了火车站，买了一张去往日内瓦的车票。

这个突发的奇想实在荒诞，可我就是想试试，我和宋伊汶能不能再相遇。而且日内瓦的风景确实不错，再来一次，也很值得。

就这样，我再次来到了日内瓦。

这里的日光照得我睁不开眼。我从包里摸出墨镜，拖着箱子往日内瓦湖的方向走去。

日内瓦不大，从中央火车站到酒店步行也没问题。穿过街道，经过公爵墓，不远处便是阿姆雷德酒店。

我订了两天的房间，用自己的信用卡做担保。帮我Check-in的前台服务员报出房间价格和税金的时候，我默默地倒吸了一口冷气。

这个价格，真的很值得我惊叹一下。

我订了间最普通的标间，看不到湖景。反正我走出去就能看湖，就别再多花那几百欧了。

礼宾员把行李给我送到房间，我付了小费，便从酒店走了出去。时间尚早，我又没什么事，便开始沿湖散步。

走走停停间，我站在岸边看向日内瓦湖。

巴尔扎克曾盛赞这个蓝如宝石的美丽湖泊为爱情的同义词。之前我不明白，现在终于懂了。

这样的描述名副其实，我看到日内瓦湖，生出一种怦然心动的感觉。

第二天早上我去餐厅用餐，还没坐下来，便看到不远处有一道熟悉的身影。我忍不住笑，果然如此。

相遇和重逢，都是命运。

宋伊汶坐在外面的露台处，他的手里夹着一根雪茄，眼神不知道飘向何方。

朝阳仿佛柔光镜，一切景色都被滤出了漂亮的光晕。宋伊汶在这一窗风景里，是画龙点睛的那一笔。

这时服务员帮我端上了一杯卡布奇诺，我含糊不清地说了一声“谢谢”。

等我再次抬头往窗外看去，那里却已空空如也。我有些失落地收回视线，却突然听到有人说：“Mia，你在找什么？”

我回过头来，看到了站在我旁边的宋伊汶。

正在咬面包的我，一时间差点咬掉自己的舌头。我掩着嘴唇，有些诧异地看着他。

他似乎被我的表情逗乐了，唇边含着浅笑。

宋伊汶没穿西装，只是单穿了一件米色的毛衣，毛衣的颜色温柔，衬得他温润如玉。

他拉开椅子，坐在我的对面，问我：“你怎么在这里？”

我没说话，只是兀自往嘴里递着食物。

这时，有服务生上前询问，他指了指我的咖啡，对方了然点头，又离开了。

“Mia，你在日内瓦待几天？”

我冲着他伸出了两个指头。

宋伊汶点头，又问：“多留一天参加我的订婚宴好吗？”

他的请求我不想拒绝，可是我也有我的苦衷。

我坦诚地说：“我只打算在这个酒店停留两天，房费太贵，我没办法支付到第三天。”

宋伊汶诧异我的直白，搁在桌上的手掩住嘴角，说：“等你吃完，我带你去办手续，顺便免掉你这两日的房费。”

我一个激灵，还是咬到了舌头，眼泪夺眶而出，我捂着嘴半天说不出话来。

宋伊汶不仅帮我免掉房费，还将我转到了临湖的套房。我忍不住咋舌，这样的好运来得突然，实在是让人怀疑。

大概是我的想法都摆在了脸上，宋伊汶轻而易举地解读出了我的小心思。他问我："你怕我对你图谋不轨？"

想法被猜中，我也懒得掩饰。

宋伊汶轻叹一声，说："你果然不记得我了。"

他站在阳台上，风声卷碎了他的句子。我站在房间里没听清，只是"啊"了一声，又问："你说什么？"

宋伊汶冲我招手，等我走到他的身边，他伸手指向不远处的港口："我有条小船在那里。"

我顺着他指的方向看去。那一片有很多船，白帆下是蓝色的水面，粼粼波光荡漾，湖面如同钻石的切面，光芒耀眼。

不远处的喷泉的水花高高跃起，远处的山和小屋遥遥相望。

见我没有搭话，宋伊汶问："我带你到湖上看看？"

我没应声，他也没在意。

宋伊汶很是自然地牵住我的左手，我甚至感觉不到一点别的意思，好像就是想让我看看湖上的风景，牵着我的手也就像扶着盲人过街一般。

湖边风大，我刚刚走近，头发就被掀了起来，连路都看不到。

宋伊汶邀我进了船舱。他收锚解绳子，坐在驾驶座上，等我坐稳了，他驾轻就熟地把船开离港口。

方向盘在他的手里跟玩具似的，那模样真是轻松极了。我坐在椅子上，紧紧抓住扶手，生怕一个风高浪急把我颠出去了。

在湖上看去，日内瓦的风景更加出众。一步一景犹如画卷，怎么都看不够。

宋伊汶只着衬衣，袖子挽得老高。他长手长脚，舒展开来显得特别悦目，有些落拓不羁的意思。

我伸手去驾驶台上拿过他放在那里的袖扣，银色信封模样，总觉得在哪儿见过似的。

还没等我想明白，他把船停在了靠近岸边的地方，问我："日内瓦美吗？"

"非常美。"我点了点头。

他呵笑了一声："我也喜欢这里的风景。可是我没想到，自己有一天会离开这里。"

宋伊汶的话又惆怅又抽象，我没能理解其中真意。

他看向我，伸手在我的脸蛋上刮了一下："总有一天你会明白的。"

我被他突如其来的动作吓到了。

宋伊汶哈哈大笑，向我道歉："抱歉，是我太唐突了。只是你刚刚的表情太可爱了。"

可爱，又是这个词。我瘪了下嘴，没再多话。

接下来的两日我无所事事。在宋伊汶的建议下，我去了上次来没去过的地方。

他得知我曾学习艺术，便推荐我去了Le Quartier des Bains（班区）。那里有不少画廊，汇集了本土艺术家的作品。我在那里逛足了一天，又去了宋伊汶推荐的餐厅吃饭。

第二天我自有打算。参加订婚礼需要像样的礼服，我这次出行没有这样的打算，所以需要买条裙子。我花了一天时间逛街，买了条风格正式的连衣裙。天气太冷，我又买了条很大的克什米尔羊毛披肩。

订婚礼当日清晨，有服务生来敲门，她给我送来了一个小礼盒。

礼盒内是一束佩花和一张请柬。请柬上的花体字流畅飘逸，颇具美感。我仔细找了找，连我名字的拼音都被写得很漂亮。

等时间差不多，我将佩花别在披肩上，拿着包离开房间。

订婚仪式举办的场地很私密，在七楼的宴会厅。那里空间很大，几乎占据了一整层楼的位置。走廊和室内经过精心装点，看得出来，这是一场盛宴。

我将请柬递给了站在宴会厅门前的侍者，对方含笑请我入内。

宴会厅里的人我全不认识，我四下看了一圈，甚至连一张亚洲面孔都没有。

我的到来让这些欧洲人有些诧异。本来有些嘈杂的室内，也因为我安静了一瞬。他们的目光纷纷而至，我走到餐桌前，拿起了一小块马卡龙，塞到了嘴里。

我有个坏毛病，神经紧绷时，嘴里一定要塞上些甜的。这样的场合，着实让我紧张。

这时有人走近，他和穿了高跟鞋的我差不多高。男人五官轮廓深邃，绿色眼眸，还有一头漂亮的金棕色头发，有种说不出来的年轻气盛。

我看着他，兀自断定，这人年纪不大。

“我从没见过你。”他说的是一口标准的美式英语，口吻调皮。

“我也没有。”我不软不硬地回敬。

对方立刻笑了起来，说：“Evan是我表哥，我叫Henry（亨利）。”

我点点头，又拿了一块巧克力，企图去躲个清净。

这人好像黏上了我，不管我躲到哪里，他都一定跟来。他也不说话，只是一脸笑地跟在我身后，那模样，真像一只想要偷鸡的狐狸。

最后我被逼急了，冷着脸说：“我英文不好，不喜欢说话。”

他微微颔首，凑得近些，说：“至少你要告诉我你的名字吧，这是礼貌。”

“我叫Mia.”

亨利喊了我几声，又凑了过来：“你的名字念起来像猫在叫，喵喵。”

被他这么一说，我也不自觉地在心里喊了几声，还真像。

宴会厅中突然掀起一片喧嚣，我看到了穿着黑色礼服的宋伊汶朝我们这边走来。

他走得相当艰难，因为没走几步就要被人缠住恭喜两声。他这么一路走来，我已经学会了好几国语言的恭喜了。

“亨利，好好照顾我的客人。”宋伊汶走到我的面前，冲着他的表弟说了一句中文。

亨利不好意思地摸了摸鼻子，冲宋伊汶回了句中文：“我会的。”

发音标准，咬字清晰。

我不敢置信地看了亨利一眼，他这才对我说：“我在美国留学，学过中文。周绵绵，你好。”

心里的脏字呼之欲出，但礼貌为上，我还是把盘旋在喉头的脏话吞了下去。

哪知亨利贱兮兮地说：“绵绵，我知道你想说什么。C-A-O，对不对？”

我抱着脑袋很想放声尖叫。

看到我狼狈的表情，亨利倒是忍不住笑出声。他拿了块巧克力在我面前晃，逗猫似的逗我：“要吃吗，讲句英文听听。”

我狠狠地瞪他，拒绝他的提议。

等人来齐，宴会也正式开始了。

亨利指着身着白色礼服的女人对我说：“那个就是我哥哥的未婚妻，Ivy（艾薇）。”

艾薇很美，金发碧眼，五官精致，身材玲珑，声音好听。那身白色的礼服和她本人相得益彰。而且，艾薇左手中指上的钻戒大到夸张，几乎歪到了手指的一侧。她只要抬起左手，一阵斑斓就会从眼前闪过。

真是让人又羡又妒。

宋伊汶举着酒杯，用手指轻叩杯壁，整个房间顿时安静下来。他开始用法文说着什么，我一句也听不懂。

我猜大概是在描述他和艾薇相知相恋的故事吧，毕竟电视上都是这么演的。

站在我身边的亨利却掩着唇笑了起来，他摇了摇头，感慨地说："终于反击了。"

"什么？"我忍不住问道。

"看吧，好戏马上开始。"

这个时候，我发现身边不少人已经开始变了脸色，大家脸上的喜悦之情突然消失，神情渐渐变得凝重。

我轻声问着亨利："大家怎么了？"

宋伊汶朝我走了过来，他拨开人群牵起了我的手，继续用法文说了什么，便扯着我往另一个方向走去。

我感到莫名其妙，被他拽得差点摔倒。

宋伊汶命令我："鞋子扔了，太碍事。"

他的口气十分严肃，并没有跟我在开玩笑。其实我该有更好的选择，但不知怎么的，我真的就听他指挥，脱下了脚下的那双鞋。

我们三人跑到酒店门口，宋伊汶蹲在我的身前，他回过头来，对我说："上来。"

容不得我有一刻犹豫，亨利推了我一把，说："周绵绵小姐，我们现在是在逃命。"

我被他推到了宋伊汶的背上，那束礼花硌了我一下，背后的别针简直要嵌进我的胸口。我趴在宋伊汶的身上愤愤不平地说："你们知道吗，那双鞋子的名字叫作Jimmy Choo！"

"我赔给你，不过不是这几天。"宋伊汶又托了一下我的腿，生怕我从他背上滑落。

我们上了一辆越野车。开车的是亨利，宋伊汶坐在副驾驶座，我坐后座，旁边是我的行李。

这一刻，说不害怕绝对是假话，我这才意识到自己好像陷入了阴谋里。

前面的两个男人用法语对话，说的什么我一句都听不懂。

亨利突然看了一眼后视镜，和我的目光相撞。他的绿眸弯出了一个弧度，闪过一丝狡黠：“绵绵，你觉得我们去哪里比较好？”

宋伊汶说：“她什么都不知道。”

“就是因为她什么都不知道，所以我才问她。”说完这句之后，亨利又问，“我们应该去哪儿？”

我不知道前因，也不了解后果，突然被拉到一场订婚仪式上来，还莫名其妙被别人的未婚夫和表弟给绑走了。

更过分的是，这两位元凶还问我该去哪里?

“谁能跟我解释一下这到底是怎么回事？”我抱着手臂缩在座位上，试图让自己冷静下来。

现在最重要的事情，便是要知道发生了什么。

两个男人对视一眼，亨利开口向我解释了缘由。

宋伊汶不想和艾薇结婚，但是苦于家庭逼迫，父母强硬定下婚约后又自顾自地定下了时间，强行把他和艾薇凑成一对。

他本想认命，某日突然反悔，非要拖上亨利实施逃婚计划。因为是临时出的主意，所以很多地方都有纰漏，比如最重要的便是财务上的。

“宋伊汶这个笨蛋，他居然忘记了银行每日的最高限额问题，我们又不能动用信用卡，如果动用的话一定会泄露行踪，姨夫他们很快就找来了。”亨利一边开车一边抱怨着宋伊汶。

宋伊汶却笑而不语。他的笑点燃了亨利的怒火，亨利猛地捶了一下方向盘：“我要是被姨妈捉到，一定会死得很惨！”

“但你要是听我的，也是一本万利。”宋伊汶说。

他的眼神里有胁迫的意思，亨利马上噤声。

我的手机突然振动，掏出来一看，居然是我爸的电话。他在电话那边问："你的卡里怎么突然冒出了一百多万欧元？我这边大晚上接到的短信。"

宋伊汶突然转过头来，他看着我，说："绵绵，我往你信用卡上打了一笔钱，现在应该到了。"

就在这一刻，我想到了他说免房费的事情。宋伊汶应该就是在那时知道了我的信用卡卡号，将钱转了进去。

国际跨行转账时间他也掐得刚好，简直天衣无缝。

到底要什么样的才智，才能连这种细枝末节都能算得恰到好处。我不自觉地打了个冷战，车里明明不冷，但我就觉得不适。

我跟我爸说，只是朋友借我的卡用一下。

老周同志特别担心："你是不是遇上什么信用卡诈骗了，我需不需要去报警？"

说真的，我实在无力解释我的奇遇。现在我都不知道该怎么去处理眼下的事情了，我还要哄着我家老头，让他不要那么担心。

我爸半信半疑地把电话挂了，在挂电话前，他又问了一句："你真的很安全？"

这个问题我真的回答不了，可宋伊汶看向我的目光却让我张不开嘴说"不安全"。他的眼神不是威慑也不是恐吓，就是一种直白和坦然。那样的自信，让我不知该作何解。

我只得小心翼翼地回答："安全。"

安全吗？听天由命吧。

我挂断电话，从钱包中抽出信用卡，伸到宋伊汶面前。

哪知对方轻轻推开，说："这几天还需要你跟着我们一起，我们的护照不能用，一用就会被查到。信用卡一定要本人刷，所以，辛苦你了。"

一字一句听起来像是商量，实则是命令。我气得恨不得跳起来骂他，但是我不敢。对方的气场太强大，作为一个小兵，不到鱼死网破非要挣脱，我不想去得罪他。

我很孬地说了声“好”。

宋伊汶抿出了一丝微笑：“那么绵绵，我们现在应该去哪儿呢？”

人果然不能妥协，我刚一松口，对方就开始蹬鼻子上脸了。

说真的，面对宋伊汶的时候，我觉得自己为数不多的智商，全部离家出走了。

他们开着车在市内乱转，我终于想起来有个地方还算隐蔽安全。

两年前，我来日内瓦旅游入住了一家旅馆。旅馆在日内瓦和法国交界的地方，距离日内瓦机场很近。

我用订房网站订了间房，不过多时，预订成功。我就指挥着两人往那个方向开去。

下车前，我从旅行箱里翻出了一双跑鞋。

待我穿上之后，驾驶座上的亨利一直笑：“没见过有人这么穿的，太滑稽了。”

我也觉得自己礼服配跑鞋有些不伦不类，可是被他笑我更不甘愿。我朝他比了个中指，这才拿着钱包跳下了车。

等我走入旅馆，两年不见的前台接待员竟然认出了我。他们还是不检查我的护照，就直接把钥匙给了我。

他问：“你还是来看车展的吗？”

“不，我是来拜访你的。”

听完这话，对方哈哈大笑。他拉着我坐下来喝杯咖啡，我推托还有行李，等下再来，他这才放行了。

我走出小屋，回到街边。我的行李箱被放在了路边，扔在地上的还有一个硕大的LV旅行袋。

宋伊汶站在路边和车里的亨利说着什么。看到我来，宋伊汶拍了拍车门，亨利点了下头，目光又转到了我这里。

“绵绵，我有话跟你说。”亨利用字正腔圆的普通话对我说。

我走了过去，他示意我上车。我坐到了副驾驶座上，他还特地把车窗给摇了起来。

亨利一脸神秘兮兮的模样，他的五官轮廓被夕阳照得半明半暗，绿色的眼睛也显得幽深："你知道Evan在订婚宴上说了什么吗？"

我愣了一下，摇了摇头。

"他说，他跟自己打了个赌。如果他遇到了两年前让他怦然心动的那个人，他会放下一切跟她走。而今天，他是真的遇到了。"

我实在是惊讶。没有想到宋伊汶还有如此任性的一面。可亨利一直看着我，却让我生出了从未有过的忐忑。

难道他说的……是我?

"他在两天前找到我的时候，表情非常认真。他对我说，人一生都会有一次非常重大的抉择，他说这一天来了。"说完这话，亨利伸手搭在了我的肩膀上，"你好好琢磨，就明白了。"

我点了点头："好。"

"我过两天来接你们，现在要去帮Evan办点事情。"说着，他越过我帮我开了车门，"再见。"

"再见。"

Chapter 02 梦之圆舞

人人都知道该如何
抵御痛苦的入侵，
却无一人告诉我，
太过快乐该如何招架。

等亨利走后，我突然意识到，接下来的几日，我要和宋伊汶同吃同住？一时间，我紧张得不能自已。

上楼开门的时候，我还没把钥匙塞到锁眼，就拧着把手想要推门而入。其结果可想而知，我直接撞到了门板上，发出了轰隆一声巨响。站在我身后的宋伊汶看不过眼，他接过钥匙，打开了房门。

我还能再丢人一点吗？我简直无可救药了。

等我走进室内一看，房间不大，右手边两张挨在一起的单人床，前方是狭小的洗手间。洗手间旁是一套桌椅。椅子旁是阳台门，打开可以走到公共露台上，看街边的风景。

我怕宋伊汶不习惯这样狭小的环境，谁知他比我适应得更快。宋伊汶将我俩的行李放在角落，又动手将两张床拆开摆。

房间经过他的一番布置，突然变得敞亮起来。而且两张床隔了很远，其中一张还被桌椅挡住，营造了良好的私密空间。

他对我说：“我要用电脑，所以需要书桌，你不介意吧？”

“当然不介意。”

他点了点头，从旅行包中找出了笔记本电脑，自顾自地忙起来。我坐在另一张床上，莫名有些紧张起来。

为了调整心态，我只好做些平常事。我踢掉了脚上的鞋子，把箱子拖到我的床前，想着换一套衣服。

等我从洗手间出来，宋伊汶抬头看了我一眼。一眨眼的工夫，他又埋首于电脑前。我被那一眼看得莫名其妙，也忍不住看向他。

我突然想起亨利的话。亨利说，他是为了两年前遇到的人才放弃这场订婚仪式的。如果不是我自作多情，那么亨利应该说的就是我。

为什么我对他一点印象都没有？我看着他，兀自发呆。

不知过了多久，宋伊汶合上电脑："绵绵。"他喊了一声我的名字，"你在看什么？"他的中文依旧咬字不清，但低沉且富有磁性的声音有种特殊的魅力。

"我们两年前见过吗？"脱口而出的时候，我的心跳突然加快了，惹得我几近耳鸣。

"见过。"他很肯定地点头，又说，"我饿了，你帮我带点食物上来。意面也可以，比萨也可以，再买两瓶水。"说完之后，他站了起来，绕过桌椅，朝我走来。

宋伊汶俯下身，窗外的阳光给他镀上了一层光。他伸手，指尖在我的眉心处轻点了一下。指尖的一点温度，熏得我满脸通红。别问我怎么知道的，我的脸颊烧得有些疼。

"你的记性太糟糕了。"他笑着说。

他靠得太近，我紧张得不知如何是好。幸好宋伊汶直起身子，我立刻站了起来，说："我下去买点东西吃。"说完之后，我便跑出了房间。

我在台阶处喘息了好久，才平复住刚刚因为对视而带来的情绪。等到我回过神来，这才发现，忘记带钱包了。我叹了口气，认命地折回房间。

我敲了敲门，大门打开了一条缝，缝隙处，我的黑色钱包被递了出来。

一并传出来的，还有宋伊汶的声音："知道你不敢面对我，就不开门了。"

我被猜中心思，只好拿了钱包，掉头就跑。

我把打包好的食物拿了上去，房间里空无一人。

我刚刚坐下，宋伊汶从大门处进来，他见我手里的大包小包，问：“你买了这么多？”

“你吃不下吗？我以为你应该会很饿的。”我有些懊恼，毕竟我也吃了很多，这会儿什么也吃不下了。

宋伊汶接过我手里的袋子，伸手刮了下我的下巴，嘴角含着明显的笑意。他说：“谢谢。”

宋伊汶对待我就像对待宠物，我很难想象亨利说的是真话。但这又是唯一的解释，我不得不去相信。

他吃东西，我闲得无聊，只能开始玩手机。等宋伊汶吃完，他问我：“你有什么想问的，坐过来吧。”

真的是奇了，每次他都能猜中我的心声。我不知道他是因为了解我，还是因为我太好懂了。我坐到他的床边，和他靠得近对我来说总有些冒险，我怕我剧烈的心跳声会被他听见。我抱着枕头，本以为这样会有底气些。谁知一对上宋伊汶的眸子，我就忍不住挪开视线，只敢盯着他的鼻尖。他的眼眸太深情，我一对上，原本的勇气就消失殆尽。

我本想理直气壮地询问他在订婚仪式上说了什么，可话到嘴边，却像胶水黏住了信封，怎么也开不了口。

太孬了！我忍不住将脑袋埋在枕头里，恨不得闷死我自己。

没过一会儿，宋伊汶拍了拍我的脑袋：“绵绵，抬头。”

我抬起脑袋，他两只手捧住了我的脸，这一次，我避无可避地和他对上了眼。所以我相当没有出息地再一次脸红心跳了。

这人真是太可怕。只要他愿意，好像任何人都可以爱上他。

宋伊汶轻笑了一声：“绵绵，我在订婚仪式上说，我曾经和自己打了个赌，如果遇到了两年前让我心动的女人，我就抛下一切跟她走。我当着所有的来宾的面举起了你的手，然后告诉了他们，我遇到了。”

他的手心温热，声音低沉。两种感官奇妙的交织在一起，我更加不知所措。

我的声音暗哑，嘴唇也有些发颤：“可……可是……我从没见过你。”

“日内瓦车展，日内瓦湖边，中央火车站，米兰。我跟了你一路。”他的左手拇指擦过我的嘴唇，接着覆上自己的嘴唇。

礼貌与欲望统统藏在了这个小动作中，这样的行为比直接亲吻更加撩人。这个男人，真的是要命了。

看到我面红耳赤的模样，宋伊汶大笑起来。他好像每次看到我窘迫的模样就特别开心，我觉得这人真是坏透了。

他站起身来，将椅子拖到床边。他坐在椅子上，和我保持了一段距离。我终于可以正常呼吸了。

宋伊汶说：“好了，不逗你了。你想知道的事情，我告诉你吧。”

宋伊汶告诉我，他第一次见到我，是在日内瓦车展上。

整个会场内很少有亚洲女生，出于好奇，他跟着我走了一路。我看过几个展台后，在场馆中间的snack bar坐定。

宋伊汶说：“我记得你的菜单，一个三文鱼贝果，一瓶薄荷茶，是吗？”

时隔这么久，他连这种细微之处都能记住，真是让我意外。

他撑着下巴：“你永远都有好胃口。看你吃得那么开心，我也去买了个贝果。”

宋伊汶的描述太细腻，我努力回忆，终于记起一个模糊的背影。

我记得那是柯尼塞格的站台。男人一身铁灰色的西装，坐在椅子上背对着我。他的右手撑住下巴，和身边一个人在说着什么，银色袖扣闪闪发光。我举着相机站在角落，被银色袖扣吸引了注意，特地拖长了镜头，看清了那个信封模样的袖扣。

“我知道你是谁了，我记起你了。”这时我突然想起来，那天被宋伊汶扔在驾驶台上的袖扣，明明就是一模一样的！是的，就是他，那个坐在柯尼塞格展台上背对我的人。他有一头稍长的深棕色头发，我永远看不清他的侧面，只记得那一身西装还有闪闪发光的袖扣。

他伸手指放在自己的唇边比了一下：“听我说完。”

后来他一路跟着我出了展会，我上了的士，他这才放弃了。

第二天他在酒店休息，看到我站在湖边。于是他走了出来，又怕我发现，只能不远不近地站着。他说我在湖边帮人拍照，姿势十分敬业，就差匍匐在地了。接着我又去了城区，沿途没搭车。他依旧一路不远不近地跟着，看着我背着沉重的行囊，步履却如此轻松。

“我从没经历过你这样的旅行。没有规划没有目的地，有风景就停下来拍照，走累了就找张椅子坐下来休息。休息好了站起来继续走，好像这都是理所应当的。”说这话时，宋伊汶犹在回忆那时的情景。

我垂下视线，发现他撑在床沿的手和我不过分毫之离。我想悄悄挪开，却无意间伸得更前，和他的手碰了个正着。

宋伊汶也看了过来，他抿出一个微笑，像是知晓了我内心的想法。

我有些窘迫，只好找了个借口：“你的手表真好看。”

宋伊汶支开了自己的手，放在了膝盖上，他没有看我，他的眼神看向窗外，说：“那时我一直被家庭和公司两边逼得很紧，可遇到你，我突然想通一个道理：生活为什么要有目的，走到哪里就活到那里，也是很好的。”

我撑着下巴，有些不解。

他看了眼手表：“你准备休息吧，我晚上还要出去一趟。”

这人看起来不像是逃婚的，他没有一点儿紧张或急迫，倒是像出来享受旅行的。

我没跟他客气，也没问他要去哪儿。他说他要出门，我就翻出钱包，递了几张一百欧的钞票给他：“我记得亨利说你们没带什么现金。”

宋伊汶愣了一下，盯着那几张绿色的钞票看了好几眼，迟疑了半天，这才接了过去。他的脸色有些奇特，似笑非笑。

我被他的眼神看得鸡皮疙瘩都要冒出来了，忍不住问：“怎么了？”

他扬了扬手里的钞票：“少有的几次从女人手里拿钱，感觉很特别。”

"那前几次呢，感觉不特别吗？"我问。

"那几次我还没成年，是我妈给我的零用钱。"说完这话，宋伊汶从衣架上拿了外套，转身出门了。

我假装淡定地目送他离开，可右手一直在发颤。宋伊汶说两年前跟了我一整天，我却压根儿没发现。虽然心理上仍旧有些恐惧，但我的直觉却告诉我，宋伊汶不是坏人。这种自信来得毫无缘由，因为太没有根据，我自己也觉得可笑。不过已经走到了这一步，我除了相信我那微弱的直觉，也没有任何办法了。人生是一场豪赌，现在我就是赌上身家性命的赌徒。

为了冷静下来，我决定抱着睡衣去浴室洗漱。

等我钻到被子里的那一瞬，安然的舒适感向我袭来。我本想好好理清头绪，可一天下来信息太多，我想着想着，居然就这么睡着了。

深夜时分，门锁"咔嗒"一下响了。这个房间只有一把钥匙，我把它给宋伊汶了。我猜到是他，也没睁眼，拢了拢被子把自己卷做一团。

宋伊汶进门后没有开灯。他摸黑走了进来，皮鞋叩在地板上有些响，过了一会儿便也没了声音。

一股生冷的空气往我的方向弥漫过来，随之而来的便是那熟悉的香水味。

我闭着眼睛，意识却无比的清醒。宋伊汶在黑暗中看了我很久，又伸手帮我把头发捋到了一边。按以往的经历，我半夜醒来后是很难再入睡的，但是这会儿，我伴着洗手间里的哗哗水声，迷迷糊糊地睡了过去。

第二天，我是听着宋伊汶敲击键盘的声音醒来的。

我在被子里蠕动了一阵，身后传来动静："我把你吵醒了？"

我咳了两声，嗓子有点哑："没有，该醒了。"

我洗漱完毕，又换了身衣服。宋伊汶依旧缩在被子里，丝毫没有起身的意思。我叹了口气，只怕我又要下去给他买早餐了。

哪知我还来不及撤离视线，宋伊汶就抬眼看我，说："你等我一下，我们一起下去吃早餐。"

我有些愕然。这男人太可怕，我眼皮子一掀他就知道我在想什么。

吃完早餐后我们一直待在房里，宋伊汶接了几个电话，分别用了不同的语言。打电话时，他见我百无聊赖，从旅行包中摸出一本中文译本的《情人》递给了我。我接过书本，心里还在感慨，这人简直从容到了一种境界，连这种时候都不忘带上一本书。

看书时，我爸和郑克己分别打来电话，问我什么时候回来。我也没敢说归期不定。只说现在机票不算好买，得迟上个两天，希望可以谅解。

我爸一向放心我，但郑克己没那么好对付。可这次郑克己没有多问，他只说："回来时告诉我，我去接你。"

我和宋伊汶就这样相安无事地过了两天。彼此间没有过多的对白，没有相互试探，没有询问对方的情况，我甚至都懒得去问下一步该怎么办。

这种气定神闲让我自己都感到意外，不知道是不是宋伊汶的从容感染了我。

终于，第三日清晨，宋伊汶要我整理行囊，说再过半个小时亨利会来接我们。我们三人又上了路，这次是宋伊汶开车。他透过车内后视镜看着我，说："我们现在要去巴黎，停留时间不定。短则两天，长则一个星期，你可以吗？"

坐在副驾驶座上的亨利替我回答："Evan，中国有个成语，叫作明知故问。"

我附和性地点了点头，亨利扭头来跟我说话："你简直不知道Evan有多变态，你知道他派我去干什么吗？他居然派我去了家族墓园！"

经他解释，我终于明白为什么亨利消失了两天。

亨利赶去家族墓地，将宋伊汶不知何时放在空墓里的大笔现金拿出来。据亨利说，宋伊汶做了非常好的防潮防虫措施，心思细腻到让人诧异。

他一边说一边感慨："Evan真是布了个大局，我不相信他是临时起意。"

这样的揶揄意味明显，宋伊汶没做回应，只是假装没听见。

亨利忍不住嚷道：“Evan，总有一天你要跟我说实话。”

宋伊汶轻笑一声，说：“那就到时候再说。”

我透过后视镜看到宋伊汶的脸，他又露出了那副胜券在握的表情。我的心头一动，撇过脑袋看向窗外。

我不敢再看，就怕多看一眼，会被心细如丝的宋伊汶察觉出什么端倪。

以前和人聊天，说喜欢什么类型的男人。别人的回答都很具象，比如长得帅、比如有钱，只有我抛出了一个很抽象的概念。

那时候我年纪不大，满心想着和所有人不一样，答案只要能够震慑他人就行，从来不管这样的人是不是真的存在。

我说：“我喜欢表面上不动声色，但骨子里很张狂很骄傲的男人。”

我突然发现，我找到了。

我们只花了一个上午便抵达巴黎，我征询了二人的住房意见，他们两人居然异口同声地说了“随便”。不过亨利在说完“随便”之后加了一句：“我觉得香格里拉就还可以。”

于是我和亨利达成了共识，预订了一间可以看到巴黎铁塔的房间。

晚上的时候，我一个人湿着头发站在阳台上看着远处的铁塔，亨利突然跑来找我。他毫不客气地把我挤到旁边，递了一块大毛巾给我。

“看不出来你这么细心。”我调侃了一句。

“Evan要我给你的。”亨利老实回答。

我点了点头，心里仿佛有蝴蝶飞过。

“这两天你和Evan聊什么了？”亨利的眼睛被远处的灯光映得闪闪发亮，仿佛揉了一把碎钻进去。

“没聊什么。”我把胳膊搭在栏杆上，“除了他的姓名我还是什么都不知道。”

“什么？”亨利的表情有些挫败，“你什么也没问？”

“我该问什么？”我反问亨利。

对方皱了下眉头，小声说：“你真是我见过最没有好奇心的女人。”

我不是没有好奇心，我只是问不出口。面对宋伊汶，即使是理直气壮的事情，也会让我犹犹豫豫。我压根儿说不出一个字，更遑论问问题呢。

整点时间到，巴黎铁塔上的灯光开始闪烁。

亨利伸手在我眼前晃了两下，我侧过脸，问：“你有什么事？”

“巴黎铁塔比我好看？”亨利突然发问。

“没有没有。论好看程度，你排第二。”我坦言。

“第一是谁？”亨利又问。

“Evan。”

亨利一脸认输的表情：“可以，这样我可以接受。”

我忍不住笑，看样子，他对宋伊汶有点敬畏。

不过一会儿，他又问我：“你不好奇他的事？”

“那你愿意告诉我？”我反问。

“那你答应我一件事。”亨利很狡猾地说。

“你说。”

“我还没想好，到时候告诉你。我很公平，这件事情你一定做得到，也不会违背道德法律。”亨利说。

我想了想，这样的交换不算亏，便点了头。

亨利告诉我，宋伊汶幼年一直在搬家，直到大学才稳定一些。等到他读完巴黎高商的硕士学位后，便去了菲亚特公司工作。

一年后，宋伊汶被父母召回，为家族酒庄打理生意。他不满足那样的生活，又前往北欧，进入了柯尼塞格公司做了三年的行政人员。目前因为家族原因，宋伊汶回到酒店工作，任职酒店副总经理。

我听完后沉吟片刻，又问：“那他有什么爱好吗？”

“爱好啊……”亨利想了想，“赛车，赛车是他最大的爱好。”

“为什么是赛车？”我又问。

“他说，在赛道上，你可以清楚地感受到什么是极限，自己的性命也牢牢地掌握在自己的手里。”

我本想和亨利再聊几句，哪知宋伊汶突然出现，把他赶走了。宋伊汶把我的披肩递了过来，说：“晚上冷，最好进来坐着。”

宋伊汶总有未卜先知的本领。他话音刚落，我就打了个响亮的喷嚏。他一脸“你看吧”的表情。

我讪笑，抱着披肩进了室内，取出烧水壶烧了一壶热水。

这时亨利正好走过来拿饮料，他说：“我永远不明白为什么你们中国人要喝热水，热水不是给病人喝的吗？”

“我病了，我刚刚打了一个喷嚏。”我懒得解释，敷衍了事。

亨利递给我一瓶矿泉水：“我记得你们中国人还总喜欢对病人说，多喝点水。”我不知该如何反驳，不远处的宋伊汶想给我解围，他喊了亨利一声。谁知亨利还侧着半个身子，说，“还有，你们为什么非要把番茄和鸡蛋混在一起，看起来真的很奇怪！”

“你走，立刻走，马上走！”我为亨利指明离开的方向，想要这人快点滚蛋。他又欣赏了一番我被气歪的嘴脸，美滋滋地吹着口哨离开了。

在我临睡前，两人还在书桌前忙碌。亨利的眉头皱成了崇山峻岭，他用法语小声地说着什么。坐在主位上的宋伊汶表情没变，神情依旧沉稳。

宋伊汶发觉我在看他，伸手拍了拍亨利，说了句什么我没听懂。亨利如释重负，伸个懒腰：“终于可以去睡了，感谢Mia小姐。”

亨利路过我身边，“喵喵”叫了两声。我又好气又好笑，想伸手打他，他却飞快地溜走了。

宋伊汶合上电脑，朝我走来。他伸手撩起了我的一缕头发，很随意地问：“除了埃菲尔铁塔，你还喜欢什么？”

我想了想，回答说：“凡尔赛宫的镜厅。”

“为什么？”他问。

“小时候很喜欢那种贵族宫廷的感觉，看了关于凡尔赛宫的纪录片就更加喜欢了。后来我梦想着有朝一日能够在那样的地方跳舞，我还特地学了华尔兹。”说到这种妄想，我总觉得有点不好意思。但我觉得，宋伊汶会包容我这点小小的虚荣。

他点了点头，说：“是很美。”

我以为他还有后话，便一直看着他。

宋伊汶被我看得莫名其妙，他摸了摸自己的脸：“有什么不对？”

“你没什么要说的了？”我问。

“没有。刚刚只是想看你头发干了没有，顺便和你聊天，免得尴尬。你去睡吧。”宋伊汶冲我摆了摆手。

欸？我掩面跺脚，又自作多情了。

接下来的几天里他们忙得神龙见首不见尾。我乐得清闲，一个人拿着相机在巴黎的大街小巷乱窜，每天回酒店都要带上一整盒的马卡龙。

有时被亨利逮到了，他会和我并肩坐在地上吃甜食。

宋伊汶向来不会参与我们这种幼稚的行为，出于礼貌，我有时会递给宋伊汶一个马卡龙，问：“你要不要吃，茉莉味的？”

那次，他接过马卡龙吃掉，亨利一脸诧异，眼睛瞪得都要脱眶了。

后来亨利告诉我，宋伊汶非常讨厌甜食。

隔日，宋伊汶和亨利二人没有出门。

亨利告诉我说，他们的事情已经办妥，说话时，他的眼里流露不舍。亨利问我：“我们是不是就要分离了？”

我简直受不了他突如其来的文艺腔，我忍不住问：“告诉我，你这是从哪本书里学到的中文？”

“爱情小说看多了，会有这样的后遗症。”宋伊汶从洗手间出来，一边穿着外套一边对我说。

我“扑哧”一笑。

宋伊汶坐到我的身边，他很认真地说：“别笑啊，亨利的中文都是从爱情小说里学来的，所以格外地道。”

亨利说："爱情小说用词特别简单。你如果为了Evan学法语，我可以推荐你几本小说，保证比全世界闻名的《小王子》还要简单。"

我头一次听说男人也看爱情故事。一时控制不住，我又大笑起来。

亨利有些无奈："这到底有什么好笑的？我明明在跟你说很严肃的话题。"

这时，宋伊汶转了话题，他问我："今天去凡尔赛宫？"

"嗯？"一瞬间我揉了下自己的耳朵，以为自己听错了。

"你没听错。"宋伊汶说。

"今天不是周一吗？周一凡尔赛宫闭馆啊。"我说。

"今天当然是周一，但今天凡尔赛宫也是为你开放的。"说这话时，宋伊汶举起双手，比了个双引号。

我不太明白，向他递去一个疑惑的眼神。

宋伊汶笑得神秘："你去了就知道了。"

他的笑带出了我的好奇心，我迅速换好了衣服。

两个男人今天穿得特别休闲，像是特地为了陪我去郊游。不穿正装的两人看起来很有亲和力。特别是亨利，脱离了西装的束缚，我终于看出来他的确和我一般年纪。

宋伊汶将车开到了一个偏僻的小镇，他告诉我，离这里不远的是特里亚农宫。我们的车一路畅行无阻，直直地开到了小特里亚农宫门口。在这里我们换了一辆电瓶车。大概是宋伊汶开车开烦了，这会儿甩手让给了亨利。亨利也不太想开车，他不停地用法语向宋伊汶抱怨。

我伸手拍了拍两人的肩膀，问："我可以开车吗？"

两个男人愣了，亨利嘟囔一声："算了，我来吧。"

我伸手拽着他的胳膊："我们换个位置。"

亨利拧不过我，只得妥协。

我坐上了驾驶座，心里还有几分雀跃。我脚下一蹬，还没坐稳的亨利一声惊呼："周绵绵，你想死吗？"

我哈哈大笑，甚至连我身边的宋伊汶都笑出了声。

在宋伊汶的指挥下，我顺利地将车开到了凡尔赛宫。我将车停好，跟着两人往入口走去。那里早就有人等候，一见到宋伊汶便迎了上去。

虽然我已经来过一次凡尔赛宫，但是这一次的感受大不相同。

没有了茫茫人海，整个宫殿终于向我展现了它过往的辉煌。

站在著名的镜厅门口，我小声说："凡尔赛宫一定很想念太阳王。"

宋伊汶侧头看了我一眼，目光里带着毫不掩饰地诧异。我的话第一次让他露出这样的神情，心里不由得有些得意。

我问："抢了你的台词？"

他笑，说："是的，凡尔赛宫非常寂寞。"

这时，一台老式的唱片机被亨利推了出来。黑胶碟片早就被安放好。宋伊汶走过去将跳针搁在碟片上，跳针滑了一格，拉出了刺啦的声响。紧接着，音乐响了起来。

一瞬间，我愣在那里。宋伊汶朝我伸手，我半天没敢回应。我生怕这是一场一触即碎的梦，在伸手的时候，一切归零。

这一切都太梦幻了，如果不是梦境，我不知该如何解释。

宋伊汶仿佛读懂了我的犹疑，他很干脆地上前抓住我的手，搭在他的手上："不敢吗？"

宋伊汶冲我抬了抬下巴，那种不可一世的神情又来了。我的心弦被他这样的表情勾得轻颤一声。

我轻轻反握他的手："从坐到你身边的那一刻，就没在怕什么。"

没有舞鞋，没有绚烂的裙摆，我被宋伊汶带到了镜厅的中央，踩着舞曲翩翩起舞。音乐是小约翰·斯特劳斯的名作《春之声圆舞曲》，好在这个曲子对我来说算是烂熟，这会儿居然步伐踩得奇准。

旋转漂浮之间，我的灵魂好像饮醉一般飘飘然。

满眼间尽是绚烂的水晶吊灯，回旋的时候还能从那百年历史的镜前和我们自己的影像擦身而过。这样的浪漫圆满了我心中最不切实际的妄想，即使生命终结在这一瞬间我也觉得在所不惜。

乐曲终止，我们的脚步也停了下来。我看到了亨利在冲着我鼓掌。他对我说："Bravi tutti due."

那是意大利语。他说的是，你们两个棒极了。

我激动得不能自已，反身抱住了站在我身后的宋伊汶。

他没有站稳，倒退了两步，但依旧接牢了我。他带着笑音："怎么了？"

"谢谢你！宋伊汶，谢谢你！"

我不敢声张，突如其来的泪水只敢往肚子里咽。这是我多年前只敢在梦里想象的场景，只能在梦里。

就在今天，我抱住的这个男人，他就像个有求必应的天神，将我埋藏在心底里那最隐蔽的欲望挖掘出来，并实现了它。

人人都知道该如何抵御痛苦的入侵，却无一人告诉我，太过快乐该如何招架。我埋在他的怀里不愿起身，他托着我的脑袋让我抬起头来。

四目相接，我看到了他眼里的我。他眼里的我，张扬、绚烂、恣意、满足。而这些饱满的情感，都是宋伊汶给予的。

我问："不是随便聊聊天？"

这样的口气分明是得了便宜还卖乖，可我忍不住，我就是想要再看看他不同往日的表情。

宋伊汶没有让我得逞，他的表情一如往常："我没说不放在心上。"

离开凡尔赛宫时，亨利在跟我说着他和宋伊汶幼年的趣事，我听得直笑，忍不住回头看宋伊汶。宋伊汶刚刚接了个电话，此刻停留在原地，我和他有数级台阶之隔。他站在原地，身后是巍峨的凡尔赛宫，宋伊汶看向远方，并没有留意到我。我站在那里，一时间思绪万千。

亨利拿胳膊肘捅了我一下，问："看呆了？"

我摇摇头，忽而又点点头，并不知道该说些什么才能表达我复杂的心绪。

宋伊汶好像天生就应该站在高处。他就像光芒万丈的阿波罗，我可以伸手接到那尚有余温的日光，但我永远无法触摸到太阳。

是梦吧，等到醒来的那一天，应该会很难过。不知怎么的，我突然有种无法言喻的伤感。

回酒店后，我再次收到了银行的信息。他们希望我早点去取卡，如果不方便，他们可以寄来。

我告知宋伊汶我要去苏黎世两天，他也没问我为什么，只对我说：“路上小心。”

亨利在一边说：“论没有好奇心，你们真的是很配。”

宋伊汶反驳：“不。她是不敢问，而我是已经知道，所以懒得废话。”

很好，宋伊汶这句话扇了我和亨利一人一巴掌。我俩面色铁青，敢怒不敢言。

我单独一人回了苏黎世拿信用卡，接着乘上火车往巴黎赶去。

刚回宾馆，宋伊汶问我：“你什么时候回国？”

这人真是神了。我刚刚在回程的火车上太无聊，拿着手机把票买好了。我谁也没说，倒是先被这人猜到了。

我睁大眼睛看着他，说：“你怎么知道我买了机票？”

“我不知道，我只是随口一问。”宋伊汶撑着下巴，很坦诚地说。

“嗯？”我一脸惊讶，“你上次不是说你已经知道了？”

“那是知道上次的事情，又不是这次。你不要表现得像惊弓之鸟一样。”

宋伊汶乜了我一眼，那表情，实在是将嘲讽运用得炉火纯青了。

因为他的神情，我突然忘了问他是怎么知道我要取信用卡的事情。瑞士银行向来保密工作做得很好，为什么宋伊汶会知道？

我的思路被他打断，正在组织语言，哪知宋伊汶又问：“几点的飞机？”

“明天晚上八点半的飞机，戴高乐机场。”

好的，我彻底忘了我要问什么了。

宋伊汶点了点头，他向来表情少，所以总显得寡淡。我不知哪来的念头，大着胆子问：“你会想我吗？”

他说：“不会太久。”

“讲人话。”我忍不住说。

“自己猜。”宋伊汶还了我三个字。

这男人！我又好气又好笑，想瞪他，却又自己笑个不停。

宋伊汶埋首于自己的工作里，偶尔抬头看我一眼，那样的表情好像在说：“傻子。”

下午的时候，宋伊汶得空，他决定带上我和亨利出门购物。

直到我们走到Manolo的专柜前，我才恍然大悟。宋伊汶记住了我那句抱怨，他说过要赔我一双鞋子。

他拿起一双宝蓝色带钻的方扣鞋，问我：“这个怎么样？”

“还不错。”我点了点头。

这时，售货员朝我走来，她多看了一眼站在我身边的宋伊汶，眼里流露出赞叹的神色。我很懂这种眼神。

宋伊汶很惹眼，即使有亨利站在旁边，旁人还是习惯性地往宋伊汶的方向看去。但大家的视线也不敢停留太久，看一会儿，便撤走了。

我跟售货员报了鞋码，她帮我去拿鞋子。我坐在椅子上等，亨利贴着我坐在了身边，只剩宋伊汶还站在那里。

等鞋子拿来，宋伊汶在我的身边半蹲，从鞋盒中拿出鞋子，摆在我的脚边。我不胜惶恐，看向宋伊汶的眼神有些惊诧。我在原地别扭半天，最后还是忍不住问：“你都蹲下了，我该跪下来试鞋吗？”

他捉着我左脚脚踝，说：“闭嘴，脱鞋子。”

坐在我身侧的亨利看呆了，他的抽气声大得好似排风扇一般。

我不想露怯，虽然我的心怦怦跳着，但我依旧要装出一副风轻云淡的样子。不过这样的假装非常拙劣，我低下头去解鞋带，解了几次，都往反方向越拉越紧。不出我所料，破鞋带彻底打成了一个死结。

我哭丧着脸看着宋伊汶，他轻笑一声：“求我一下会死吗？”

“求你。”我马上服软。

宋伊汶的眉眼舒展开来，他低下头给我解开了鞋带，帮我脱了鞋子。宋伊汶的指尖接触到我的皮肤，惹得我的心率又是一阵剧增。我紧紧抿着嘴唇，生怕自己的心脏从嘴里跳出来。最后我鬼使神差地买了那双鞋，当然，刷的还是我的信用卡，不过卡里的钱是宋伊汶的。

一整天下来，我都有种飘飘然的感觉。

亨利说："绵绵，你那恶心的微笑能不能收一收，我的汗毛都竖起来了。"

到机场托运行李的时候，亨利捉着我的双手不放。宋伊汶帮我把行李放上托运台，亨利小声而快速地说："我们也要去中国。"

这时我突然明白，什么叫"不会太久"。不会想我很久，因为他马上就来。他回应了我藏起来的感情，我忍不住笑了两声。

亨利的眼神写满嫌弃："早知道不告诉你了。"

我懒得搭理亨利，只是兀自开心。美梦还没完，我还可以看到宋伊汶。

两人将我送到安检口，我依依不舍地往前走了几步。

宋伊汶似乎看出了我的犹疑，他冲我招手，喊了一声："绵绵。"

这声呼唤真是喊到了我的心里，我正愁没借口多待一阵，我跑回他的身边。宋伊汶俯下身，在我的额上轻吻了一下。

这个吻礼貌克制，像是对待小朋友。他对我说："一路平安。"

亨利在旁边说："表哥，这里，亲这里。"说着，他伸手点了点自己的嘴唇。

我看着宋伊汶，宋伊汶看向我，眼神没有一点波澜。

我有些懊恼，忍不住拽下了他的衣领。他低下头来，我踮起脚，在他的唇上轻轻吻了一下。吻完之后，我背着书包转身就跑到了安检口的长队中，决计不回头多看一眼。除了心脏狂跳，我的指尖有些微微麻痹。刚刚的举动已经用尽了我最大的勇气，我没有办法回头多看一眼他的表情。

不管了，反正就那样豁出去了。我抓着书包的肩带上下摩挲，只觉得自己做了小半辈子最值得的事情。我的喜欢，他应该感受得到吧？

从戴高乐机场起飞的航班直达北京，我一路都在回忆刚刚的那个吻。我辗转反侧，怎么都睡不着。

机舱里寂静无声，我把飞机上的杂志看光了，此刻格外无聊。我的视线游移，发现自己的书包拉链是开的。那里露出了绿色的书角，我抽出来一看，居然是宋伊汶的那本《情人》。

我不知道它是什么时候被放进去的。我抽出那本书，随手一翻，却看到了一段用黑色水笔勾出的文字："这或许根本就是一个美丽的错误。在蓦然回首的刹那中，光影交错的瞬间，爱情就已悄然来临。然而这爱情到底是偶然间的邂逅，还是无数刻意之后的相遇？爱本就不是一件简单的事。"

回国那天，郑克己请假接我。我拖着箱子走到出口，郑克己站在栏杆处，他喊了一声："俛仰。"

我看着他，他看着我。明明只是一段时间不见，我竟然产生了一种恍若隔世的感觉。

郑克己接过我的行李，伸手拍了下我的脑袋："怎么，累了？"

"时差还没倒过来，有点困。"我随口接了一句。

郑克己了然地点了点头："好好休息几天，我们再找时间谈谈你的工作问题。"

找宋渊是我的工作，但是这样的工作不能向父母透露。我需要一个像样的借口向家人交代，便早早向郑克己说了这事。

"这么快你就帮我搞定了？"我有些诧异。

听到我的话，郑克己又拍了一下我的头，说："你这话是什么意思？觉得我很没能耐，连这种小事都搞不定？"

"郑大状，对不起，是我出言不逊，我该掌嘴。"我笑着调侃了一句。

谁知郑克己真的停下脚步，他看着我，说："道歉要有诚意，倒是掌嘴啊。"

他这话气得我要翻白眼。我说："你这样，可能一辈子都找不到女朋友！"

郑克己一笑，倒也没有继续跟我斗嘴。他只说："休息好了给我打电话，安排你上班。"

我在家休息了四天，还是觉得乏。主要是在欧洲那几天宛如梦境。从梦境回到现实，总要花上一点气力。可郑克己哪知道我的想法，他给我打来电话："俛仰，你是不是忘了什么事情？"

"没有啊，不是休息好了找你？我还没休息好呢。"我说。

"事情你还做不做了？"郑克己压低声音问我。

"罗马又不是一天建成的。"

"我迟早要被你气死。"他愤然挂了我的电话。

又过一日，还是郑克己给我主动打了电话。他的声音听起来简直像是在咬牙切齿："周俛仰，你给我打个电话会死？"

"打电话你也会死，你还总说你要被我气死。"说话的时候，我差点憋不住笑。

"明天九点半来事务所报到，你知道的那间。"说完后，他不等我应答，就把电话挂了。

我伏在床上闷头笑了半天，郑克己真的太可爱了。

入职那天，我比他早到几分钟。他左手拎着公文包，右手还拿着一份肯德基的外带早餐。

我笑他："这么赶，连早餐都没吃？"

郑克己说："吃过了，这是同事帮我带的。"

我眼神一亮，踮着脚小声问："女同事吗？"女同事的"女"字，我咬得特别重。

只见郑克己的耳郭染上了一层淡淡的红晕，他退后几步，和我拉开了距离："你能不能正经一点？"

我一脸无辜：“我问的问题很正经啊。”

每次遇到这种问题，即使是身为律师的郑克己，也实在是拉不下脸和我这种厚脸皮斗嘴。他总是指责我偷换概念、虚构事实，被我气得脸红脖子粗。但是讲道理有什么用？他跟我讲道理，最后输的也是他。

这次郑克己学聪明了，他将早餐塞到我的怀里：“你先去我办公室把东西吃了，我再带你去人事部。”

我经常不吃早餐。原来宋老在世时，郑克己常常被宋老打发出去给我买早点。之前他还怨声载道，后来便习惯了。

所以啊，习惯是个很可怕的东西，在不知不觉中，人就会被习惯所奴役。

早餐里有一杯咖啡，我端出来一看，咖啡杯上有字有画，图文并茂，一看就是女孩子的手笔。

我不动声色，将咖啡往郑克己面前推了推，对方正在看我的简历，无心注意我这些小动作。我又咳嗽一声，他这才递来视线：“干吗？”

“女同事对你好好。”

郑克己瞪我一眼，将咖啡放进纸袋，扔到了垃圾桶里。他对我说了两个字：“无聊。”

他带我去了人事部，人事部部长走了个形式，将我分配到主任办公室就职。分管行政的主任姓蔡。她吩咐一个叫王思的女人来领走我，便算是完成了任务。我跟着王思去了办公室，我和她也只是客套地聊了几句，就没说什么了。

王思说：“办公室还有两个女生，年纪都跟我们差不多大。一个叫朱青，一个叫白亚梅。”

我点了点头，暗暗记下了两人的名字。

等我到办公室一看，我的位置上堆满了杂物。

王思有些不好意思，说：“之前我们不知道有人要来。”

别说她，我之前也不知道自己要来。我卷起袖子找抹布，做了一上午的清洁。

中午时候，王思问我要不要一起吃饭。有人抛来橄榄枝我自然要接，点头答应了。我们刚准备走出办公室，就听到身后传来朱青的声音：“是啊，好好抓住新来的，就没人知道你做过什么丑事了。”

我看向王思，她面不改色。

等我们走远，王思这才说：“我跟她有点小过节，她一直都误会我了。”

吃完饭后，我们回到事务所。上楼时，我看到了郑克己，他和客户在一起，没空理我。

等我快走到办公室，郑克己又不知从哪里钻出来。他老远就喊了我一声：“俛仰！”

他喊我，我身边的王思肩膀一颤，我看了过去，王思轻咬着嘴唇。

见我打量她，她这才放松了表情：“我先回办公室了啊。”

我点了点头，转身往郑克己的方向走去。

他对我说：“去我办公室。”

我在他办公室的长沙发上坐定，忍不住感慨，合伙人的待遇真好，这沙发比我那凳子舒服太多了。

他斜了我一眼，问：“早上还行吧，没什么人为难你吧？”

“能为难我什么呢？”我反问。

“比如说，没给你收拾桌子。”郑克己看着我。

“这种小事，我还可以搞定的。”我说。

他轻哼一声，也懒得再说什么。这时他的助理敲门，送了午餐进来。他接过食物，问我：“你吃不吃？”

“我吃得很饱了，陪你坐坐。”我随手翻阅一本财经杂志打发时间。

郑克己对我说：“我柜子里有茶叶，帮我泡壶茶。”

“你是看不得我闲着吗？”

起身前，我放下杂志。哪知杂志的书页和我的手黏在了一起，我没放下来，倒是差点把那页纸给撕掉了。我只好转过身去把纸张从手上拿下来，谁知翻过的那一页，我看到了不得了的东西。

我居然在那页的配图上，看到了宋伊汶的脸。看到这里，我立即坐了下来，小心翼翼地把那篇文章给撕了下来。

郑克己“喂”了两声：“你干吗？那本杂志今天才到的，我没看完。”

“没事，我撕的是广告。”我敷衍道。

“狗屁，我看到你撕的是专栏报道。”

“你不是要喝茶吗，我去给你泡茶。”

我又小心翼翼地将那两页纸放进口袋，接着拿了电茶壶准备出去接水。走到门口的时候，郑克己突然问：“你向来对财经杂志没什么兴趣，这次是看到什么了？”

“熟人。”说完之后，我走出了他的办公室。

下午，我没什么事做，从口袋里翻出了那两页报道。这是一篇关于江城傅氏寰霖集团的报道，主要写的是总裁傅惟灵的二儿子傅司泉的创业经历。白纸黑字上的赞誉快要溢出纸面，那马屁拍得快飞起来了。

行文至末尾处，有一段傅司泉的采访。傅司泉透露年底会有大动作，他将和欧洲老品牌酒店合作，打造江城的新五星级酒店。旁边的配图，正是傅司泉同宋伊汶聊天的照片配图下有行小字：“傅司泉先生和欧洲酒店业龙头企业家族成员Evan Armleder亲切会谈。”

我读了半天，总觉得那行小字哪里有问题。可这不是重点，重点是，宋伊汶要来江城了。我忍不住感慨，我和宋伊汶之间，真的有剪不断的缘分。

事务所五点半下班，我收拾东西准备离开。走到办公室门口，我和朱青撞到了一起。我还没来得及说对不起，她直接把我撞开。我倒在门上，门锁把我的手背划开了一道口子。朱青头也不回，直接离开了。

这种情况，应该是我被针对了？我一边往外走，一边暗想。

“你没事吧？”王思从我身后走来，问了一句。

“我没事。”我说。

王思笑了一声，说：“朱青就那德行，她跟大老板有点关系，整个事务所都拿她没辙，横得不得了。”

本来该是女生间拉近距离的八卦，但这话到我的耳朵里，却有种指桑骂槐的意味。

我们走到了事务所门口，此时不远处有辆车对我按了两下喇叭。我看过去，是郑克己的车。我对王思说：“我先走了，那边有人等我。”

王思一脸甜笑，对我说了再见。

我坐上郑克己的车，系上了安全带。郑克己倒车掉头，准备出去。我往窗外一看，正好看到了从车边经过的王思。

我清楚地看见，她望向我的那一刻，露出了狰狞的表情。

自从我看到王思的狰狞表情后，一直对她保持客客气气的态度。不知道为什么，我觉得王思总有一天会为郑克己徒手撕了我。

郑克己的女人缘很好，但我不想他的女人缘殃及我这条池鱼。

但郑克己完全不懂我的苦恼，他时不时就要来这个无人问津的办公室看我一眼。其实他也没别的意思，就是来警告我，我还有任务要做。

可别人不这么想。办公室里的人认为，郑克己是怕我被排挤，有空就来看看。

我有苦说不出。

周末，我去了宋老生前的住处，找出了关于宋渊的资料。资料里夹杂了好些书信来往，我分类复印，将手稿封存，拿走了复印件。

宋老的手稿珍贵，即使是复印件，我也小心翼翼。看到这些熟悉的字迹时，我总觉得宋老还在身边。

为了让郑克己看到我的诚意，有时候趁着上班不忙，我也会看看宋老的书信。那些书信真的很要命。除了白话文外，还有文言文。有文言文就算了，还有我压根儿看不懂的英语和法语。

并不是我的英语太差，这个英语不是现代英语，它是古英语。如果我能懂古英语，我还跟这儿耽误什么呢?

为了能够正常理解书信，我决定去学个法语。其实这种行为也是有私心的，因为宋伊汶的母语是法语。

一日，我趁着午休出去报了个法语班，回来的时候正好撞上了郑克己。他一看到我，就把我塞进了车里。郑克己叫我陪他去见一个客户，他说那个客户是做服装的，来咨询创意版权问题。如果谈得好，可能会聘用他为法律顾问，一年起码有七十万的保底收入，还不算打官司的费用。

“案子要是成了，我管你一年的饭。”郑克己如此说道。

他都承诺了，我觉得我也应该发挥下余热。一路上我还挺开心的，毕竟是本职工作，我怎么样也能表现得头头是道的，为郑克己挣点面子。

谁知我一见那位客户，心脏都要停摆了。

可对方却很高兴看到我。她一上来就挽住我的胳膊，格外亲密地对我说：“周绵绵，你怎么换工作啦？你不当设计师啦？哎哟，我当时还挺想和你一起合开工作室的呢。”

客户本名黄依然，是我的大学同学，人称土豪黄。

她能够荣获这个称呼，是因为她每周都能在名品街上花三四万人民币扫货。而我们学校就坐落在名品街上，同学常常可以在各大奢侈品店里见到她的身影。

这不是我讨厌她的理由。

我讨厌她，是因为她抄了我的创意灵感，并且先我一步把灵感交给了老师。老师本着先来后到的原则，要求我在毕业设计上换个主题。

我的努力成了白费功夫，我还没地方哭。后来我终于知道我的创意是怎么泄露的了。当年我把素材收集本忘在了教室里，黄依然正好在那儿，我发了个消息要她帮忙捎回来，她同意了。

就这么简单！我只能自认倒霉，毕竟是自己没有保护好自己的创作。

黄依然此人还相当高杆，那套成衣不仅让她在毕业展上获了奖，而且回国后，她倚仗父母的财力创建了工作室，把那一系列的衣服正式生产，做成了成衣上线贩售。

而且最让我觉得哭笑不得的是，她这次的咨询意向是如何保护自己的创意灵感不受侵权。这真的不是老天爷在讽刺我吗?

郑克己不知原委，以为我是见到老朋友太高兴了。他拿胳膊肘捅了我一下，小声说："你倒是笑一个啊。"

我也在想，我倒是笑啊。反正都是业务往来，我理应得体一些啊。但我的生理反应很诚实，我笑不出来。

好在郑克己一人撑完了全场，黄依然也不计较我的木讷呆滞，她给我和郑克己一人递了一张名片。她对郑克己说："郑律师，你不要嫌我笨嫌我烦哦，我以后会经常麻烦你的。"接着她转头对我说："绵绵啊，你要是想换工作了就来当我的助理设计师嘛，你那么厉害那么有才。"

在那一瞬间，我都几乎要信了，我是真的很厉害很有才。

好像很多人都会在一个阶段内飞速成长，成为一个面目全非的大人。他们刀枪不入脸厚如墙，做了坏事都能面带微笑地说天气不错。

这就是部分人嘴里的"成长"，这也是某些人所以为的"情商"。

但我坚定地认为人这一辈子应该是有所为有所不为。即使我眼前的黄依然已经被戴上了"国内知名新锐设计师"的桂冠，我还是为我的良心尚在感到庆幸。

我一边自我安慰，一边回到了办公室。

下班的时候，办公室里的人早走光了，也不知道是谁忘了关窗，飒飒的风往室内猛灌。我坐的位置最靠近窗口，桌上被风吹得一片狼藉不说，连那盆我养着的水生植物都被刮倒。

玻璃瓶的残片散落一地，里面的液体流了满桌，所有复印件被打了个透湿。不仅如此，我刚刚做好下午要交的统计数据也被打湿了。

我拎起那些湿乎乎的东西，忍不住叹了口气。坏事向来都是成堆来，就没见好事来得这么勤快。

等我收拾完残局，天也黑了。郑克己自有应酬，早就离开了。我将黏在一起的书信复印件塞到了包里，最后检查了一遍电源，离开了办公室。

走出事务所的时候，我看到不远处有个男人站在那里，天太黑我看不清。我刚准备从反方向离开，谁知那人喊了我一声：“绵绵。”

熟悉的发音让我停下了脚步。我不可置信地转过身去，那人朝我走了过来。借着路边招牌闪烁的霓虹灯，我终于看清他的面目——宋伊汶！

他又是怎么知道我在这里的？

不可思议的感觉蔓延到我的心上，我瞬间忘记了之前的那些不愉快。如果说那些坏运气是为了等到这一刻的他，我觉得值得了。

我快步朝他走去，一时间竟然不知道该说些什么。我像个不会说话的孩子，伸手抓住他的衣角，只知道瞪大眼睛看着他，几近贪婪地想把这人的每一寸面部表情都记在心里。

“这么高兴？”宋伊汶伸手，轻抚我的发端。

过了好一阵，我才捡回自己的语言功能。我看着他，问：“你怎么知道我在这里？”

“想了半天就只是为了问这个问题？”宋伊汶有些好笑。

“这个问题不重要吗？”我问。

“这个问题以后再告诉你。你不打算问问，我为什么会在这里？”

他的话简直是自投罗网，我从包里翻出撕下来的那两张书页，有些得意地展开来给他看。我指着照片说：“来谈酒店业务？”

宋伊汶嘴唇微张，表情有些惊讶。他拿着那两张纸，眉头轻皱。忽然，他又无可奈何地笑了。他一手撑在额头上，问：“我和你之间，是不是真的有什么看不见的东西？”

“什么意思？”我忍不住问。

他抖了抖手里的纸张：“连这都能被你看到，我不得不相信‘缘分’这种虚无缥缈的东西了。”

“喂！我在你心里到底是什么啊？你为什么觉得我不会看财经杂志啊？”

宋伊汶背过手，俯下身子直视我的眼睛。他的眼里有些微波澜，光芒染在他的眼里，像是宇宙中的星河。

他说：“在我心里，你是Mia。”

“我是我？”

“对，你是你。”

我看着他，总觉得男人有话要说，谁知他直起身子来。

“说完了？”我有些疑惑。

“对啊，你还有什么要说的吗？”宋伊汶一副理所应当的模样。

“宋伊汶，这是第三次。你这样逗我有意思吗？”我快要抓狂。

宋伊汶终于破功，轻笑出声。他即使在笑的时候都很克制，他抬起手背，遮住了自己的嘴唇。遮不住的，是他弯起来的眼眸。

我看着他笑，自己也忍不住翘起了嘴角。

宋伊汶笑够了，他对我说：“你是你，你是……你自己猜吧。反正总有一天，你会知道的。”说话间，他往前走了几步。

我一头雾水，还停在原地。

他转过身来看我，说：“想吃饭就跟上，想要挨饿只管留下来。”

我不想挨饿，自然跟了上去。走到他身边的时候，我伸手，轻轻拽住了他左袖的一角。

“你今天来得真及时，下午的时候，我发生了很多很多事。”我轻声说。

可那些糟粕和委屈，在看到他的那一瞬间就烟消云散。他的出现宛如给乌云镶上金边的太阳，能掩去所有的伤心。

我说话的声音很小，其实也没打算让他听到。

宋伊汶扬起了一边的嘴角。他没有看向我，仿佛自言自语般说了一句：“所以我来了。”

心湖仿佛被投下一枚石子，涟漪越散越开，扩向我的四肢百骸。

世界上有那么多的不期而遇，而他却是我的恰逢其时。

Chapter 03 荒漠玫瑰

将欲歙之，必固张之；
将欲弱之，必固强之；
将欲废之，必固兴之；
将欲夺之，必固与之。
是谓微明。柔弱胜刚强。

我和宋伊汶重逢之后，第一次交换了联系方式。他还以短信的形式把自己的酒店地址和房间号码发给了我。

交换联系方式的时候，宋伊汶忍不住笑。

我问他：“你笑什么？”

宋伊汶说：“亨利说，我和你都不需要电话联系，平时可以用脑电波找人。”

我也忍不住哈哈大笑起来，这话倒是既刻薄又客观。我和宋伊汶确实有这样的本事，不需要事先预约，总能遇见。

想到这里，我对他说：“那我们来打个赌吧？”

“赌什么？”宋伊汶问。

“你周末有空吗？”我问。

“一天有空，一天没有。”宋伊汶说。

“那我就打赌，我能在你没空的那一天，来酒店找你，而且正好能够遇到你。”我说。

宋伊汶的眼眸颤动了一下，他问我：“那我能不能先押输赢？”

“你说。”

“我赌你做得到。”他的语气十分坚定，好像已经看到了几天后的结局。

看到他那副志得意满的模样，我真想将他的坚定敲得碎碎的。可偏偏对我来说，他这样最能吸引我。

我撑着下巴，说：“那要是我争强好胜，故意做不到怎么办？”

“那你就错过你想知道的事情了。”宋伊汶的表情高深莫测。

“我想知道什么事情？”我被他勾起了好奇心。

“我赢了你就知道了。”

这一瞬间，我突然觉得好像跳到了自己的陷阱里，怎么都爬不上来。

谁知这个得寸进尺的人又问了我一个问题：“赌注是什么？”

“赢的人可以问输的人一个问题，输的人必须回答实话。”

宋伊汶听后笑了，他的视线落在我身上，眼里有着洞悉一切的了然。宋伊汶看破了我的小心思，他对我说：“那你输惨了。”

我真的输惨了。我好不容易造了个必赢的赌局，却被宋伊汶的一句话给翻了盘。和他比算计，就是与虎谋皮。

周日下午，我收拾打扮了一番，去找宋伊汶。

我去到酒店，刚走进电梯准备关门，有人急匆匆地跑了过来。我连忙按开了电梯，这时我看清了，站在电梯外的居然是亨利。

他看到我，也是一脸惊讶。亨利走进电梯，和我并肩而立。他小声用中文问我：“绵绵，你又来用脑电波找人啦？”

“对啊，我来得及时吗？”我问。

“Evan下午有工作，不过现在还有时间。”亨利说。

亨利领我去了他们的房间，他拿卡开门，对着室内喊了一声：“Evan,绵绵来了。”

我走进去，宋伊汶正好从书桌边站了起来。和煦的阳光撒了一室，他站在光芒里，熠熠生辉。

不知道是不是我的眼睛对喜欢的人自带滤镜，这一瞬间，我觉得他好看至极。

我看向宋伊汶，说：“你赢了。”

“谢谢。”他冲我笑。

“那我想知道的呢？”我问。

宋伊汶不慌不忙地从桌边走了出来，在我身边的沙发落座。他拍了拍沙发皮面，说：“坐下来，喝点茶，慢慢聊。”

宋伊汶打电话叫了份下午茶，全程使用英文对话，我好奇地看着他。他知道我的疑惑，冲我点了点头。等电话挂断，宋伊汶才说：“我和亨利，除了对你说中文之外，没人知道我们会中文。”

“为什么？”我忍不住问。

亨利突然插话：“手段，懂吗？”

“会中文，合作方自然有所顾忌。有时候他们会仗着我们‘听不懂’，和翻译说上一点我们不知道的事情。”宋伊汶扬起了嘴角，眼里的星芒让我汗毛爹起。

我连连点头。

不一会儿，房门被人敲响，下午茶送到了。

借着下午茶时间，亨利跟我详细讲述了一遍他们从巴黎到江城的事情，宋伊汶在旁边偶尔说上两句，补充疏漏。

宋伊汶之前就有在中国开设高级酒店的想法，他已经敲定了一切，但是艾薇那边非要插上一脚。最让人头疼的并不是合作，而是两人的经营理念不同。本来他们认可的经营模式就不一样，现在更是出现了不可调和的问题。但艾薇的注资非常有诱惑力，而且她答应五年之后，将酒店业务的版图扩展到美国。

董事会经过商讨后，同意了艾薇的加入，并强迫宋伊汶接受。

亨利喝了口茶，说：“艾薇非常强势，她带了一个律师团来清算婚前财产，还企图在酒店开发这件事上占据发言权。我是不知道Evan在装什么，他表现出一副言听计从的模样，好像一切都打算听她安排。”

“人有个很严重的认知问题，会下意识保护自己先入为主的观点和想法。我当时的表现，让我后面的计划顺利实施。我觉得我的行为很合理。”宋伊汶说。

“因为太合理了，艾薇一直不敢相信自己的魅力竟然不如一个小姑娘。她丢了脸，带着自己的律师团回美国了。董事会的美梦也随着她的撤资破灭了。”亨利又添一句。

而后，趁着董事会和艾薇那边一团混乱，宋伊汶趁机带走了酒店里的几名高管人员。那几个人是他从进公司的时候就开始带起，自然共同进退。接着他们赶到了巴黎，开始详谈投资的事情。与此同时宋伊汶已经要中国这边的合作方准备好合同传真过来，只要事情敲定，就马上动工。

这种有备而来的闪电战在所有人还没反应过来的时候就已经鸣金收兵。而且宋伊汶为了让家族里的人晚一步找到他，不仅没有在欧洲泄露身份，甚至在出入境的时候都是蹭着合作方的私人飞机往来中国，他出国的消息延迟了一步发回家族，家族里的人根本来不及做出任何应对，毕竟鞭长莫及。

我听得目瞪口呆，贴在唇边的茶杯举了很久，居然忘记喝上一口。

宋伊汶伸手帮我把杯子摁了下去。他敲了半颗方糖，掷入我的茶杯，搅匀后递给我。宋伊汶说：“这样好喝一点，你试试看。”

陪我喝完那杯茶，宋伊汶这才起身。他说：“我要去面试一个法语助理，亨利在这里陪着你。”说完后，宋伊汶拿了包，出门了。

房间中安静了半分钟。

我和亨利对视一眼，我抬了下眉毛，他“哈”地笑出了声：“我们想的是不是一样？”

“在哪里面试？”我问。

“我查过他电脑上的行程，上面写的是七楼咖啡吧。”亨利说。

“去吗？”我又问。

“走！”

我们摸进了咖啡吧，远远地看到了窗边的宋伊汶。他的对面坐着一个女人，大概就是前来面试的助理。

亨利选了一个离宋伊汶不远的位置，不过我们身后有道木质隔断，上面还摆了两盆水生植物，正好可以挡住我俩。

我听到身后传来若有若无的法语，身侧的亨利听得聚精会神。没过一会儿，他垮下脸来：“无聊，都是工作上的事情。”

亨利又问：“你对Evan说‘你赢了’，是什么意思？”

听到这话，我有些无奈，将昨天发生的事情向亨利解释了一遍。他压住声音，哧哧笑了起来。等他笑够了，这才对我说：“你疯了，你居然敢跟Evan打赌。”

“我做错了什么？”我问。

亨利告诉我，宋伊汶是个胜负心很强的人。从来不服输，他从小就想把事情做到最好。大学时候，他的朋友玩德州扑克赢过了他。宋伊汶花了半年的时间练习德州扑克，不仅赢过了朋友，而且打入了专业级别的比赛。

“不要和他赌。万一他输了，日后你会付出更大的代价。”

说话时，亨利的神情略带恐吓。他讲得尽兴，完全没察觉自己的头顶上有一方阴影笼罩。亨利还准备说点什么，宋伊汶突然说：“讲够了吗？”

亨利被吓得“哇”的一声大叫，我笑到不行，差点滑到桌下。

等吓得半死的亨利恢复过来，我和宋伊汶已经一人喝了一杯咖啡。亨利抚着胸口，说：“面试呢？”

“结束了。”宋伊汶说。

“还是不满意？”亨利问。

“我留下她了，毕竟这是傅司泉的好意。”宋伊汶说。

这个名字好耳熟，我记起来了，是那个财经杂志上提到过的人。

亨利说：“你不怕他有什么阴谋？”

“就像你说的，我没输过什么，又怕什么呢？”

我突然觉得，宋伊汶有种睥睨天下的气势。这种张狂放在他身上，正好。

这时，亨利突然接到了电话，说了几句之后，他站起身来：“不跟你们说了，我的游戏机和电脑到了，我回房间打游戏了。”

宋伊汶看着我，问：“出门走走？”

我欣然同意。

我上楼拿了背包，下来时看到等在酒店门口的宋伊汶。远远看去，他的身影给我一种陌生又熟悉的感觉。一时间，我竟然想到了宋老。

等我走近，这种荒诞的念头还没有消失。我突然问了一句：“你懂古英语吗？”

“外婆有研究，我不是很懂。偶尔听她提到过，和冰岛语类似。”宋伊汶那双浅褐色的眸子看了过来，“怎么突然问这个？”

“随便问问。”我说。

“你要是有这方面的需求，我可以找人帮你翻译。”宋伊汶说。

“真的吗？”

“当然，你把要翻译的东西复制到电脑上，发到我的邮箱里。我们可以签保密协议，不会有第三方知道你需要翻译的内容。”他说。

笼罩在我心头多时的阴霾终于散去，我吁了口气。我确实畏难，当初看到书信的第一个念头便是放弃。如果不是宋伊汶的这句话，我只怕又想半途而废了。

好在这人是我的救星，总能及时把我拖出情绪的旋涡。

此时，宋伊汶又问我：“那天我去找你，你不是说发生了很多事情，不想聊聊吗？”

我摇了摇头，说：“天大的麻烦你都帮我解决了，这种小事，我相信我自己可以搞定。”

说着，我信誓旦旦拍了拍胸膛。宋伊汶被我的模样逗笑，他点了点头，说：“我相信你。”

宋伊汶那双浅褐色的眸子被夕阳的余晖映照得波光粼粼，好像一片平静深邃的海。

在这片海里，我找到了属于自己的安宁。

为了早日把信件中的古英文整理出来交给宋伊汶，我开始频繁出入宋老的宅子。

那些文字资料看得我头疼。白天里工作烦琐，又要维持脆弱的办公室情谊，夜里还要尽心尽力地去完成这项工作，我真的是耗尽了所有的耐心。

我很了解自己，我的三分钟热度维持不了多久。如果不趁着心血来潮的时候一鼓作气整理完，只怕这个事情直接会被我忽略到十年之后了。

有利益做动力又怎么样，架不住我真的懒啊。

周五时候，我在宋老的宅子里忙了个通宵。天蒙蒙亮，远处的景色还笼着一层薄雾。我站在阳台上，远眺街景，心里莫名的平静。

回到屋内，我从包里找东西，谁知掏出了之前被水打湿黏在一起的书信复印件。漂亮的花体英文在晨光中显得更加飘忽，我看了一眼，却发现了不得了的东西。

我抓起那两张黏在一起的信纸，从第一张中间第八行看到第二张第二行，这两行本来毫无关系的字，却组成了一句话。

翻译过来大概就是：“如果可以见他一面那就好了，我并不想打扰他的生活。”

他？什么他，哪个他？

我站起身来，去翻阅原始书信。等我展开之后，这才发现书信上只有一个简单的题头，还是一个国外姓氏Dumont。信件内容也稍显平淡，并没有什么特别值得注意的地方。全都是一些对于文化的探讨和相互之间的问好，仅此而已。

我以为这是巧合，连续掏出了另外几封信，却怎么都找不到能够对上的句子。我看了半天，只觉得奇怪极了。心里隐隐有个答案，但理智告诉我，我所追求的答案，没有这么简单。

几张复印件被我揉得快要烂掉，但除了那句凭空冒出来的话外，便没有什么再值得我去注意的东西了。

我瘫坐在椅子上，双眼凝视着远处的大书柜，我的视线毫无落点，只是无聊地扫视。

这句话到底是线索还是意外，为什么我的脑子里一直在默认那句话里的“他”，一定和宋老的后人有关呢?

我一直都相信自己的直觉。这一次，也不例外。

整整一天时间，我都花在了研究宋老的书信上。尤其是宋老和那个Dumont的来信，我更是全部复印下来了。

认真做事的时候，我几乎感觉不到时间的迅速流逝。直到我脖子痛到直不起来，我才发现天已经黑了。

我已经有三十多个小时没有合眼了，而且粒米未进。我都不知道自己还可以这么认真。

我将东西收好，卷起了一本书厚度的信纸，从宋老的屋子里走了出去。

天色全黑，我这才掏出手机，发现上面有十几通未接来电。我打了个电话给爸妈报了平安，边说话边往楼外走去。这时有一辆黑车打开了大灯，我的眼睛被照得几乎都睁不开。

我忍不住说：“开这么大灯，有病吧。”

“我有病，你是药吗？”

讲话的声音很耳熟，我猛地转头，看到了站在车边的郑克己。

他双手环胸，脸色难看至极。见我看了过来，他狠狠地瞪了我一眼：“电话都不接了，你这是在做什么？”

说着，他大步走向我，用力地捏住我的脸，扯了几下。

“痛痛痛痛痛！”

我的脸被扯得变形，讲话都有点漏风。我用力拍着郑克己的手背，对方却丝毫没有松手的意思。

我冲他喊：“我真的在做事。”

大概是我被扯到歪斜的表情看起来还算认真，郑克己半信半疑地松开了手。他扶着我的肩膀，上下前后把我打量了一遍，说：“你真的没事吧？”

“我有什么事？就是熬了一个通宵，白天又忘记吃饭了。”我有气无力地说。

“下次不能不接电话。”郑克己嘱咐了一句。

“哎呀，法治社会，我又不会突然被人绑架，你瞎担心什么。”我说。

郑克己不说话，只是瞪着我。

我被他这种莫名其妙的眼神看得心虚，只好松口做保证：“我错了，我下次一定会提前报备自己的行踪。你不要再瞪我了，带我去吃饭，我要饿死了。”

郑克己把车开到酒店门口，我下车一看，心跳突然加速。我忍不住左右探看一番，表情很像做贼的。

不是别的，这家酒店恰好是宋伊汶住的酒店。我心里暗想，郑克己怎么这么会挑地方。

他看到我缩头缩脑的模样很是不解：“我是带你来吃饭的，你能别想那么多吗？”

我看着他，一脸嫌弃：“你想得美。”

郑克己难得的没有生气，脸上罕见地出现笑意。

一瞬间，我以为自己眼花了。毕竟郑克己真的很少笑，平常最多就是意思意思翘下嘴角，哪像现在这样，简直要露出几颗牙齿。

郑克己带我去了餐厅。看样子他是个常客，从进门开始，便有服务生跟他打招呼。

待我们落座，服务生递上菜单，他推了回去，说：“一切照旧，准备两人份的。”

我不挑食，但也不爱点餐。郑克己深知我的坏毛病，便自己做了主。

我和他在餐桌的两头坐定，服务员开始上菜。头盘是一份鹅肝，接着是两份加了很多蔬菜的土豆泥，我舀了一勺，发现里面还有鸭肉。吃了一口，味道确实不错。

“你要来点酒吗？”郑克己问我。

“不喝，我晚上还有事情要做，要保持清醒。”

我的口气一本正经，郑克己却抬起左手遮了下嘴，又是一副忍俊不禁的模样。

我有些生气：“哪里好笑了，我怎么就不能有正经事了？”

“以前要你背千言古文，你花了一个星期做心理建设，用了一个月的时间背完。现在倒好，居然知道要做正事了，还真是长大了。”

提到这些旧事，我不是不惭愧的。以前我太懒散，做什么也不算尽心。但宋老不厌其烦，他相信我一定能做好。面对宋老，我再不想做的事情，也会着手去尝试一二。

现在他不在了，我还能自觉自愿地做事，想来，也是他教得好。

我点头：“那是，人总不能一辈子原地踏步不是。”

听到这话，郑克己突然开始对我谆谆教诲：“俛仰，入社会不比在宋老身边，你不能想发脾气就发脾气，想不理人就不理人。委屈确实会很多，但万事开头总要忍一忍。”

我知道，他对我那一日在办公室里突然撂挑子感到不满，所以才说出如此婉转的教诲。但我不是小孩，我自知有错，也不需要这样的嘱咐。

大概是我的不高兴摆在了脸上，郑克己又是一声叹气。他伸手，将我掉落在脸颊上的头发绾在了耳后。

我愣了一下，只觉得这样的动作太过暧昧。还没等我拨开他的手，郑克己却已将手缩了回去。

他半是感慨地说："你真是不好教又不好带，老师带你两年真是辛苦了。"

"那你也真是辛苦了。"我扔下搭在腿上的餐巾，突然站起身来，往别处挪步。

郑克己直接抓住我的手，他眯起了眼睛，口气有些凌厉："你又怎么了？"

"我要去洗手间，刚刚水喝多了。放手好吗？"

说真的，我也不知道为什么宋老会把我交给郑克己管。我俩真是一个炮仗一个火把，凑在一块儿时间长了就会噼里啪啦。我看不惯他的"自以为是"，他看不惯我的"说变就变"。虽然偶尔有平静，但大半时间，我俩都是处于互看不爽的状态。

这次也不例外。

他不松手，我干瞪眼。

旁边还有中年客人掩嘴偷笑，我甚至听到有人在说："这对小情侣真可爱。"

哪里可爱了，我们又不是情侣！

我气得不行，咬牙切齿："郑克己，我尿急！"

他终于松了手，我甚至感觉到左手心里留着两人的温度。郑克己牢牢地看住我："去了洗手间后老老实实给我走回来。"

如果可以，我觉得郑克己恨不得找条绳子拴在我脖子上，他要往东，一定会勒紧绳子把我拖去东边。

我从洗手间出来，走到公共洗手台前，却意外看到了宋伊汶。他一身铁灰色西装，看起来就是社会精英的模样。这样的人站在洗手间门口，进进出出的人都忍不住多看他两眼。

宋伊汶看向我，眼神深邃，表情平淡。

那一秒钟，我只觉得心脏差点骤停。这人真是神出鬼没，而且每次都能恰到好处地出现在我面前。我几乎都要以为他在我身上装了追踪器。

他开口喊了一声：“绵绵，过来。”

我分明没做坏事，但这一瞬间也非常紧张。我几乎是同手同脚地走到了他的面前。

宋伊汶笑出声：“你这么紧张？”

我当然矢口否认，但是他嘴边的笑意，却一直没有退去。

这场景要多怪异有多怪异。两人站在公共洗手台边互相看着对方，不发一言，看起来比某些粗制滥造的偶像剧还要尴尬。

“你……有事？”我忍不住问他。

“倒也没有，和别人在餐厅聊点事情，看到你来吃饭，便来看看你。”宋伊汶说。

我“哦”了一声：“那你先忙，我接着去吃饭了。”

他没说话，只是看着我。我刚刚迈出的脚步又收了回来，左脚脚尖点在地上，举棋不定。

“你等等。”说着，他抽出了自己置于西装口袋的装饰丝巾。

宋伊汶将丝巾置于感应龙头下，龙头里的水涌出，将丝巾打湿。他俯下身子，拉过我的左手，仔仔细细地将我的手擦了个遍。接着，他转过身子，将手里的丝巾扔在了一旁的垃圾桶里。

这时，我才发现郑克己也站在洗手间门口。大概是我来了太久，他不放心，怕我又借机溜走了。

郑克己没有走上前来，他的视线在我和宋伊汶身上游移。宋伊汶只是站直了身子，对我点了点头，返身往外走了过去。

两个男人迎面对上。

郑克己看着宋伊汶，宋伊汶却从他的身边走去。

路那么宽，我却看到宋伊汶撞上了郑克己的肩膀。郑克己没个防备，居然趔趄了一下，往后退了好几步。

回程的路上，郑克己全程一言不发，脸上更是心事重重的表情。他没有问我关于宋伊汶的任何事。我想，也好，免得我还要解释这冗长的来龙去脉。说真的，我也不大乐意和别人分享关于宋伊汶的任何事。

他的存在，就像是小女孩最珍视的那串项链，又像是经年时光里最甜的糖。既然是最宝贝的，自然就要好好收藏，不让旁人知道。

过了立夏，江城便热到令人不敢置信。即使是早上，灼热的空气吸进鼻腔，也烧得人感觉每走一步都在自焚。

我买了碗牛肉粉，穿小巷走捷径去事务所的时候，居然遇到了蹲在地上哭的朱青。

平日里的她耀武扬威，和我还有王思吵架的时候仿佛四肢展开的章鱼。现在，她哭成这样，我看得都有点不忍心了。

我被牛肉粉辣得泪眼蒙眬，她蹲在地上哭得梨花带雨。

我实在看不过去，从随身的包里摸出一包纸巾递给她："擦擦吧，你鼻涕都要掉到地上了。"

她哭到打嗝还不忘回敬我："窝……妖泥……关啊（我要你管啊）！"

"我是不想管你，我只是觉得你现在的样子影响了整个江城的市容，你擦一下吧。"

我说完之后，她奋力地用纸巾擦眼泪揩鼻涕，然后将纸团成了团，往我身上丢。

这女人还真是心胸狭窄，我之前胳膊上被划出血痕都没反咬一口，现在我只是刻薄她一句她还拿纸扔我。

"我没要你假惺惺地做好人！"她愤怒地朝我吼，鼻涕居然鼓起了一个泡儿。我"噗"的一下将嘴里的粉喷了她一脸。

这下朱青怒了，爬起来就要追我。我刚跑两脚，身后就传来一声巨响。再等我回头，这人居然踩着自己的长裙摔到了地上。

我居高临下地看着她："我现在到底是做好人还是不做好人呢，我要不要扶你上医院呢？"

朱青在地上吼得天崩地裂："你快点扶我起来！"

于是我搀着朱青先去事务所请了假，再扶着她拦的士去医院看病。上的士的时候司机还嘱咐了一句："你们两个，别把我的后座给弄脏了，我昨天刚换的。"

朱青敢怒不敢言，只能拿眼睛瞪我。

"你横我干吗？有种你去怼司机啊。"

司机从后视镜里看我一眼，我直勾勾地望着后视镜，愣是把他的视线给看了回去。

下车之后，我多给了司机二十块钱："弄脏的麻烦你去洗洗，下次别对女生说这种话，特别是女生还在难过的时候。"

朱青跛着腿把我推开，一把抢过了那二十块钱："我挂号还要钱呢，有钱不如花在我身上。"

她话音刚落，司机的眼神突然变得诡谲起来。他猛地蹬了一脚油门，车子飞速离开了。

我和朱青面面相觑，随即大笑出声。

这司机是不是想多了？

我去挂号，扶她去包扎。医生建议她还是应该去打点滴消炎。我又要陪着朱青在长椅上干坐几个小时，熬完那一瓶药水。

医院的人永远那么多，而且没有一个心平气和的。生老病死，病后跟着死。临死之前，谁不慌乱？

我想到宋老，忍不住开始发呆。

朱青"喂"了一声："我渴了，你帮我去买瓶水吧。"

"喝什么？"

"矿泉水。"

我买来之后，她喝了小半瓶，转过头来对我说："我还真看不出来你人这么好。”

“客气了。”我回答。

我俩一开始莫名地针锋相对，今日难得心平气和。不过仔细想想，我跟朱青的仇恨毫无来由，像是天生作对。

“朱青，我一直想问你一个问题，我到底哪里得罪你了？”

想了半天，我还是忍不住问了出来。

朱青捏着水瓶，陷入了思考。她迟疑了一阵，回答我说：“大概觉得你跟王思关系好，然后又觉得你特别喜欢装。”

这倒是个新鲜事，我有些好奇，往朱青的方向凑得近了些：“你说说，我哪儿装了？”

“我没夸你啊，你为什么一副沾沾自喜的表情？”朱青往后挪了挪。

“我就是想听听。”

朱青有些迟疑，但还是说了出来：“一来吧，你搞定了我所高岭之花郑克己，你看郑克己有事没事就来看看你；二来，人事部的人跟我说，你穿的都是A货。”

我怎么不知道我穿A货？

我忍不住问：“谁说的？”

“王思跟人事部的人说，你总是偷偷在网上买A货假装正品呢。于是大家都开始为郑克己打抱不平，他怎么会被你这样的人迷住了？”

我指着脚下的鞋子：“我这鞋，795欧。”

“真的？”朱青有点不信。

“要不你闻闻？”我翘起来脚来。

她半是好笑地打了我一下，然后对我说道：“我信你。毕竟郑克己那么有钱，为了不掉他的面子，他也不可能给你买假货不是？”

这个理由听起来真让我觉得不是滋味。我忍不住跟她讲：“我和他真不是你想的那种关系。”

朱青反问：“那是朋友关系？得了吧！周俛仰，你又不是女明星，用得着遮遮掩掩的吗？”

我没有遮掩，只是拿出手机，点开宋伊汶的照片递到她面前，很诚恳地说：“我喜欢的人，是他。”

宋伊汶的照片是我在巴黎的时候偷拍的。

他坐在椅子上，半俯身去翻阅摊在茶几上的一本书，晨光熹微，侧颜俊美。

拍到这张照片的我，暗自开心了一整天。

朱青看了一眼后，非常嫌弃地说：“这么大年纪了，还这么迷恋网络上的帅哥。你说吧，这图你在哪个网站找的？”

我没被气得当场背过去真是我度量大。

大概是我脸色不好，朱青小心翼翼地说：“那个啊……不好意思，我是不是侮辱了你的爱豆？他是不是很有名但是我不知道啊？”

“你还要喝点什么吃点什么赶紧说吧，这大概是你最后的早餐了。”

我鼓起勇气终于敢说出我喜欢宋伊汶，哪知却遭到如此质疑，我这到底是有多不配喜欢他啊？

这一次，我很认真地生气了。

我和朱青沉默了很久。

吊针打完，护士帮她拔针，她看着我：“你刚才说的喜欢，是真的啊？这人是你生活中认识的人吗？”

她的反问好像一记重锤砸在我心上。我这才察觉，原来我和宋伊汶之间的距离有这么远。

璀璨的星在天边闪烁，它的光芒我可以看见，若想伸手摘星辰，其实相隔数亿光年。

一瞬之间，我居然有点绝望。说不上来的失落感突然在心头倾轧，好像快要封顶的大厦在顷刻间崩塌。如果不是朱青说起，我差点又忘了，宋伊汶的存在，一直都是那镜中花、水中月。

朱青的电话乍然响起，打断了我的思绪。女生手忙脚乱地翻包接电话，模样很是慌乱。电话那头的人说话声音很大，即使朱青把声音调小了，我还是听得到几分质疑的声音。

一向趾高气扬的朱青这次软了下去，她只能捧着电话唯唯诺诺地说“好”，模样还有几分委屈。说到最后，她的声音竟然哽咽了。

看到这一幕的我惊呆了。

虽然我跟她不算熟，两人也数度交恶，但我依旧相信，这样张扬跋扈的漂亮女生不会轻易垂泪。她的张牙舞爪，也是一种美。

她在电话这边放肆地哭出了声：“好，我去！我知道，我会去的，我断手断脚也会爬回去！”

挂断电话的她，站在原地哭得很伤心，像是江娥啼竹，又如芙蓉泣露，反正美人怎么哭都是好看的。

我纠结再三，还是走近了她，递了一包纸巾过去。

哪知朱青“哇”的一声就扑了上来，死死地抱住我，鼻涕眼泪糊了我整个肩头。她真的太伤心了，伤心到我都不忍推开她。

我扶着朱青在一个角落坐下。她平复了一阵，对我说：“知道吗？我本来可以去当电视台的主持人，都是王思给毁了！”

接着她告诉我，她的父亲路瀚文是事务所的合伙人之一。

“你跟你爸爸不同姓？”我忍不住问。

她向我解释：“我妈那边比较有钱也比较强势，我爸是入赘的。”

明明是私事，朱青也不惧拿上台面来说，我真不知道这姑娘是爽辣还是心大。

我乍然想通王思之前对我说朱青和某个大老板有暧昧了。原来人家是父女关系，所以偶尔也会从一辆车上下来，一个甩脸色一个赔不是。我站得远了，还真以为是情人呢。

这时候我有些汗颜，向朱青原原本本说了王思的误导。

朱青吼道：“不要脸的是那个王思，有一次她赖着我爸一起去了个饭局。她给我妈打电话说路总喝醉了赖在她身上不起来，当天晚上我爸妈就大吵一架。那时我正在准备电视台的复试，结果我妈直接找人把我的名额撤下来了，然后把我塞进了我爸的事务所。”

说着说着，她又哽咽了起来：“我是真的很想当主持人，那是我从小的梦想。我放弃了那么多，我妈只是一句‘女孩子就应该本本分分坐办公室’，就把我所有的努力全部抹杀了。她要我好好监督我爸，接着又马不停蹄地给我找相亲对象。我到现在都想不明白，为什么女人一定要坐办公室当文员结婚生孩子，我难道没有追求自己梦想的权利吗？”

我看着她，一时不知该说什么才好。

大概是话题太过沉重，朱青发完牢骚之后，便略过了。

我扶着她回了事务所。刚进事务所大门，我和朱青就听到前台有人议论，今天来了一个很帅很帅的男人，还说他是去找郑克己咨询的客人。

朱青问我：“你猜她们说很帅的男人，有没有郑克己帅？”

这时，舒迦陵突然从楼上走了下来。她是郑克己的助理，人美且有品位，工作也完成得很好。事务所上下，每个人都对她赞誉满满。我也很欣赏她，而且我暗地里觉得，她和郑克己非常般配。

“俛仰！”舒迦陵喊了我一声。

“什么事？”我问。

“郑律师找你。”她拍了拍自己的心口，似乎是因为跑得急了，有些喘。

“我把朱青送去办公室，马上过去。”我说。

在回办公室的路上，朱青虽然跛着腿，却精神奕奕地跟我八卦：“我猜那个人肯定还在咨询，你等下记得告诉我，那个人到底有没有郑克己好看。”

“好。”我点了点头。

我折去郑克己的办公室，推开大门，刚说了一句“打扰了”，便愣在了原地。

坐在沙发上的宋伊汶看着我，他轻眨了下眼，像是发现了我的秘密，又不想明说。我被他的小动作惹得脸红，只能背过身子，关上办公室的门。

宋伊汶身边还跟着一个女人。她的穿着打扮很有法式风情，五官小巧精致，眼神里藏着说不出的勃勃野心。

我看着郑克己，郑克己同样看着我。我俩对视的时候，彼此眼里都有困惑。

这时那个女人开口自我介绍，她告诉我她叫宁芳，是宋伊汶的法文助理。这次他们来事务所，是咨询公司相关业务。如果谈得好，宋伊汶想和郑克己长期合作。

宁芳的声音也很好听，淙淙之声犹如小溪缓缓流淌。可我听得云里雾里，这都不关我的事啊，郑克己把我叫来是干吗?

好在我的茫然没有持续太久，郑克己说："这个事情我还要商榷一下，因为我时间有限。这样吧，如果贵司还有什么需要，可以直接联系俛仰，她可以随时跟我反馈。"

宁芳看向我，说："俛仰小姐，方便给张名片吗？"

一瞬间我有点尴尬，我基本没有对外社交的场合，就没准备名片这个东西。可这个时候，她已经从包里拿出了自己的名片，双手呈到我的面前。

我灵机一动，接过后道了声谢，掏出手机对宁芳说："你扫个二维码吧，有我联系方式。我忘带名片了。"

在宁芳扫码的时候，我看到不远处的宋伊汶悄悄冲我比了个拇指。我想笑，可还是憋住了。

宋伊汶全程装作自己不会说中文也听不懂中文，那模样真的是像极了。如果我不知内情，也要被他骗过去了。

这人真厉害，他不去竞争影帝，真的是耽误了影视圈的发展。

事情差不多谈完了，郑克己叫舒迦陵送走两位客人。我也跟着出去，刚走到门口，郑克己说："俛仰，等下过来找我。"

"好。"我应了一声。

我走在宁芳旁边，她没跟我说话，倒是一直在跟宋伊汶用法语小声说着什么。

我听得一阵焦虑，真的好想知道他们在说什么啊！可惜我的法语才学了最基本的东西，眼下也确实派不上用场。

刚走到楼梯口，我就看到了端着茶杯跛着一只脚的朱青，她肯定是出来看八卦的。

可谁知道，朱青一看到了宋伊汶的脸就傻了。她连手里的杯子都忘了捏紧，陶瓷杯砸在地上摔了个粉碎，整条走廊都荡漾着回音。

宋伊汶被吸引了目光，朝朱青的方向看去。朱青立即转身，做贼似的拖着一条伤腿，跑得飞快。

我和舒迦陵将两人送走，便回了郑克己的办公室。他停下敲字的手，问我："说说看，这是怎么回事？"

"我怎么知道。"我耸了下肩膀。

"你不是认识他吗？"

"又不是我要他来的。"

"他给我开的律师费很高，比一般正常价格高出百分之二十到三十。"郑克己看着我，有些疑惑。

"有钱不赚王八蛋啊，你看着我干吗？"

我被他的眼神看得鸡皮疙瘩都起来了，忍不住搓了搓手臂。

"你觉不觉得，Evan有点像一个人。"说话时，郑克己按着自己的额角。他的脸上流露出一种类似荒诞的神情，语气也显得特别斟酌。

"谁？"我问。

"老师。"

吐出这两个字的时候，郑克己双手扶着脑袋，好像也觉得自己的话太过荒谬了。

别说他，我也生出过这样的感觉。

宋伊汶和宋老之间明明应该没有关系，可他们总有一种类似的淡定超然，那种类似的气质很容易让人产生联想。

“俛仰，你看过老师年轻时候的照片吗？”郑克己有些无力，抬头看我一眼。

“没看过。”我坦言道。

他顿了一下，捏着鼠标，开始在电脑上搜索起来。没过一会儿，他喊我过去看。

那是一张黑白照片，照片里的宋老穿着长衫，很是俊朗帅气，笑容自信得体。

看过之后，我也愣了。

我和郑克己再次对视，他问我：“像吗？”

我对着郑克己比画了一下自己的脸，说：“额头和眼睛这一块，真的很相似了。但……这可能吗？Evan不会是宋老要找的人，我相信不是。没有任何一条信息对得上。”

“所以我也觉得我的猜测很荒唐。”郑克己叹了口气，“算了，不想了。我这几天把他们的委托看一下，到时候你跑一趟去送个资料。”

“好。”我点了点头。

说到这里，我想起来之前的任务。我对郑克己说：“关于宋老留下的书信，我想我可能找到了一点头绪。”

郑克己愣了一下，反应了半天才明白过来我在说什么。他狐疑地看着我，问：“你说什么？”

我看着郑克己，都不知道该说什么才好。

这人有时候真的能用一个非常单纯的眼神轻易将我打败。他的眼神里，清清楚楚地写着“不可能”三个字。我一肚子火，只能把自己烧成火焰山。

“你等一等，我拿东西给你看。”我说。

我走回办公室，从包里拿了文件。路过朱青的位置时，她一把将我抓住，说：“快，告诉我八卦，我要憋死了。”

“等我回来，我有正事。”

说完这话，我准备离开，却看到不远处的王思抬起头看了我一眼，那样的眼神冰冰凉凉。我终于认定，第一次下班时她看我的神情，的确是怨愤的、狰狞的。

我把黏在一起的那两页纸给郑克己，他翻来覆去地确认，终于承认，我确实发现了一条线索。

“你这表情是什么意思，被我发现很丢脸吗？”我忍不住质问他。

“不是，就觉得不可思议。”郑克己顿了一下，说，“我还以为你没那么机敏，哪知道是我把你想得太傻了。”

他觉得我傻，我觉得他拙。好像人与人之间永远都是这样，隔得近了，我们只看得到对方身上的缺点。久而久之，越发生厌。但是我们忘了，最初相交，是因为对方拥有我们无法企及的美好。

我又跟郑克己说了一遍关于古英文翻译的事情。

我本以为他会拒绝我的提议，谁知他说：“可以啊，我觉得你的提议不错。不过保密协议先发给我看一遍，我审核一下。”

“好。”

我伸手去拿那张纸，接过来的时候，问郑克己：“宋老跟你讲过《六韬》吗？”

“老师为什么要跟你讲用兵谋略？”郑克己问。

“教完《老子》之后，宋老就顺便把这本也给我讲了。他着重给我讲了《龙韬卷》，主要是军事指挥和兵力部署方面的内容。”我回答。

说完之后，我自己先愣了。

《龙韬卷》有十三篇文章，其中《阴书》和《阴符》主要讲的是古代的密码学。

对这两篇文章，我记忆很深。因为说到密码学的时候，我还吵着嚷着让宋老给我讲了讲密码学的相关知识。为此，宋老单独腾出一天时间，给我讲了密码学在军事上的运用。

当时我听得很带劲，好像看好莱坞大片那么兴奋。

虽然宋老很细致地给我讲过分类，但是那些东西太复杂难记，我写在笔记本上之后，便抛之脑后了。

我终于能将那个突然凑成的句子和宋老授课的内容结合起来了。那些繁复而又杂乱的信件中，可能暗藏了什么密码。破译它的关键，应该就在《六韬》里。

我突然站了起来，郑克己看着我：“你想到什么了？”

“不知道。还要等那些古英文和法文翻译出来之后才能断定。”我摇了摇头。

我的猜想是需要大量的证据才能够得出结论的，可在此之前，说出来也没有意义。所以郑克己的追问让我没有办法回答。

郑克己大概也明白我的想法，他点了点头：“到时候再看吧，你也别把自己逼得太紧了。”

听到这话，我忍不住笑了：“到底是谁把我逼得太紧了？”

“唉。”郑克己叹了口气，他撑着额头没有看我，只是兀自说着，“我也不知道为什么，看你不认真的模样，觉得你特别不争气，但是看到你太辛苦了，我又觉得你还是懒懒散散比较好。”

他的语气中夹杂着浓浓的矛盾感。这副模样的郑克己真是罕见，平日里他的果决让我震撼，但我现在才知道，他的迟疑更让我感动。不愿意强迫，也是一种温柔。

“谢谢。”我低声说。

“别吧，你这么礼貌让我不习惯。”他抬头看我，漂亮的嘴唇弯出好看的弧度。

他的眸子极深，看进去的时候望不到底。而且郑克己看人的时候向来认真，那种专注很容易让人产生他的眼中只有你的错觉。

我看着他，忍不住问出了那个在心底悸动已久的问题。

“郑克己，为什么是我？宋老为什么要把那些东西交给我？”

郑克己没有正面回答我这个问题，他只是说："将欲歙之，必固张之；将欲弱之，必固强之；将欲废之，必固兴之；将欲夺之，必固与之。是谓微明。柔弱胜刚强。"

这段话我太熟了，取自《老子》第三十六章。我只是不太明白，他这突如其来的引用，寓意何为。

我看着郑克己，他微微颔首："你会明白的。"

没过两天，郑克己遣我去寰霖集团送材料。他说宁芳留的地址是这个，我点了点头："那正好，你顺便把协议看完，我一起送过去。"

郑克己看完文件，确认没有问题，他对我说："你……要是有可能，打探一下Evan和宋老之间有没有什么……神秘的关联。"

说这话时，郑克己格外斟酌，那样的措辞，他自己都嫌荒唐。

我冲他比了个"OK"的手势，说："我会的。"

等我走出事务所，一阵热浪朝我袭来，那样的温度灼得我没有踏出去的勇气。

我正在做心理建设，哪知手机响了，号码很陌生。

我接起来"喂"了一声，那边是字正腔圆的普通话："绵绵，Evan要出轨了！"

"啊？"我被这样的消息震了一下，"什么东西？"

"那个法文女助理，你知道吗？Evan在和她约会！约会你知道吗？约会的下一步是什么你知道吗？"亨利的声音里充斥着愤愤不平。

"是什么？"我半是好笑地问。

"是滚床单，你还不赶紧来阻止他们！"

我大笑出声，说："亨利，如果Evan要出轨，他一定不会让你看到。而且，出轨不是这么用的。他并没有正面说明我和他的关系，所以也不构成出轨的条件。"

"你如果再不过来，就没有好戏可以看了。这次我可是听到他们在聊公事以外的事情。”亨利在电话那头嚷道。

“我正要过来。哦，对了，Evan为什么会选我们事务所？”我问了一句。

“我知道，但回答你是有条件的。你再答应我一个要求，我就告诉你。”亨利在电话那头卖了个关子。

“算了，你别告诉我了。我马上过来。”

亨利怕我不知道位置，挂了电话后发了条短信过来。我走到马路边拦车，在我快要被日头烤焦之前，终于拦到了一辆出租车。

我打过电话，亨利来门口接我。大热天里，他居然穿着一件白色长袖衬衣，领子上还缀了金色的领饰。

我伸手去捞，他不甚在意，笑眯眯地问我：“好看吗？”

我点头，亨利的笑容变得阴险：“法文女助理送的，她是不是比你有心机？你甚至不会送礼物也不会跟我讲客气。”

“那你为什么还记不住人家的名字？”我反问。

就像我记不住太多的外国名字，亨利也记不得中文名。他说他从不费脑子去记那些无关紧要的人名。

他想了半天都不知道该怎么反驳我，只得作罢。

亨利带我来到这个大楼的花园咖啡厅。他跟我解释：“这个集团业务多样，我们只是作为管理人员前来落脚，借个办公室用用。Evan不喜欢在休息的地方办公。”他又向我透露，集团总裁傅惟灵和宋伊汶有些交情，两人曾合资做过生意。牵线搭桥的是傅惟灵的小儿子，傅司真。傅司真和Evan二人，曾是大学同窗。

“亨利，嗨！”

不远处有人打招呼，我和亨利同时看了过去。那边走来两个男人，身形差不离，但容貌有差异。一人俊秀倜傥，一人稍显阴沉。

那个稍显阴沉的人我认识，傅司泉。

傅司泉率先走来跟亨利套近乎，对方过于热情，让我都忍不住倒退几步。另一个人看我退避三舍的表情，偷偷翘了嘴角。他清了清嗓子，问：“这位小姐，怎么称呼？”

“周绵绵，字俛仰。先生你呢？”

“我是傅司真，那位是我的二哥傅司泉。你……是宋老的助理周俛仰？”傅司真的语气有点不确定。

“是，恩师赐字俛仰。”

“是你？”

一直在和亨利聊天的傅司泉突然转过脸来，他的笑容变得热情起来，接着就将傅司真撇到了一边去。

傅司真一脸意外，更意外的是我。

我站在原地被傅司泉扯得转过了半个身子，他拉着我作势长谈，我也不知道这突如其来的热络算个什么。

亨利借口说有事，但是傅司泉非要扯着我喝杯咖啡，亨利也无法拒绝。

傅司真本要跟来，傅司泉突然转头对他说了一句：“你今天晚上不是有事吗？滨江路六点半容易堵车，去晚了不礼貌。”

逐客令如此明显，傅司真只能告辞。

我们找了座位坐下。亨利在桌下踹我一脚，我顺着他手指的方向看去，那边坐着宋伊汶和宁芳。

从侧面看去，宁芳确实动人。长长的头发垂在身后，一张小脸精致秀美，身段玲珑动人，穿衣也不错。

我撑着下巴，时不时往那边偷觑一眼。那厢相谈甚欢，女人笑声清脆，一双水灵灵的眼睛眯了起来。宋伊汶也在笑，两人低声细语，神态间有种说不出的亲昵。

亨利突然凑到我耳边，用中文小声对我说道：“绵绵，你吃醋了。”

我回看了亨利一眼，在手机上打字：“那他要还回来的，我也是个胜负心很强的人。”

亨利在桌下接过了我的手机，悄悄往下瞟了一眼，忽然间就笑开了。他又在手机上敲了行字，递还给我。

备忘录上多了一行字，上面写着：“我看好你。”

大概是我的小动作太明显，傅司泉伸手在我面前晃了晃：“周小姐，周小姐，你听清了我刚才的问题吗？”

“啊？”我这才抬头，对上傅司泉的视线。

即便傅司泉再有耐心，也被我给磨没了。他终于不打算跟我兜圈子，直接抛出了他的问题：“周小姐，不知道宋老的书有没有再版的计划？”

原来这才是重点，前面那些拉扯全是套近乎。

我礼貌地笑了笑：“暂时没有。宋老的书籍我尚在整理，因为稿件珍贵，所以我非常重视。”

对方说：“那是自然，对了，如果你有再版的计划，请一定一定要联系我。我有朋友是出版社的，他对宋老很是仰慕，也很热爱国学。他毕生的愿望就是出一套宋老的书。”

我一听到“国学”二字就好笑。宋老在世时便极力想要摆脱这两个字的紧箍咒，现在又有人想把这种东西往宋老手里送，我可不会同意的。

他强硬地留下了我的手机号。正在输入的时候，傅司泉问了我一句：“周小姐，你有男朋友吗？”我刚准备回答没有，哪知傅司泉抢在我前面说，“瞧我这明知故问的，你的男朋友肯定是郑克己郑律师，是吧？”

坐在我旁边的亨利假装听不懂我们在说什么，但在暗地里，他狠狠地踹了我一脚。

听到这话，我只觉得怪异。总觉得这个阴沉的傅司泉话里有话，但又觉得他想要从我这里获取点什么东西。我看着他，不动声色：“傅总真是什么都知道呢。”

没有否认，也没有承认，这句话让他够猜。

我身边的亨利却不淡定了，此人改踹为踩，狠狠地从我的鞋上碾了过去。

被亨利提醒过两次，我这才反应过来。再抬头的时候，我看到了站在亨利身边的宋伊汶。他微微笑着，可是那样的笑里流露出来的不怀好意，我已经深深地感受到了。他这表情，应该是把刚刚的话听到了耳里。

我咳嗽了一声，假装无事发生。但宋伊汶应该不会如我所想，因为他直接找了张椅子，坐在了我的旁边。

那一瞬间，我背后的汗毛都竖了起来。

傅司泉不明白宋伊汶的突如其来，他用英文问了一句："你们认识？"

我在旁边解释："Evan先生是郑克己的客户，这次来，我就是替郑克己来送资料的。"

当我说到郑克己的时候，宋伊汶侧头看了过来，神情似笑非笑。他英俊的脸庞挂上了一丝不易察觉的厉色。

听到这话，傅司泉了然地点了点头。他做出一副绅士模样，说："那我就不打扰了，我先走了。"说着，他向宋伊汶和亨利道了别，便离开了。

等傅司泉离开，亨利也找借口溜走了。

此地只剩我和宋伊汶。

我被他看得头皮发麻，宋伊汶压低声音说："上次的赌局，我还没有行使权利。"

"那你问吧，我一定说实话。"我说。

"这里不是说话的地方。"说完后，宋伊汶带我回了酒店。

在车上，宋伊汶坐在我的身侧，我闻到一股浓郁的香水味道。水生花里搀着琥珀的气息，我一闻就头晕难受。

宋伊汶察觉了我的不妥，他摸了摸我的脸，让我靠在他的身上。我连忙推了一把他的肩膀："不要。"

他被我推歪了半边身子，只好缩在角落里。宋伊汶时不时看我一眼，还问我需不需要去医院。

我连连摆手，连话也懒得说。

下车之后，我连忙打开车门逃了出去。宋伊汶跟在我身后，隔了大概半米远的地方。他又好气又好笑，问："到底怎么了？"

"你的身上有我最讨厌的香水味道，我一闻就头晕想吐。"

他被我打败，妥协地举起了双手："我去洗澡换衣服，一定不会让你再闻到这个香水味道。"

我在大厅点了杯冷饮，等那阵头晕的感觉过去了，这才决定上楼。上去的时候，宋伊汶正好洗了澡换好了衣服，空气里也是好闻的薄荷香气，没有之前那种让人眩晕的味道了。

他看到我，说："真被你打败了，你像只小狗，味道不对都不让人接近。"

我龇牙咧嘴："谁是狗？"

宋伊汶笑，伸手拍了下我的脑袋。

我想起来还有正事，便从包里把文件拿了出来。我对他说："这边是公司业务条例修改之后的样本，这边是我签的保密合同。还有这一份是我整理出来的古英语原文……"

我还在介绍，宋伊汶伸手便拿了那份古英文的信件摘抄。他指着其中一行说："你是不是抄错了一个单词？"

Chapter 04 那一份爱

爱情有千百种，可遇到喜欢的人，常常无计可施。

“你不是不懂古英语吗？”我问。

“是不懂，偶然看过。”他提笔将我抄错的地方涂改掉，又瞟了几眼其他的地方，说，“刚刚你抄的是一首凯尔特人的诗歌，外婆要我看过，所以有印象。”

我点了点头，心里的疑窦越来越大，可宋伊汶的坦然却让我更加迷茫。而且不知道是不是郑克己给了我心理暗示，我也觉得他和宋老真的很像。

他粗粗看完信件，将其放在一边。宋伊汶直直看向我，说：“好了，该我发问了。你喜欢郑克己吗？”

宋伊汶的口吻直白坦荡，我看着他，他眼里没有忐忑和慌乱，表情也很轻松。只是他垂在沙发扶手上的左手，捏成了拳头的形状。

我告诉他：“我从来没有把郑克己和‘喜欢’这个词放在一起考虑过。”

“绵绵，你这个问题回答得很狡猾。几个月里，你成长了不少。”宋伊汶倾身，捏了捏我的下巴。

“学你的。”

“想要成为另一个我？”宋伊汶笑问。

“我倒是想，只是做不到罢了。”我有些丧气地回答。

真的，我现在所有的社交模式都是在模仿宋伊汶。模仿他的淡定与强大，模仿他的口吻和微笑。他是一个完美的社交范本，不自负也不轻薄，不傲慢也不卑微。细细揣度起来，我发现他真的有很多优点可以学习。

有时候我在工作上遇到事情，我也会忍不住想，如果是宋伊汶遇到这种事，他会怎么做？很神奇的是，每次只要我这么想着，就能够冷静下来。

想到这里，我又忍不住问：“为什么那天你会来我们事务所？”

“傅司泉介绍的，他告诉我，郑克己很优秀。而且你们事务所之前担任寰霖的法律顾问时，他和郑克己合作也很愉快。”宋伊汶说。

这个说法太官方，好像掩盖了什么。可我又不能不信，毕竟我也找不到什么可以反驳的理由。

我的直觉不接受。我追问了一句：“真的？”

宋伊汶没有回答我，只是伸手将我揽入了他的怀里。我的脑袋抵在他的肩膀上，双手攀住他的肩膀。

他低声呢喃：“再等我一段时间。”

我听到这话，竟不知道他是在回答我哪一个问题。

伏在他的怀里，我想起之前他和宁芳的相谈甚欢。于是，我拉着他的胳膊，狠狠地咬了一口。他轻轻“嘶”了一声，手上的肌肉紧绷起来。等我松开了嘴，他的胳膊上也呈现了一圈鲜红的牙印。

宋伊汶一脸无辜地看着我，那样的表情显得纯良。凑近看去，我这才发现他的眼窝下有零星的雀斑。而且他刚刚洗过澡，头发湿湿地搭在额头上，看起来像个二十出头的大男孩。

“我做错了什么吗？”宋伊汶问。

“一来，你身上的香水味道，明显是女士香水；二来，你和宁芳聊什么那么开心，明显不是公事。”

听到我的问题，宋伊汶问我：“吃醋了？”

我摸了摸自己的脸，诧异地说：“有这么不明显，你现在才看出来？”

他伸手拧了下我的鼻子，语气调侃地说：“要不然你再咬一口解气？”

“回答我的问题，不要转移话题。”我指着他，假装严肃地板起脸来。

“香水的味道是我故意染上的我承认，这只是让傅司泉以为他的好意我收下了。不过你要问我和她聊了什么，这个问题我回答不了，不重要的事情我记不到现在。”宋伊汶回答。

言语随意，但口吻认真。我读得懂他的坦诚。

“恭喜你，回答满分。另外一条胳膊保住了，不用被我再咬一口了。”我笑着说。

“那奖励呢？”宋伊汶问。

“什……”

我话还没说完，宋伊汶欺身而上突然吻住了我。他的吻绵密而温柔，但隐藏其间的却是不可忽视的占有欲。唇舌间的缠绵再次勾出了我蓬勃的心跳，鼻息里全是他身上那好闻的味道。

吻我的时候，他唇齿间泄露的呓语。隔得太近，我将那发音听得清清楚楚。

宋伊汶说的是：“Ma Chérie.”

Ma Chérie，我的甜心，我的亲爱的。

正值月底，各部门都在加班，连我们这个平时几乎不存在的办公室都忙得昏天黑地的。

自从郑克己把宋伊汶的新案子交给我，我更是马不停蹄。宋伊汶在工作上和私下里简直是两个人。一次我去寰霖送公司章程时，撞见宋伊汶正在开会。他置于上位，底下的人大气也不敢喘上一口。

那种迫人的压力，即使是站在会议室外的我，也能感受到。这时我才发现，我和宋伊汶之间的距离，不仅仅是模仿，我要学的还有很多。

我把宋伊汶那边交代的会议记录整理好了，刚准备发到郑克己的邮箱，桌上的手机响了。手机屏幕上显示着郑克己的短信，上面写着：“到我办公室来。”

我一看就笑了，还挺有默契。

郑克己这段时间忙得不见踪影。据朱青说，他接了个大案子，最近在跟标书的修改。一连几天都是直接住在印厂里，连电话都没空接。

我拿着手机，去郑克己的办公室报告。推门而入时，我看到他的双手握着一个橙子，揉来揉去。

我在他对面的椅子坐下，笑嘻嘻地问："喊我来吃橙子吗？"

郑克己上上下下看了我一通后才说："好了你可以走了。"

我莫名其妙，看着满脸疲态的郑克己："干吗啊这是？"

"这么长时间没见你，我怕我忘记你长什么样了，喊你过来眼熟一下，免得下次在事务所见到不认得就尴尬了。"

多日不见，这人都学会开玩笑了。我抿着嘴唇，尽量不泄露嘴边的笑意。好一会儿之后，我才冲他招招手："橙子给我，我帮你剥。"

他把橙子递了过来，我俩的手无可避免地碰了个正着。大热天的，我只觉得他的手冷得有些不一般。

"你的手怎么这么冰，空调温度开低了？"我忍不住问。

"没有，可能太累了，刚飞回来就直接来事务所了，我还没缓过来。"他靠在椅子上，表情疲倦。

"干吗不直接回去休息？"

郑克己说："所里正好有同事出差，我顺便要车过来接机，就直接来了。"

这理由编得也是乱七八糟。所里的车怎么就不能送他回家了？还直接来了，这是扯犊子呢。

我也懒得拆穿，只是低头剥橙子。橙子皮中析出淡淡的香味，这时，郑克己问我："你怎么从来不知道跟我打电话问候一声？"

他的问题让我有点心虚。我低着脑袋，假装专心地剥橙子。

"说话。"郑克己敲了下桌子。

"知道了，知错就改，以后一定主动关心您老人家的饮食起居。"

说完之后，我将剥好的橙子递还给郑克己。

他盯着手里的橙子看了好久，终于开口："我以前就挺喜欢看你剥橙子的。别的时候你总是咋咋呼呼张牙舞爪，只有在剥橙子的时候，你才会安静下来。你会慢条斯理地将那些白色的筋络都扯得干干净净。所谓纤手破新橙，大概就是这样吧。”

我听完后，想了半天，最后问道：“你是在夸我？”

郑克己忍不住掰下一瓣橙子塞到我的嘴里：“你还是不说话的时候比较可爱。”

我又在他办公室赖了一会儿，等他吃完橙子，我准备离开。起身之前，郑克己叫住了我：“俛仰，我记得你是学服装设计的吧？”

我点头。

郑克己从他的公文包里掏出了一个小册子递给我：“出差的时候看到的。据说是国内很有名的一个设计比赛，连黄依然都说她要参加。你要去试试吗？”

“黄依然？”听到这个名字的我，忍不住眯起了眼睛。

“人家比你讨喜多了，三天两头打来电话跟我问候一下。你呢，如果我不来找你，你就跟人间蒸发了一般。”

这话说得我无法反驳，我忍不住挠了下脖子：“好嘛，你说不好就改，我一定改。不过，你早点回去休息吧，别生病了。”

听到这话，郑克己展露笑颜：“听你的，一会儿就走。”

我走出了他的办公室，拿着小册子的手上依稀还有橙香。

并刀如水，吴盐胜雪，纤手破新橙。周邦彦的词里虽无一字关于情爱，却将爱之一字用融融的笔调给匀开了。不写情，但处处深情。

我的脑子里突然冒出了前几天宋伊汶问我的话，再结合今天的古怪场景，我忍不住想：郑克己不会是喜欢我吧？

刚刚想过这个问题，我便马上否认了。太荒唐了，这是不可能的。郑克己啊，怎么喜欢我？

为了转换思维，我低头去看那个小册子。服装设计比赛，好久远的事情了。

回办公室后，我把服装设计比赛的那个小册子扔在了桌子上，没去管它。哪知过了几天，我的桌面上突然出现了一张报名表。

报名表上整整齐齐写好了我的个人资料，甚至连照片都附了上去。我有些意外，拿着这张报名表翻来覆去看了好几遍，也不知道这是出自谁手。我虽然没表示出我一定要去，但是这份心意，却让我有些感动。

中午的时候，朱青拉着我去附近一家新开的米粉店。说是新店买一赠一，她不能眼瞅着便宜不占，要不然她会心慌气短吃不下饭。

朱青虽然性格大大咧咧的，但在占便宜这件事上却心细如发。不管是各大商场的打折信息，还是网站特卖的一手资料，找她，绝对一问一个准。

我去排队，她占了两个位置。我端着红烧牛肉米粉坐在她身边，朱青问了我一句："看到桌子上的报名表没？"

"你做的？"

"对啊。资料是我调档过来的，填了半天呢。"朱青吐了下舌头，"我真没想到你居然学的是服装设计啊，这是大多数女生梦寐以求的职业啊！"

每个人都觉得服装设计是个如梦似幻的职业，但是从没有人想过，这样的职业背后付出的是什么。

所有的光鲜亮丽，是无数不眠不休的日夜支撑起来的。

我一边吃粉一边跟她说着以前的经历。学校里的作业多到做不完，每到考试周所有人都要加班加点地熬夜。我曾经熬过一整周，每天睡觉时间不超过两个小时。我白天能够顺利地走到学校，全靠咖啡因撑着。

只要在学校的时候，我总觉得哪一天会猝死在教室。我也亲眼见过有人倒在教室被人台给埋住，连扶的人都没有。

教授上课从不会教我们什么同学爱、师生情。在第一节课的时候，我们的主课教授就站在讲台上对我们说："我不管你们用什么方法，吃糖也好，喝咖啡也好，反正我不希望看到我的课上有谁倒下。你们也别指望有谁会帮你们，自己顾好自己就可以了。"

而且学校里竞争意识特别强，人人自危。虽然我也交到了朋友，但是整个大环境还是特别压抑。

当时一度以为自己撑不过来了，最后熬到毕业时，还被黄依然摆了一道。

好在老天厚待，我总算是活着毕了业。

听完我的话，朱青沉默了一阵。她放下筷子，说："我能懂你这种感觉。我也有近在咫尺最后被剥夺的梦想，所以那天看到你扔在桌子上的比赛手册，我就忍不住想帮你。既然看不上拿你创意的黄依然，那你就应该让她在最拿手的地方认栽。"

不知怎么的，我居然被朱青的一席话打动了。

回想起这些事情，我突然觉得确实应该报名参赛。且不论我到底对服装设计这一行的热爱到底有多少，为了画上一个圆满的句号，也得让事情有个了结才是。

我和朱青吃完了粉往事务所走去。我忍不住问她："那你呢，你打算怎么办？"

朱青说："我没有忘记我想做什么，找到机会我就会走。"

她看向我时，笑了出来。那样的笑容十分自信，好像已经看到了希望的曙光。一时间，我被她眼里的光芒震撼了。

我意识到，我所倾慕的，恰恰就是这种人。朱青是，宋伊汶也是。

朱青的委曲求全，不是为了退让而退让。她没有被磨掉棱角，而是一心一意地蛰伏起来，等到时机成熟才出手。

总有人说，踏上社会很艰难，必须磨掉棱角；久而久之，甚至会变成自己曾经最讨厌的那种人。很多人的失落，是忘却了、违背了自己少年时的志向。自以为练达，自以为精明，从前多幼稚，总算看透了想穿了，就此变成了自己少年时最憎恶的那种人。

但是很多人都忽略了一点，顽石被流水冲刷磨掉棱角，而钻石却因切割后的锐利棱线绽放光芒。

没有任何东西能在钻石上留下伤痕，若能留下痕迹，那绝非钻石。

有些人的梦一触即碎，可有些人的梦是塑料做的，过一百年也不会分解、不会变质。一个人知道自己为什么而活，就可以忍受任何一种生活。

我不应该在原则上的事情做出妥协，我要让黄依然看看，我是不是如她所说的那么“厉害”。

朱青的一番话让我雄心勃勃，一腔热血报名之后，我才想起来自己有多忙。

于是我私心将宋老的遗愿往后挪了挪，宋伊汶还没有把翻译文件给我，我便安慰自己，暂时还不用开始。

可即便是这样，我也没有空闲。宋伊汶打电话给我，告诉我他要去意大利出差一周。我以为他只是告知我一声，谁知宋伊汶说：“我帮你把酒店机票都订好了。”

我举着电话冷静了半分钟，问：“你在说什么？”

宋伊汶说：“你没有听错，我说的就是那个意思。连锁酒店那边有点问题，我要去开会。宁芳要负责法国那边的对接事务，你来帮我做会议记录。之前看你旁听做记录时，我觉得你还不错。”

“我觉得我可能不太行。”我说。

“没事，我们主要用意大利语和英语。你记得请假一周，我周五晚上来接你。”说完之后，宋伊汶收线。

没过一会儿，我收到了航班和酒店信息。我捏着手机半天没法言语，什么情况，为什么他连我的护照号码都记住了？

面对宋伊汶，我只得认栽。我也不知道他为什么突发奇想带着我。但既然没有回旋余地了，我只能立即解决这个问题。我打开电脑拍了份请假申请，给郑克己递了过去。

因为傅司泉的关系，事务所对宋伊汶的案子特别重视，郑克己也只好答应。他批了我的请假单，对我说：“希望这不是一个借口。”

“我还不想去呢。”我说。

“难得听你这样说，”郑克己嗤笑一声，“你不喜欢他吗？”

“什么？”

从郑克己的嘴里听到这样的话，我只感觉万分惊诧。我本以为，他该是不知道的。毕竟在我看来，郑克己很少关心儿女情长，他眼里的东西，应该只有事业。

可是我想错了。

“难道不是吗？”郑克己又是一句反问。

我点了点头，直视着郑克己说：“是啊，是喜欢。”

大概是我的答案太直白，郑克己愣在了我的面前。他的左手挡在唇边，一脸若有所思的模样。那双黑眸不知看向哪里，反正眼睛都没眨一下。

办公室突然陷入了莫名的沉默。这种沉默像钝掉的刃，比在咽喉处虽不见血，但疼也是真疼。它带给我一种莫名的窘迫感，就像是未成年人早恋被父母捉到的感觉。

不知道过了多久，我站得脚后跟都有点麻木了。

这时，郑克己突然抬头，看向我的黑眸中好似蒙着一层薄雾。他对我说：“一路平安。”

周五，我带着行李来了事务所。刚到下班时间，宋伊汶的电话来了。他告诉我他在楼下的停车场等着。

我拿了行李往外走，出了事务所大门，果然看到了宋伊汶。他穿得简单随意，可能是身高的原因，站在那里还是挺惹眼的。

不知道是哪家小孩在空地上画了跳房子的格子图，宋伊汶兴致勃勃地站在那里。他双手插在裤子口袋中，脑袋垂下来看着地面的画，单双脚不停变换，身子灵活轻巧，非常顺利地踩完了飞机的图案。

有个小男孩站在旁边鼓起掌来，宋伊汶看了过去，脸上露出了微笑。我也忍不住笑了。

他转过头来看我，说：“怎么来了也不叫我？”

“不是看你玩得正开心吗？”我指了指地面上的图案。

宋伊汶摸了下后脑勺，可能是不好意思。他上前几步，接过了我的行李箱。他说：“这么轻？”

“没什么要带的，缺什么到时候去买。”我说。

“也是，我的钱还在你这里，你随便用。”他对我说。

“那我首先就去刷个和艾薇手里一样大的钻石戒指。”我说。

“随你喜欢。”他歪着头冲我一笑，好像真的是让我随便买的意思。

我们边说边上了车。前面有司机，我不好再说中文，便开始在手机备忘录上打字：“钱到底怎么给你？”

宋伊汶接过我递过去的手机，沉吟了一阵，这才敲了行字，递还到我的手上。我一看，笑了。

他写的是：“我的不就是你的，你还给我，也是你的。”

虽然我不知道他到底要把这笔钱给我做什么，可他的信任，却让我无比受用。

我一路睡到米兰，中间醒过几次。我每一次睁眼，都能看到身边的宋伊汶在工作。他一刻也不得闲，不是在电脑上敲字，就是在忙着看文件。我迷迷糊糊地想着，想要成为这样的人，只怕要先吃他吃过的苦，才能得到想要的光鲜和面对一切的从容态度。

成功从来就不是容易的事情。比起宋伊汶，我真的轻松太多了。

我忍不住伸手，轻轻拽住他的袖子。宋伊汶分神看我一眼，他将我的手整个包在他的手心里，那样的温暖让我无比安心。

“好好睡，到了我叫你。”说着，宋伊汶侧过身子，在我的额上落下一吻。

到米兰后，我们赶到酒店。我这才知道，原来坐落在市中心的酒店也是阿姆莱德家的产业。宋伊汶跟我解释，这是他手下的新生品牌，每年盈利还算不错，是公司里的重点项目之一。

他没空休息，放了行李后洗漱一番，便敲开了我的房门。我抱着笔记本背着包跟在宋伊汶的身后，小声问：“你不用休息，也不用调整时差吗？”

“时差？我没有这种东西。我随时随地都要保持最好的状态，谁也不知道下飞机之后，公司有什么任务在等我。”宋伊汶说。

听到这话，我深刻感受到自己和他的差距。这时，宋伊汶走入会议室，他气势慑人，跟在后面的我都有种被压得喘不过气的感觉。

我们落座后有人送上了咖啡。宋伊汶喝过一口，便宣布会议正式开始。

这是我第一次担任如此大型的会议记录，而且还不是使用母语。之前我已经下过功夫背过酒店业和管理方面相关的词汇了，但意大利人说话语速太快，我听起来还是觉得吃力。

可我不会露怯，更加不肯认输。我拼命集中注意力，在电脑上敲下关键词。实在听不懂的，我猜过大意后用中文拼音记录下来。

等到宋伊汶说出“pausa（休息）”时，我紧绷的神经终于松懈了下来。我打了无数个呵欠，眼泪也情不自禁流了下来。这不是困，是用脑过度的表现。

坐在我身侧的宋伊汶推了下我的胳膊，说：“表现还不错，去楼下吃点东西吧。”

经过他这么一提醒，我这才察觉自己真的饿了。

吃饭时，我一人吃了一份意面和一份猪排，还企图去抢宋伊汶盘子里的牛排。他把盘子端得老高不让我吃。宋伊汶看着我，一脸无奈地说：“你不能多吃，你下午还要保持清醒。吃多你会犯困，脑子没有那么灵活。”

听从他的建议，我只好放下餐具，点了杯浓缩咖啡。

下午开完会后，我强撑着随时可能倒下的身体，把会议记录整理完了发给宋伊汶。发完之后，我直接倒在房间的沙发上睡着了。

真的是太累了，我从来没有经历过如此高强度的工作。我已经没有自我意识了，剩下的全是那种机械化的动作。累到极限的那一瞬间，我突然明白了为什么宋伊汶能够保持如此好的精神状态。

长期的高强度工作让他养成了这样的生活节奏，身体已然形成了条件反射。

等我醒来，已经是晚上九点了。我去敲了宋伊汶的房门，男人穿着睡衣，手里拿着一本书，右手还捏着笔。

“你在做什么？”我问。

他把手里的书递给我看。我一看就愣了，这人居然还在算数独。

“你没有休息吗？”我又问。

“等你发邮件的时候我睡了半个小时，看完会议记录后我把问题整理了出来。虽然你漏掉了不少东西，但总的来说，还算不错。”

宋伊汶拿着书轻轻敲了一下我的脑袋，他又问：“你是饿了吧，要吃什么？”

“炸鸡桶。”我说。

“酒店应该是没有的。”他说。

“换衣服，我们出去买。我带你去。”

九点多的街道上已经没什么人了，我带着宋伊汶走街串巷，来到了我常去的那家炸鸡汉堡店。店里还在营业，我打包了一份炸鸡桶。

宋伊汶问我：“不在这里吃吗？”

我说：“带你去个地方。”

就这样，我捧着可乐和杯子，宋伊汶拎着炸鸡桶，走到了米兰大教堂的台阶前，我说：“这里，你能接受吗？”

身后是巍峨的哥特风格教堂，右手边是华丽繁复的埃马努埃尔二世长廊。虽然没有餐桌板凳，但这里的风景已经足够弥补一切了。

宋伊汶看着我，眼神有些兴味。他问我：“你怎么会想到来这里？”

我坐在台阶上，往纸杯中倒入可乐。我给宋伊汶递了一杯，说：“上学时候留下来的习惯。吃了饭喝了酒，和朋友坐在台阶上吹吹风聊聊天。难道你上学的时候不会这样？”

“我？”宋伊汶拿了个鸡翅递给我，“我没时间。我忙着学语言，打工，找实习公司，同时还要保证自己的成绩优异。在家族企业中获得一席之地，并不是一件容易的事情。尤其是，我还长着这样一张脸。”

我看向他，忍不住说：“很帅的一张脸，没问题啊。”

宋伊汶将我的脑袋按在他的肩膀上，说：“真是谢谢你了。”

我知道宋伊汶表达的是什么，他是混血，并不能全然代表家族。至于为什么，我只能归结于所谓“血统”这个原因。他能做的就是比别人做得更优秀，这样才有说服力。

那天晚上，我和他吃完了整个炸鸡桶，喝空了一瓶可乐。宋伊汶说，他已经三四年没有吃这么多油炸食品了。我们收拾完垃圾，我系好袋子，扔到了不远处的垃圾桶。

等我跑回来，宋伊汶冲我摊开手。他问我：“绵绵，纸巾呢？”

我突然想起来，纸巾随着塑料袋，一起被我扔了。

我不好意思地看着他，呵笑了两声，宋伊汶有些无奈地看着我。趁着他还没反应过来，我伸出两只手握住了他略有油渍的左手。

他一脸诧异，我抬起头：“没关系，我不嫌弃你。”

虽然夜色深沉，可大教堂周围的灯光很亮。我看得很清楚，宋伊汶脸红了。

后面几天的会议，我逐渐适应了节奏，没了第一天的手忙脚乱。但随着会议的推进，我也看到了宋伊汶的怒火。

宋伊汶轻易不发脾气，平日说话也是平淡温和的，好像没什么事情值得挂碍。这一次，他难得发了火。即便是生气，也没有失掉仪态大喊大叫，他语气微低沉，似乎压抑着什么。接着，他复述了一遍对方的话，目光投射在那人身上。

仅仅是眼神罢了，可就连我这个无辜的人，都觉得有些窒息。

偌大的会议室安静异常，谁也不敢轻举妄动。我都忍不住将手从键盘上撤离，生怕碰出点声音显得突兀。

平静的冰山，更有杀伤力。

当事人想要喝点东西缓解由宋伊汶带来的压力。谁知他端起咖啡杯时手抖了一下，泼了自己一身。

接着宋伊汶说："总要推个责任人出来，就他吧。"

话音落下，那人想要解释，但张着嘴，半天说不出一句话。室内温度很低，可我远远看着，都能看见他额头上沁出了一层汗珠。

持续了五天的会议终于结束。我抱着电脑起身，本想等宋伊汶一起离开。他看向我，小声说："你先回去房间吧，我还有事情要做。"

我点了点头，拿着东西先撤退了。刚回房不久，我就接到了亨利的电话。他一开口便朝我可怜兮兮地假哭了两声，我不吃这套，对他说："你今年二十三了，不是三岁。"

"绵绵，我快活不下去了，这里的厨师太糟糕了。"亨利在那边抱怨。

"听Evan说，你不是挺喜欢吃火锅的吗？"我问。

"可是你不能让我顿顿吃火锅啊！"他在电话那边咆哮起来。

"说吧，你有什么事情？"

"绵绵，你答应过我一个条件。"亨利拖长了语调。

"我真是欠了你们的。你说吧。"

"找Evan要一个名叫Giacomo（贾科莫）的厨师，让他来国内为我做几餐饭。"亨利的声音几近哀求。

"你怎么不找他要？"

我心中警铃大作，总觉得亨利这是不怀好意。而且在我问出这句话时，我不自觉想地要哼起《碟中谍》的经典配乐了。

他都想用掉一个条件来求我，那肯定是因为"Mission impossible（不可能完成的任务）"。

"Giacomo是酒店餐厅的招牌厨师，如果是我去求Evan，他一定不肯。"亨利又在电话那边对我撒娇，"你就行行好帮帮我这个可怜人吧。"

"中文说这么好，你怎么不去卖艺？"我在电话这边揶揄他。

"说这么好，我也只说给你听。"

亨利突如其来的一句情话听得我大叫起来。他哈哈大笑，说：“绵绵，我发现你的软肋了，你居然这么怕肉麻的话。你要是不答应，我就天天说给你听。”

为了打消他这个可怕的念头，我立刻应承下来。我对他说：“我尽力一试，成不成功我就不知道了。”

见我答应了，亨利欢呼一声。他对我说：“肯定会成功的，因为Evan爱你。”

“闭嘴吧你。”

挂断电话后，我忍不住看向镜子里的自己。我的脸蛋红扑扑的，像是被火烤过一般。

我将会议记录整理完，心里还记挂着亨利交代的任务。我换了鞋往门外走，刚刚敲响宋伊汶的房门，有路过的客房服务生告诉我，宋伊汶出去了。

反正我也出了房间，便打定了不走回头路的心思，往酒店外走去。

又走到这条街的时候，我的心里感慨万千。我没有目的地四处闲逛，映入眼帘的每一寸风景都是如此熟悉。

两三年过去了，这里依旧没有变过。我习惯性地往书店走去，那里是我最喜欢逛的地方。不仅仅是因为书籍有意思，这家店还兼卖一些漂亮的手账本。

我循着记忆上了二楼，刚刚在货架前站定，就看到了玻璃门外的两个人。其中那个男人的身形被挡了一半。可他的身形太好认，仅凭一片衣角我都能看出他是谁。

还能是谁？如此心有灵犀的脑电波巧遇方法，只有宋伊汶和我才能做到了。

我往户外走去，玻璃门自动打开，宋伊汶正好往这边看来。我和他对视一眼，一向风轻云淡的男人，突然流露出尴尬的神情。

他的眼神不自觉地往下挪，似乎不太好意思看我。我抿着嘴唇，胸膛里怦怦直跳的心脏仿佛即将喷发的火山。如果不是我的涵养还在，估计当场就要喊出声来。

这时，他面前那个背对我站着的女人转过身来。我和她对视一眼，两人都震惊了。

“Mia？”

“Bianca？”

眼前金发棕眸的漂亮女人叫Bianca（比安卡），是我当年在语言学校的老师。她性格开朗，而且非常热心。有朋友跟我说，比安卡的姓氏是米兰旧贵族的姓氏，历史书上还能找到她的祖先。

可她的行为举止实在平易近人，看不出半分架子，因此在学生中很受欢迎。从入校开始，我和她的关系一直都算不错，偶尔还会一起出去吃个午餐。真正熟识起来，还是因为我某天逃课，撞见了在公园里一脸泪水的比安卡。

想想看，我每次都能遇见别人在哭。

比安卡告诉我，她和男朋友分手了。我想了半天，不知该怎么安慰，只能先痛斥一顿她那不开眼的前男友。

那时候我意大利语不算好，骂人磕磕巴巴，翻来覆去只会用“Cazzo”这个词。在我说了二十来个“Cazzo”之后，比安卡纠正我：“不，是我和他提的分手。他很好，他真的是一个很好的人。”

我又词穷了。

既然他很好，为什么要分手？我把这个问题抛给比安卡，比安卡想了一会儿，对我说：“我感觉他不爱我。因为不爱我，所有的举动都无可挑剔，我说不出任何的不好，可这不是我想要的。”

我问她：“那你想要什么样的爱情呢？”

比我大五岁的比安卡流露出一副少女的表情。红肿着眼睛的她，突然就笑了起来：“我也不知道，等我遇到了，我就知道了。”

虽然我不知道她会不会遇到理想中的爱情，但是我知道，老天爷一定会厚待她。这种一往情深的天真，真的太动人了。

后来我和比安卡一直是朋友，在大学毕业写论文的时候，她还帮我修改过论文的语法错误。我回国之后，便和她的联系减少了。

这大概是我们两三年后的再相逢吧。

“Mia，为什么你来米兰也不告诉我？”比安卡假装生气地说。

“我……我也是临时才知道我要来米兰的。”我说。

“那你也应该告诉我！”比安卡说着，指着身侧的宋伊汶，“跟你介绍一下，这个就是我之前跟你提过的前男友，Evan。Evan，这是Mia，我的学生。”

听到比安卡的话，宋伊汶突然咳嗽了起来。他掩着嘴唇，小声抑制着自己的咳嗽声，满脸通红，甚至都不敢侧过脸来看我一眼。

“Evan，你这是怎么了？”比安卡有些担心地问，想要过去看个究竟。

宋伊汶立刻挡住了她的手，他一边咳嗽一边断断续续地说：“没……没什么。”

“哦，好吧。”比安卡点了点头，又将视线转向了我，“Mia，我们找个地方吃下午茶顺便聊聊天吧？你不介意Evan一起吧，他现在是我的朋友。”

“当然不介意。”

我回答之后，宋伊汶的咳嗽声更大了，像是要把肺也一起咳出来。

比安卡挑了宝格丽酒店的下午茶。等待茶点上来时，比安卡一直和我说个不停。宋伊汶数度想从中切入话题，都找不到任何插入点。他有些尴尬，不住地往我这边投来目光，似乎是在向我求饶。

可我凭什么这么快原谅他呢？我假装什么也没看见，只顾着和比安卡说话。

不一会儿，比安卡告诉我，她要结婚了。她捧着脸蛋，流露出一副小女儿的神态。这时我才注意到，她的手指上带着一个梨形钻戒。

“恭喜你，找到了爱情。”我说。

“是的。”她点了点头，“他和我一起长大。以前从来不知道他喜欢我，直到我失恋后三个多月，他辞了工作，一直陪在我的身边。等到我振作起来，他才去上班。”

“多好啊，真羡慕你。”我恭维了一句。

比安卡甜笑不已，她说：“后来我才注意，他对我有求必应，时时刻刻都会注意到我的需要。如果这都称不上爱，那什么是爱呢？”

她告诉我，大概今年十月份，她要在西西里附近的小岛上举行婚礼。现在她已经开始准备请帖了，听说宋伊汶在米兰，便约他出来，想要送他一份请帖。

我听罢忍不住笑，比安卡看着我，问：“你笑什么？”

“你这是要感谢前男友的不娶之恩吗？”我问。

“啊？”比安卡很单纯，听不出我的话里有话。她以为我真的是在问她问题，还认真地回答：“我就是想告诉他，什么才是真正的爱情。如果一个人一辈子都没有真正爱过，那是一件很可怜的事情。”

我看向宋伊汶。

宋伊汶微微颔首，他对比安卡说：“我遇到了。”

比安卡有些惊讶：“那我婚礼的时候你会带她来参加吗？”

宋伊汶说：“你已经见过了。”

我们的聊天持续到比安卡的未婚夫来接她回家。临走时，比安卡还在追问宋伊汶关于“真爱”的事情。宋伊汶顾左右而言他，最后被比安卡缠不过了，他说：“等你结婚仪式的时候，我一定告诉你。”

比安卡欢呼一声，终于肯走。离开前，她留了我的地址，说要把结婚请柬寄给我。

等她走后，我找宋伊汶算账。他露出一副认命的表情，说：“我就觉得有不好的预感，谁知成真了。我和你之间的这种感应，真的很可怕。”

说着，他还真切地抚了抚自己的心口，好像真的被我吓到。不过我能让宋伊汶说出“可怕”这个词，我也觉得挺好笑的。

“怕了吧？”我笑问。

他举手投降，说：“请原谅我。”

“那你要答应我一件事。”

“什么？”

借此机会，我把亨利的要求向宋伊汶提了出来。宋伊汶思考一阵，说：“那你也要答应我一件事。”

“那这次的事情呢？”我问。

“这次另算，你要答应我一件事。”

说这话时，宋伊汶的表情格外认真，害得我也忍不住正襟危坐。我对他点了点头，说：“你说吧。”

“你要相信我，有些事我并不是想要骗你，也不是刻意为之。”

我皱着眉头，在心里把这句话翻来覆去地念了好几遍，也没能明白他到底要表达什么。我只是隐隐察觉，他似乎隐瞒了我什么。

可宋伊汶的表情诚恳，他伸出手来，紧紧地握住我的右手。不知道是不是紧张的原因，我竟然感觉到他的手在微微颤抖。

他也有不确定和害怕的时候？他可是宋伊汶啊。

我疑惑地看着他，他叹了口气，空出来的一只手遮住了我的眼睛。我的眼前一片黑暗，此时耳边响起了宋伊汶的声音：“不要这样看我。我面对你，常常不知道该怎么办。”

爱情有千百种，可遇到喜欢的人，常常无计可施。

我释怀地笑了：“我相信你。”

等我回到江城，事务所里突然掀起了一种莫名的高昂氛围。我问朱青，她告诉我，因为事务所要组织暑假出游了。

这时，宋伊汶跟我打来电话，告诉我书信内容翻译好了，他发到我的邮箱里了。

我本想找郑克己一起来看，谁知这几天我在事务所都看不到郑克己。我问他的助理舒迦陵，对方也只是说郑克己很忙。但忙到神龙见首不见尾的地步，也算罕有了吧。

我接连跟他发了好几个短信，他也没回应我。某天深更半夜，这人突然给我发来一个消息："过几天要下雨，你趁着天热，把宋老宅子里的书搬出去晒一晒。不能暴晒，注意温度和时间。"

看到短信，我连忙给他去了个电话，谁知这人竟然关机了。大半夜里，我被郑克己气到睡不着。

周末的时候，我还是听从郑克己的建议，去了宋老家中。

我带着棉线手套，将那些柜子里的书取了出来，一本一本小心翼翼地摊开放在酸枝木的小桌子上。

露台外有帘子，可以遮挡阳光。太阳暴晒过的书页会变脆，时间长了就会变成一块一块的。我只能让它们在通风干燥的地方吹一吹。虽然书柜里也有干燥剂，但这些书本身就很珍贵，要经常照料一下。

我里里外外忙了两个小时，终于搞定了一批书。

天热得让人有些发躁。我关上露台的门，将客厅的空调打开，趴在地上打开了电脑，终于开始看搁置了好久的信件翻译和《六韬》。

繁体竖排且没有批注的书看起来很累。好在我以前恶补了一段时间，也算是习惯了这样的版式，不知不觉，也就看进去了。

我趴在地上，右手拿笔，将一些颇为重要的话抄在本子上。书上写的繁体，我转录的时候便是简体。等我写了整整一面后，脑子里浑浑噩噩的。

《阴符篇》有这么一段，是关于周武王问姜太公在征战中该如何通信。姜太公说："……八符者，主将秘闻，所以阴通言语，不泄中外相知之术。敌虽圣智，莫之能识。"

在《阴书篇》里，武王又问，要是有八符无法传达的消息该怎么办？姜太公说，那就用书不用符。把信息分三人传达，而这三人并不知道自己要传达的是什么样的消息，但三份消息汇总后，才是完整的传达内容。

我看完这段后，想了许久。我敢肯定我那天找到的一段信息是属于"书"的范畴，但那段信息也不足以证明什么，毕竟实在是阴差阳错。

这样想着，我将那些翻译过来的信件打印下来，按照我所熟知的一定规律来强配，最后也没有得出什么结果，反倒是更加一头雾水。

我只能说，宋老这保密技术做得太好。我想要知道点什么，根本无从下手。

那如果书信内容不单单是“书”，其中也有“符”呢？先是“符”对上了，接着再是“书”。这样的话，我是不是就能找到点什么？

想得太多，我忍不住犯困。迷迷糊糊之间，我抓着手机设了个半个小时的闹钟，便躺在地板上睡了过去。

再等我醒来的时候，手机闹钟没响，身上还多了条毯子，是我原来常盖的那条。

我有些错愕，迷迷糊糊间看到沙发上坐了个人。我的意识还模糊着，张嘴喊了一声：“宋老。”

“是我，郑克己。”

听到他的声音，我被吓清醒了。我知道他也有钥匙，但是自从我接管了这里，他基本就没怎么来了。不知道是近乡情怯还是怎么的。

“你怎么来了，不是说很忙？”我站起身，将毛毯叠好放在一边。我往外看了一眼，露台处的书都收了，想必是郑克己帮的忙。

“忙完了，就顺路过来了。你怎么又睡在地板上？温度开这么低，要是感冒了怎么办？身为女孩子一点都不讲究，我进来差点把你踢到。”

郑克己合上书，他回答完我的问题后，又开始教训我。

我辩解了一句：“我本来只打算睡半个小时就起来的，你把我的闹钟关了，还怪我不讲究。”

“又没吃饭？”他问。

“本来想起来之后把书收了就叫外卖的。”我说。

“那你想吃什么？”郑克己拿起手机，问了我一句。

“比萨、炸虾、意面，还有橙汁。”

听到这里，郑克己沉默了。他半天没了动作，好一会儿才说话：“你以前也喜欢吃这些。”

他说的以前，是以前宋老在世的时候。有时候郑克己下班便会来这里蹭一顿晚饭。他每次都抱怨我喜欢吃垃圾食品，但为了不浪费，还是会陪着我一起吃。

宋老总是感慨，说我一个女生，居然胃能吞鲸。反倒是郑克己有时吃得比我还少。我笑，拿虾塞到郑克己的嘴里，要他多吃一点。郑克己一脸无奈，吃得很是憋屈。

我以为这样琐碎的日常不过转眼就忘，哪知我俩都把这种小事牢牢地记在了心里。

那天下午，我们又吃了“垃圾食品”。我用力将意面卷在叉子上往嘴里送，郑克己拿起一块比萨看了半天。

“你真的是长了个外国胃啊。”郑克己对我说。

“没有啊，有时候我只是图个方便，哪知吃着吃着，就习惯了。”

听到这里，郑克己叹了口气，半是无奈地说：“如果你这么容易习惯什么，那你为什么会轻易喜欢上别人呢？”

听到这话，我愣在了当场，心率乱得一塌糊涂，不知道怎么办才好。但郑克己好像是自言自语，他说完之后，便开始吃手里的比萨。等我再看去的时候，他面色如常：“你不饿吗，吃啊。”

直到这个时候，我才不得不承认，原来心里那个鬼鬼祟祟的猜想，竟然是真的。但是这怎么会是真的？怎么能是真的？

我和郑克己，简直是一百个不可能。

我满脑子都是第一次见到郑克己的样子。

我很清楚地记得，我是在宋老的病房遇到郑克己的。我那时也在住院，一身睡衣，头发随便揪了个马尾，脸上什么也没涂，额头上还爆了几个痘痘。简而言之，就是丑得不得了。

但是他就不同了。

那时候他还在度假，听到宋老生病的消息就赶了回来。他走进病房的时候我正好抬头，两人对视一阵后，他率先撤回了视线。我留意到他穿了一身GUCCI，背了个LV的棋盘格双肩包。

然后宋老就给我介绍，此人是他的爱徒，名叫郑克己。

他很冷淡地看了我一眼，向我说了声“你好”。

后来我成了宋老的徒弟，郑克己对我依旧是不冷不热。他偶尔还会向宋老抱怨：“为什么要我照顾这个小麻烦？”

我也不小，但他喊我小麻烦的时候，我就会制造出更大的麻烦让他收拾。久而久之，这人也知道我不好惹。磨合多了，我俩也算是能维持表面上的安宁。

他也有过女朋友，我看到过一两次。女人比我大两岁，也挺好看，浑身上下都精致。没过多久，我便再也没看到那个女朋友的身影了。我试探着问过一次，郑克己回答我说：“分手了。”

细细算来，我和他之间有好多可以回忆的事，彼此间也参与了对方生活里的点点滴滴，但说来也怪，我居然没动过“喜欢他”这个念头。

那郑克己又是怎么会喜欢我的呢？这真是一个不解之谜。

我一直看着郑克己，过了很久才回答他的问题：“喜欢人就像吃饭挑食，偏爱就是偏爱，不管先来后到，也没有正当理由。就像婚姻有法，保证的是财产安全，但管不住人要出轨的心。”

“就你歪理多。”郑克己横我一眼。

我小心翼翼地打量着他的表情，他明显放松了下来，也没打算再提刚刚的话。我拍了拍身侧的地板，说：“坐过来，我有话跟你说。”

“我坐沙发，你这是什么毛病，有事没事就往地上坐。”

他决计不与我同流合污，坐到了一边的沙发上。我忍不住想，如果是宋伊汶，他一定会陪着我坐在地板上的。

就郑克己毛病多！

我瞪他一眼，最后还是爬了起来，抱着电脑坐到了郑克己身边，问：“你要不要看一下这些翻译过来的东西？”

郑克己点头，我把电脑挪到茶几上，又给他插上鼠标。他身子前倾，仔细看着PDF文件上的每一个字，生怕有所疏漏。

我坐在一边，好像玩着拼图游戏一般把写着汉字的碎纸片拼来拼去，企图组成一个像样的句子。这时，我搁在地上的手机响了。我起身去看，是宋伊汶的电话。

“喂，有事吗？”我在这头问了一句。

“我刚刚打了一个喷嚏。”他的声音有点沉闷，还吸了吸鼻子。

“所以呢，我要跟你说多喝热水吗？”我试探着询问。

“我是特地打电话来问问你，是不是你想我了，我才打的喷嚏。”他在电话那边说。

有人这么婉转地表达“我想你”吗？我忍不住笑，说：“你的脸呢？”

“想看吗，一会儿发给你。”宋伊汶俏皮地回复了一句。

郑克己突然投来目光，我以为他有什么发现，便匆匆收了线。等我挂断电话，郑克己问：“谁啊？”

“我以为你有什么新发现呢。”我瞪他一眼。

“新发现是没有，我只是觉得Evan在你需要的时候就能给你提供古英语方面的帮助，真的是太巧了。就像是瞌睡时正好有人递来了枕头。”郑克己轻抚下巴，一脸严肃。

郑克己说着话，我收到了一条消息，点开一看，居然是宋伊汶的自拍。

他不知是打哪儿学的拍照技术，居然坐在办公桌前冲着镜头比出了“V”字，还故意瞪大眼睛装无辜。可宋伊汶确实长得好看，即便是这样看起来有些违和的表情，在镜头里也显得一派自然。

好笑也是真好笑，可我又不敢在郑克己面前笑出声来，只好憋住了自己的情绪。这时，我看到了宋伊汶桌上的那本数独书，脑子里一下就清醒过来。

数独和八符一样，都需要凑到一定的规律。我隐隐觉得，我好像理清事情的苗头了。

郑克己还在那边说：“不行，我要去查查看，看看Evan到底和老师有什么关系。”

说完话，他站起身来。不知道是不是没站稳，我看到了郑克己晃了几下。他想伸手找东西扶住，可四下什么都没有。我连忙跑过去接住了他，才避免他倒在地上。

“你这是怎么了？”我忍不住问。

“没什么，这几天太累了。”郑克己扶着额头。

“你先不要管宋老和Evan之间的事情了，有空你好好休息休息。”我说。

“再说吧。”

Chapter 05 月光漫步

为什么偏偏是月亮，
那是因为
日文中“喜欢”的发音和“月亮”
的发音，十分相近。

周五的时候，事务所贴出了暑假出游的消息，目的地是巴厘岛。一时间，整个事务所里人心昂扬，上下鼎沸，好不热闹。

朱青跑来找我：“你去吗？你要去的话我们提前申请分到一间房，我找我爸去说说。”

“不是说刚入职半年不能参加旅行吗？”我问。

朱青把我拉到一边：“你是真傻还是假傻啊，郑克己肯定会让你去的。他才接了两个大案子，分红都不少，你还怕他出不起这点钱啊？”

这时，前台给我发来消息，说我有快递到了，是文件。我下楼去前台拿了快递，撕开信封的时候，发现是饮光基金会寄来的。

饮光基金会还有给我寄快递的一天？从我在宋老身边起，那群人就特别讨厌我。他们认为我就是个尸位素餐的角色，眼下还占了大笔财产，看起来就是白眼狼的货色。

我捏着手里的文件，忍不住轻嗤一声。搞得谁稀罕这些东西似的，我倒要看看他们给我发了什么东西。我干脆把整个信封全部撕开了，其中有一沓文件，跟我没什么关系，好像是基金会相关的东西，我看不懂。我抖了下信封，从里面掉出来两张叠起来的复印纸，我展开一看，居然是两张身份证复印件。上面的名字分别是宋渊和宋其光。

我心头一跳，连呼吸都慢了一拍。我仔细看了看这两张身份证，复印件上的人像模糊不清，两张脸都是黑乎乎的。唯一能看仔细的，就是出生年月和住址。两人的住址都在离江城不远的一个小县城里。

一时间，我竟然有些不知所措。我拿出手机把身份证复印件拍了下来，又把那些东西放回了文件袋中，脚下步伐不停，快步往郑克己的办公室走去。

刚到郑克己的办公室，舒迦陵告诉我他正在办公室和客人谈事情。

我找了张椅子坐下，和舒迦陵聊了会儿天。没过一会儿，他办公室的大门打开，黄依然和他有说有笑地走了出来。我也不知道心虚个什么劲儿，居然猛地转身躲到了不远处的复印机下。那里正好有棵盆栽，完美地挡住了我。

老实讲，我也想不通为什么我要躲在这个角落里。但是看到那两人同时出现的时候，我的第一反应就是想躲起来。

这时我听到了黄依然的声音："那我先走了啊，郑律师，下次再来打扰你。"

"嗯，比赛加油啊。"郑克己声音淡淡。

"会的，起码拿个第三给你看看。"黄依然声若银铃，渐渐飘远。

我一人躲在那个盆栽后面，左手成拳，心头郁结。什么叫起码拿个第三？我在担心能不能入围的时候，她已经能够预料自己能不能拿奖了，我跟她的差距有这么大吗？

正在胡思乱想的时候，郑克己不知怎么地走到了我面前，他居高临下地看着我："出来，你躲这儿干吗呢？"

"那……那……嗯……我手机掉这儿了，我来找一下。"我解释道。

他狐疑地看了眼复印机，又看了眼我之前坐的那张椅子。郑克己闲闲地开口："那是，扔了个抛物线的距离。"

我觉得郑克己是有心想要气死我的。我倔强地解释："手滑。"

"你有事找我？"郑克己突然发问。

我点了点头，扬了扬手里的东西。他冲我招了下手，我跟着他进了办公室。我把手里的东西放在桌上，对郑克己说：“打开来看看。”

郑克己打开文件袋，看到了那两张复印件。

“谁寄来的？”

郑克己看到那两张复印件，脸色很是不善。我有些奇怪，有宋其光和宋渊的消息不是好事吗？为什么他看起来这么不开心？

我没说话，只是默默地将快递的外包装递给了他。郑克己接过包装看了眼，问：“他们为什么要把东西寄给你？”

他沉下脸，坐在椅子上，接着随手翻了翻那叠文件。郑克己看了好一会儿，脸色更加难看了。

“我哪知道？自从宋老离世，我就跟饮光基金会一点联系也没有了。”我说。

“那就行了。”郑克己摇头，“你不要多想，这两张身份证复印件你也别管。这些东西我们早就找到了，你还是继续专注你的那些信。”

“那这个东西突然寄过来，总有什么意思吧？”

我看着郑克己，想要求得一个答案，但是对方明显不想遂了我的心愿。他将两张复印件丢到了碎纸机里，碎纸机发出咔咔的响声，将我想要留下来的东西搅得一点不剩。我眼巴巴地看着碎纸机，心想幸好我拍照存证了。

“跟你说了别管你就别管，你还听不听我的话？”郑克己看着我。

“听听听！我不管！”

他的独断专行综合征又发作了。每次都是这样，问都不让我多问一句，就强行拿出师兄的派头来压人。偏偏他发火的时候又格外吓人，想问为什么的我，总是只能把一肚子的疑惑再吞回去。

大概是我脸色不太好，郑克己又刻意放软了口气。他虽然压制了自己的脾气，但我还是听出了话语里的不耐烦。

他说：“不是我不跟你说，有些事情你从头到尾都不知道。不知道是件好事。这事情我来处理，你去做你该做的事情。”

“找宋渊不就是我该做的事情？”我问。

郑克己用左手撑着额头，说：“是。但是这个身份证上的地址我们已经去过了。没有线索，所以你不用再找了。这个理由可以吗？”

我点头：“你这样说，那我就这样信吧。虽然我觉得你有件很重要的事情没有告诉我，但是既然你不说，那我就不多问了。我先走了，你……该怎么继续就怎么继续。”

郑克己看着我，目光里饱含诧异。他的嘴唇微微翕动，我总觉得他有话要说，但到最后，却也是什么都没说出口。他只是点头：“那你去吧。”

我回到办公室落座的时候，还是觉得这件事太诡异了。郑克己一定有关于宋渊的事情瞒着我。而且他在看到复印件时脸色那么难看，肯定也是知道了些什么。

他要我别管，但是我好奇心重，还是忍不住在电脑上面开始搜索从江城如何去那个县城。我找来找去，最后发现只有几条旅游攻略。上面说那个县城虽然风景优美，但是路途不便，只能先坐火车到邻近的地级市，然后乘巴士过去。而且乘坐巴士的时间不短，大概要花上五个小时。

我将大致的坐车行程保存下来，又搜了搜之前在复印件上看到的地址。虽然具体的地址我不记得，但我还是记了个大概。

此时，有电话进来。我叹气，只能认命地拿起手机。看到来电显示的时候，我呆了一阵。

傅司泉？这人无事不登三宝殿，打来电话准没什么好事。

我接起电话：“傅总，您好。”

“难得周小姐还记得我。”

不知怎么的，每次听到傅司泉的声音，我总有阴恻恻的感觉。这人实在是很难让我心生好感。

“傅总有事找我？”

“也没什么事，想问问周小姐晚上有没有空，能不能赏脸吃个便饭？”

我心头一跳，捏着电话的手不自觉握得更紧。我跟他又不熟，吃什么饭？但转念之间，我又有些好奇他找我到底意欲何为，是不是又是为了图书出版的事情?

在他之前，我也断断续续地收到了一些邮件，都是在咨询宋老的遗著和书信有没有出版的遗愿。他们报出的价格相当诱人，但我还是一压再压，没有立即表态。

现在又来了一个傅司泉，这人又不是主攻文化生意的，干吗与我联络得这么热切?

我没有立刻作答，电话那边的傅司泉敏感地嗅到了什么。他笑了一声："是不是我的时间约得不好？周小姐什么时候有空，我们约个时间？"

听他的话，这人完全没有一点被拒绝的意思。看样子这饭我是吃也得吃，不吃他找机会也会逼着我吃。现在他把主动权交到我手上，还算是礼貌客气。

我想了想，说："那就过两天？我提前给傅总打电话可以吗？"

"那就一言为定，周小姐不要贵人多忘事啊。当然，要是周小姐忘了，我也会提醒的。"

这人还真是誓不罢休。我无声叹气："不会不会，我一定记得。"

得到了我的保证，傅司泉终于舍得挂了电话。

挂了他的电话，我忍不住给宋伊汶打了电话。他一接起来，我便问："方便说话吗？有事情要问你。"

电话那边传来一阵嘈杂，接着是衣料摩擦的声音。再过一会儿，电话那边安静了下来。宋伊汶的声音传来："方便，你说。"

"傅司泉找我做什么？"

"跟我没关系，我没有在他面前透露我和你的关系。"宋伊汶马上澄清，"他们不知道的。"

听到这话，我转去了门外，一路小跑走到安全出口处，四下探看一番，还好，这里没人。我捏着电话，问："我们是什么关系？"

"我爱你的关系啊。"

宋伊汶此话一出，我的手机都差点拿不住了。他的理直气壮简直让人咋舌。我知道这人向来坦诚，但是直白到这个份上，确实让人脸红心跳。

“行，我收下了。那跟你没关系，就是跟我有关了。我去回复他吧。”我说。

“需要我陪你吗？”宋伊汶又问。

“不是不打算在他面前透露我们的关系？”我反问一句。

“只要你需要，我就会在你身边。”宋伊汶回答。

“你敢来吗？”

“除了将你拱手送人，别的事情不足为惧。”

不能再让他说下去了，我掩着话筒偷偷喘了几口气，生怕自己因为心动过速而窒息。我对他说：“好，那到时候再见。”说完之后，我立即挂了电话。

我又回拨给傅司泉，他接起电话，我跟他确认了时间，他跟我确认了地点。挂断电话前，傅司泉又嘱咐了一遍：“周三晚上，不见不散。”

“好。”

周三的时候，我提前请假先走。我刚出事务所，便遇到了从外面办事回来的郑克己。他踩在台阶上，看向我的时候，目光里还带着疑惑：“你干吗，提前开溜啊？”

“我请了假，晚上有事，我要先走。”我说。

郑克己干脆停下了脚步，挡在了我的面前。我站在高一级的台阶上，恰好和他平视。他看着我，说：“穿这么好看，还化了妆，看样子是很重要的事情？”

我有些愕然，暗想我平日也没有到不修边幅的地步吧，怎么今天稍作打扮，就被这人看出来了？

“你要去哪儿我送你吧，顺便跟我说说，是什么事情这么重要，值得你特别打扮一下。”他看着我。

“我可以自己去。”

话音刚落，郑克己不由分说地拽住我的胳膊。他的力气很大，我想挣脱也没办法，踩着高跟鞋的我只能由他扯着，最后被塞到了车里。

郑克己坐上驾驶座，他侧过身来帮我扣安全带。我不依，本想借此机会下车，却被他按住肩膀。接着，我就听到车门落锁的声音。

我侧过头，刚准备讽刺他两句。哪知他正巧抬头，我的嘴唇擦过他的领口，留下了一道唇膏痕迹。

虽然我没有擦浓烈的颜色，但那道红痕在白衬衣的领口上还是相当刺眼。我纠结再三，指着郑克己的衣领说：“你要不要去换件衣服？”

郑克己拨下挡板，打开上面的镜子看了看自己的领子，他轻轻抚过衣领上残余的口脂，又看了落在拇指上的颜色。他对我说：“这颜色还挺衬你的。”

我被他这席意味不明的话说得满脸通红。此刻，我甚至连多看他一眼都不敢，只好侧过脑袋，看向窗外，假装若无其事。

他问我目的地，我把手机短信递给他看。郑克己狐疑地问：“你怎么会认得傅司泉？”

这真是一个说来也巧的奇遇。我只得把那天的事情再说一遍，刚说完，郑克己便冷哼一声：“你找别人倒是挺积极的啊，什么时候你才会对我嘘寒问暖一下？”

“我还没跟你嘘寒问暖吗，上次橙子谁给你剥的啊？”我反问。

“你敢说你没给别人剥过橙子？”

“除了我爸妈、你、宋老，没了。”我两手一摊，“平常都是别人剥给我吃的好吗，你以为呢？”

听到这话之后，郑克己突然就开心了，他的黑眸弯出了好看的弧线，上上下下地看了我一番。我有些不自在，指着他吱吱作响的手机说：“你的手机叫半天了。”

他拿起手机看了一眼，果断挂了电话不说，还直接关了机。

郑克己对我说：“我今天陪你会会傅司泉，看看他想搞什么鬼。”

车子驶入会所，我好奇地张望了一下，郑克己说："会所是会员预约制的，看样子傅司泉求的事情挺大，要不然怎么这么礼遇你这个小姑娘。"

不知为什么，在郑克己嘴里，我总是小，好像不够格跟他较量，就像老词人嘲笑小孩子为赋新词强说愁。

我年纪小，我不跟他计较。

早有服务生立在一边准备引路，我报上了房间号，他们立刻知道我是周俛仰。

等我和郑克己走到包间时，傅司泉早早落座，坐在一旁的，还有一个我从没见过的陌生男人。那人戴着一副无框眼镜，眉目中自有一分精明。他看到我时，先扬起了笑容："周俛仰小姐，久仰大名。"

"这位先生太客气了，我只是一个小姑娘，无须久仰。按理来说，郑律师才是真正有名的人。"

我这话说得没错，郑克己的商业案一向打得好，城中名人都爱用他。去年的时候，傅家公司风投部聘了郑克己当顾问。

傅司泉笑："不是客气，郑律师是我们的老朋友了。而周小姐藏在深闺无人知，好几年了，总是只闻其名，未见其人。"

我自嘲一句："那主要是因为我上不得台面。宋老和郑律师怕突然把我放出来，会吓到人。"

两个男人相视一眼，笑了。傅司泉说："周小姐一点架子都没有，挺纯真可爱的。"说完之后，他默不作声往郑克己的方向看了一眼。

我一直心惊胆战，主要是怕人看到郑克己领口上的唇印。但是我也知道，傻子才看不见。这两人分明是人精，肯定误会了我跟郑克己的关系。

算了，反正也没什么必要去澄清。

人都到齐，菜也准备上桌。觥筹交错中，傅司泉和那位黄先生也把话题说开了。我想得没错，两人就是盯牢了我手里的图书出版权。

那位黄先生旁敲侧击地问我："周小姐，想要代理宋老图书的人不在少数吧？"

“挺多的。我暂时还没有把宋老的手稿整理完毕，所以很多邮件都被我压下了，还没空一一回复。”我笑了笑，略表歉意。

“那之前有几本书的版权快到期了吧，周小姐有再版的意愿吗？”那人穷追不舍。

这人的眼神简直如狼似虎，我要是再不撒口，黄先生只怕想冲上来直接把我咬死作数。我默默地看向坐在一边的郑克己。他吃得正好，夹了一筷芹菜炒香干放在碗里。他真可以啊，看起来像个主力军，实际就是来蹭饭的。郑克己坐在一边不声不响，看着我腹背受敌却无动于衷。

看他这样，我真是忍不住想给他找点麻烦：“郑律师，人家问我再版的事情呢。我年纪小不太明白，你给我解释解释？”

大概是我那故作骄纵的语气吓到他了，郑克己咳了几声，连忙拿起手边的杯子喝了两口水。他一脸不悦地看着我：“让你黄叔叔跟你解释，他是行家，我顶多是半路出家。”

这人真行，又把我推到了敌营！

黄先生见到机会来了，他大摆讲堂，说得不亦乐乎。我趁着他嘴上没停，连忙从桌上捡了个茶香鸭的鸭腿来吃。

一顿饭吃下来，我就捞着一个鸭腿和一碗汤。其余时间，全花在和那位黄先生斗智斗勇上了。我拿出了毕生装傻的功力，总算是能带着宋老那些书的版权全身而退。

但黄先生也不是吃素的，他逼着我要了个优先权，说要是出版或再版，第一个就给他打电话。我只得点头。

出包厢的时候，黄先生先拉着我客套了一番，后又逮着郑克己说话去了。这时，傅司泉走到我的面前，他笑了笑，说：“周小姐真是大智若愚。”

“啊？”面对傅司泉突如其来的称赞，我有些疑惑。

他摇头，脸上还挂着笑：“没什么，路上小心。”

我虽然觉得有些奇怪，但也懒得继续深究。我和郑克己将那两位“贵人”送到停车场，目送他们离开。

等他们的车离开会所，我电话响了。我拿起来一看，是宋伊汶的来电。

“事情谈完了？”宋伊汶在电话那边问我。

“嗯，谈完了，刚刚从包房离开。你时间算得可真准。”我笑。

“我向来有时间观念。”

来之前，我通知了宋伊汶。他提前结束了工作，来此处等我。虽然郑克己说这里是预约制，但那又如何？对我来说，应该没有事能难倒他。

“你在哪里？”我问。

“转身。”

我回过身去，看到了不远处的宋伊汶。看到他时，我居然有种松了口气的感觉。刚刚在饭桌上的紧张感逼得我随时都想逃走，可我一想着“如果是他会怎么面对”，我就放松了绷紧的肩膀，强压下心头的敌意。

现在看到他，郁闷的心情更是纾解了不少。

我加快步伐，走到了宋伊汶身边。他的面容被不甚明朗的停车场的地灯照得更加神秘，他俯下身子看着我，说：“谈得怎么样？”

“全身而退。”说话时，我的语气有抑制不住的得意。

“这样的口气，是在求表扬吗？”他小声问我，眼眸深邃。

“如果是，那我有什么奖励吗？”我问。

“带你去个好地方。”宋伊汶说。

我刚准备说话，突然间，我的背后响起了郑克己的声音。宋伊汶狐疑地看了我一眼，小声问：“他怎么会在这里？”

“他自己跟来的，不关我的事。”我立刻澄清。

宋伊汶的表情一如往常平淡。可我很清楚，这人表面越是风平浪静，心里越是酝酿着不可告人的风波。所以我立即撇清关系，免得他找我秋后算账。

郑克己走来，跟宋伊汶打了个招呼。两人寒暄了一阵，郑克己突然说：“Evan，我一直有个问题想问你。”

宋伊汶点了点头：“请说。”

一瞬间，我的紧张感爆棚。我以为郑克己会问出我们都想知道答案的那个问题。

可他偏偏没有问，他问的是：“你和周俛仰，到底是什么关系？”

郑克己走得近了，他衣领上的那一抹红痕也显得格外清晰。再配合他刚刚问出口的那句话，我简直是跳进黄河也洗不清了。

我本想解释，但又不知道该从何解释。

谁知宋伊汶突然回答：“我和她，是没有公布的情侣关系，她是我的女朋友。至于为什么不公开，是因为绵绵怕别人对她的工作有非议，以为我会偏袒她。”

他的英文发音依然有点咬字不清，带着法语的味道。可他每一个单词就像敲在我的心弦。如同按下钢琴的琴键，弦音就此被敲成一段华丽的乐章。

郑克己颔首，似乎是默认了这个解释，他又说：“我还有一个问题。”

“我知道你要问什么，这个问题晚点回答，现在不是时候。你也不要去查我的事情，有人在看着你们。”宋伊汶说。

我听得又是一阵毛骨悚然，忍不住往宋伊汶的方向看了过去。

他到底是什么人，怎么好像知道一切？

郑克己嘴唇半启，一个字都没说出来。他有些不甘地抿了下唇，说：“那什么时候可以回答？”

宋伊汶只是笑，并没有说话。

我突然觉得自己是唯一一个被蒙在鼓里的人，他们好像有很多东西都没有告诉我。而且最让我觉得气愤的是，本该告诉我一切的郑克己，其实也没有告诉我实情。可我转念一想，他又凭什么告诉我一切呢？

郑克己叹了口气，说：“好吧。我先走了，你一定要把她平安送到家。”

听到这句话，我的心里莫名有些泛酸。郑克己虽然有时让我生气抓狂，但是每每在这种时候，我却总会生出一种无以为报的心情。我甚至都不希望他继续对我这么好，因为这样的好，也是一种负担。

我觉得应该偿还，却不知道该从哪里还。

等郑克己离开后，宋伊汶问我：“我该怎么理解你刚刚的眼神，恋恋不舍？”

我觉得有些好笑：“你从哪里学来的这个词？”

“还有谁，亨利教的。”宋伊汶耸了下肩膀，“走了，带你去个好地方。”

“我在江城活了二十多年，还有什么地方我没去过？”我忍不住问。

“你去了就知道了。”

我跟着他上了车。宋伊汶的驾照终于批下来了，今天是他自己开车过来的。我坐上了副驾驶座，宋伊汶问：“你不准备向我解释解释郑克己衣服上的唇印？”

“说话时不小心蹭上去的。”我解释。

“谁说话需要凑那么近？”宋伊汶挑眉。

“他耳背，听不清。”我说。

这时，他突然伸手，在我的鼻尖上刮了一下：“下不为例，记得保持距离。”

“你不是要我再等等你吗？”

我记得很清楚，那天宋伊汶是这么对我说的。他的话像我的定心丸，一瞬间就把所有的犹疑和不确定都赶走了。以至于后来我再看到宁芳，都很难生出嫉妒心了。

可是今天，宋伊汶打破了自己的话。

“在郑克己面前不能等，他是伺机而动的狼。”宋伊汶回答。

“我一直以为他不喜欢我。毕竟我和他之间，很难和‘喜欢’这个词挂钩。”我有些困惑地说。

“那是因为他不确定自己的心。可一旦确定了，他也不会犹豫的。要是我不挑明，我可是要吃不少苦头的。”说着话，宋伊汶扶着方向盘，把车开出了会所。

我还在心里琢磨，怎么可能呢？我宁愿相信石头会开花，也不相信郑克己会喜欢我。

不一会儿，宋伊汶开车带我到湖边。

夜里十点，沿湖小径上静悄悄的。今天大约是阴历十六，天上的月亮圆得惊人。除了圆不说，还特别亮，脚下的沥青路被照得仿佛覆上了霜雪。

放眼望去，远处层林尽染，好像有种别样幽深的美。我从没见过这么好看的月光，一时间站在湖边愣了神，竟一步也迈不动了。

湖面寂寂无风，如未磨开的镜面一般。清辉满塘，夏荷如墨，这一切都好似入了画。

宋伊汶突然说："上个月我独自一人来散步，看到这么美的月色，居然觉得可惜。我当时想，如果你看到了，一定很喜欢。"

"你又知道？"

我觉得我也是挺讨厌的。明明被他说中了心声，却总不想遂他意承认下来。可是我每每反问的句子，恰恰好都是被他说中的想法。

他说："你还记不记得你那天在我办公室里翻苏富比的拍卖画册？"

"哪天？"

我说完这句话，宋伊汶的脸色立刻沉了下来。

我连忙接话："我想想，我肯定记得！"这不能怪我记性不好，我日日忙前忙后，手里攥着一把事情。

白天忙着上班，夜里忙着解谜，周末抽空学语言，还要时不时查阅一下我的服装设计比赛进度。

事情太多，我哪记得住自己还看过一本拍卖画册？

见我一脸困惑，宋伊汶叹了口气，说："你跟我说过，你见过那幅画，赵无极的《月光漫步》。"

经他提醒，我终于记起来了。

宋伊汶说："你再看看，这里的风景和画里的场景，像吗？"

我又看去，眼前的景色，就是月光肆意漫步于林间湖面。整个城市的黑夜如同画布，任由月色涂抹。

各自寂静，各自妖娆。

赵无极早期甲骨文系作《月光漫步》。那幅画我有幸见过一次，用色肆意，配夜深和月明。起初我并不觉得那幅画好在哪里，但是现在，

宋伊汶朝我笑，好似也能倾澎湃。他看着被月光映成银色的水面，说：“今夜的月色真美

我看向他，漫不经心地问了一句：本的一位文学大师吗？”

“夏目漱石？我知道。”宋伊汶今夜月色真美啊。”

不是无意，不是凑巧。这一次，宋着我，很认真地回应。

夏目漱石曾经给学生出翻译题，要象男女在月光下散步时，男生情不自禁地对女生说出I LOVE YOU。

夏目漱石说，此句不应直译而应含该翻译成“月が绮丽ですね（今晚的月色真美）”。

为什么偏偏是月亮，那是因为日文中欢”的发音和“月亮”的发音，十分相近。

那种转瞬之间害羞又内敛的感情，竟然被如此唯美的表达出来了。

“是啊，今夜的月色真美啊，我死而无憾。”我点头，含笑回应。

第二天去上班，前台又有我的快递。我接过信封，心里还在寻思，我最近什么都没买啊，这又是什么？

等我拆开信封，里面掉出来两张纸，除此之外里面倒是空的。我摊开那两张纸，却发现还是宋渊和宋其光的身份证复印件。

我的手不受控制地有些发颤，近在咫尺的人声也变得遥远起来。我站在走廊上面，突然有些茫然和心慌，莫名的恐惧感在我的心里蔓延开来。

我突然想到了昨天宋伊汶的话，他说有人在看着我们。这话不假，可要找到盯着我们一举一动的那些人，却不是简单的事情。

纷繁芜杂的问题让我觉得头痛，我告诫自己不能慌张。待我冷静下来后，将手里的纸重新放回信封里，向办公室走去。

在经历了一上午的魂不守舍之后，我忍不住给郑克己发了短信。很不巧，对方不在事务所，他给我回了三个字：“在外面。”

我又重新捡起了那个被我扔在桌面上的信封，属于寄信人的那一栏一片空白。我将那一栏快递编号输入电脑中检索资料，也没有查到任何关于这个快递单的消息。

这个凭空出现的信封如同鬼魂，好像存在又好像不存在。

我不太明白寄来快递的人有什么意图，是指引我去身份证上的地址吗？如果是的话，那里会有什么线索？这么好的机会那人为什么要让给我，自己找到线索再去基金会领赏不就好了？

快要下班的时候，我收到了郑克己的短信，他说他回来了，问我有什么事情。我二话没说，捏着信封就冲进了他的办公室。

我看着郑克己，有点犹豫。我不知道该说真话还是假话，所以格外心虚。

对方似乎看穿了我的想法，他的视线锐利，看得我更是不知所措。

郑克己说：“你老实交代就好。”

我把放在桌子上的信封推给了郑克己。对方接过去打开一看，脸色阴沉了下来。

“怎么又有？”他似乎是在自言自语。

“早上一来事务所我就收到了，后来我去查了下快递单号，发现这个单号是不存在的。我想了一早上，只能做出两种解释。一来，这是宋老留给我的信号；二来，有人一直在盯着我们。不管是哪一种，这个东西必然都在传达一种信息，所以，我想去宋渊和宋其光身份证上的地址那儿看看……”

我话都没说完，就被郑克己打断了，他说：“不许去，不安全。”

“怎么就不安全了，难道我去一趟还会出什么意外不成？”我反问。

“不许去就是不许去，你听懂了吗？”郑克己瞪我。

“郑克己，你老实说，宋老委托我找宋渊的背后，是不是还有点别的什么隐情？”

不过是去那个小县城看看，却引来了郑克己的诸多反对。他不说明原因，也不告诉我理由。再加之他之前所说，有些事情我从一开始就不知道。

这更加证明，这件看似正常的嘱托背后，一定还藏着什么。

我看着他，郑克己望着我。我们俩好似角力一般用力地盯住对方，谁也不肯退让。

“我要去看看。”我认真地说。

他撑着额头，深深叹了口气：“那这样，我陪你去。”

“郑克己，如果真的有什么危险，你有没有想过，两个人的目标大过一个？再说，是你重要还是我更重要？你管理基金会，还要维系宋老的那些关系，外加你自己还有本职工作。万一是个陷阱呢，两个一起折了？”

对于我来说，这是必须完成的任务；对于郑克己来说，这不是他的分内事。他根本没必要陪我冒险。

听到我的那番话，郑克己似乎有些震动。他轻笑了一声，表情有喟叹的意味。

“什么时候，轮到你来担心我了？”郑克己笑着问。

“担心这种东西是相互的吧？”我反问。

“你总是有道理，但是我还是不同意你一个人去。那里又远又偏，万一发生了什么，你想过后果没有？”

“你要尝试学会相信我，我说我能一个人应付，我就能做到。”

我盯着他的眼睛，一字一句说得很认真。

过了很久，郑克己才轻不可闻地“嗯”了一声。他侧过头不看我，语焉不详地说：“俛仰，你明明和我差不了几岁，但我总觉得你还小。我总想把最好的都给你，但是你什么都不要。”

听到这番话的时候，我居然忍不住想哭。我还没来得及控制住自己心里莫名的感情时，便猝不及防落下了眼泪。

我匆忙站起身来，背对着郑克己说：“那我先走了，过几天再见。”

“嗯。”

谁都不是傻子，但是谁也不敢挑明。我和郑克己之间的感情太复杂了。我们都在害怕，万一把话说明，是不是会失去对方？

于是两个人一边躲闪，一边表露心迹。说着说着，又要将自己的真心藏匿。也许我们都需要时间，去重新审视这一段奇怪的关系。像家人，像朋友，又多了些说不明的异样感情。

晚上的时候，我跟父母交代了过两天的行程之后便开始打包行李。东西整理到一半的时候，我的手机响了。我接起来一看，居然是宋伊汶的电话。

他问我："听说你们事务所要出去度假？"

宋伊汶的声音向来没什么抑扬顿挫，一时间，我竟听不出这人的意图是什么。

"嗯，去巴厘岛。"我说。

"那就是你和郑克己要去巴厘岛？"他反问。

等等，这个递推理论太不正确，但一时半会儿我又找不到他的话里有什么逻辑错误。我想了想，只能说了句："是啊。"

"那我也去。你明天什么时候的航班，我买不到就买下一班。"

他斩钉截铁的话语让我愣了半晌，最后我实在没绷住，在电话这边"扑哧"笑出声来。宋伊汶如小孩般无理取闹的口气可爱至极。他的话让我的心软得像焦糖布丁，每一次的悸动都充满甜蜜。

宋伊汶就是有种魔力，他能把我心中的钢铁，瞬间变成甜点。

我说："我不去。"

"什么？"他好似没听清。

"我说我不去旅行，我要去另外一个地方。"

电话那边的男人好似傻了一般，他听我说完我的打算之后，深深叹了口气："老实说，我刚才的举动真是傻透了。"

我只顾着笑，他在那边听着，有些无奈："绵绵，你笑到什么时候才算够？"

"没有啊，我……"说着说着，我忍不住又笑了起来。

这真的不能怪我，主要是他的意外之举让我打从心底里觉得甜。

“那你的车票买好了吗？”宋伊汶问我。

“没有，我等会儿买，大概买后天的票。”我说。

“那我跟你一起去。”

“但是……”

我刚想辩解，却被宋伊汶打断：“我觉得郑克己的话有道理，他担心你，我难道就不担心吗？所以我跟你一起去是最好的选择。就这样，我知道你的身份证号，我去买票了。”

说完之后，宋伊汶挂了我的电话。我只能徒劳地听着忙音。

没过一会儿，宋伊汶便通过手机短信，将车票信息发了过来。我简直都惊呆了。我忍不住给他发了条短信：“你真的是一个外国人吗？”

他回复我说：“我是一个聪明的外国人。”

看到这条消息，我甚至快要笑倒在地了。平日里宋伊汶那副不苟言笑的模样在我心里根植太深，但这会儿，他突如其来的小玩笑却也让人欢喜。

我爱的人，是天神，是英雄，偶尔也是个小孩。但只要是他，我统统都喜欢。

要出发的那天，宋伊汶来接我。可能是因为没睡好的关系，我的脸有点肿。虽然不太明显，可我不想自己以这么难看的样子出现在他的面前。于是我戴了个口罩才下楼去。

宋伊汶的车停在那里，我走近了，宋伊汶从后座下来，绕到我这边为我开了车门。我刚一坐进去，就听到了亨利的声音。

“绵绵你生病了？”他坐在驾驶座上，转过头来看我。

“我没有。”我指了指自己的右脸，“脸肿了，不太好看。”

“那戴着口罩不是更难受？”亨利问。

坐在我旁边的宋伊汶轻笑：“亨利，你这就不懂了。女人啊，如果不美，那情愿死。”

我忍不住问宋伊汶:“那你是经历过多少女人,才得出了这个道理?”

“我还需要经历别人?懂你就已经花光了我所有的心力。”

听到这句话,亨利和我忍不住面面相觑,看完对方后,我们又齐齐将视线投向宋伊汶。亨利很是感慨地说:“我要把这句话记下来。”

到火车站的时候,亨利帮我把行李拿下车。宋伊汶走在前面,我和亨利走在后面。我俩许久没见了,不仅聊了一路,现在还有说不完的话。他突然压低了声音,小声地问了一句:“你猜Evan曾经有多少女朋友?”

我仔细想了想,说:“应该有很多。”

亨利刚准备说话,宋伊汶转过身来,说:“亨利,巴黎的酒店刚开业不久,餐厅需要主厨,我准备把贾科莫调回去。”

听完这话,亨利的脸马上就白了。他连连摆手:“Evan,我们什么都可以商量,包括工资我都可以不要。我闭嘴,我什么都不说了。我就送到这里我先走了,你们回来的时候提前给我打电话。再见。”

亨利说完这番话后,立刻落荒而逃,那背影看起来真是狼狈至极。

我看着宋伊汶,他嘴边噙着一抹若有若无的微笑。我回过神来:“你是故意的?”

宋伊汶不说话,他指着不远处的星巴克问我:“你要喝点什么,我猜你要喝焦糖玛奇朵?”

这人不厚道,除了欺压表弟之外,还引开话题。既然他要装傻,那我就配合他好了。

他拖着我的行李走在前面,我落后他半个身位。

宋伊汶身材高大,肩膀宽阔,看上去就让人安心。我快走两步,试着和他并肩。宋伊汶发现了我的小心思,他慢下脚步,把右手上的东西转到了左手。然后,他空出来的那只手,牵住了我。

经历得多,才知道自己想要什么。见识得少,难保不会乱花渐欲迷人眼。

这一瞬间我又突然庆幸起来,如果他在历经千帆后选择的是我,我又何必去计较他走过的路?傻子才庸人自扰,我不想当傻子。

我和宋伊汶举着咖啡上了火车。我们刚刚落座，就有一个小女孩跑过来站在了宋伊汶的面前。她咬着手指，神情羞涩。

邻座的大概是小女孩的妈妈，她在一边小声鼓励：“说啊，说啊。”

小女孩憋了半天，终于鼓起勇气说了一句：“How are you? ”

宋伊汶先是一愣，过了一会儿他才回应：“I′m great, thanks.”

小女孩羞红了脸，特别不好意思地说了句“Thank you”之后，慌忙跑去了妈妈的怀里。虽然躲到了妈妈怀里，但是小女孩还是忍不住往我们这边看。她搂着妈妈的脖子，奶声奶气地说：“妈妈，那个人真的好帅，比我见到的叔叔都帅。”

我忍不住轻碰了一下宋伊汶的胳膊，他回过头来看我。我小声说：“连小孩子都觉得你好看呢。”

他意味不明地“嗯”了一声，接着从包里掏出了书本，就没再理我了。

反倒是邻座的女士一直冲我挥手。我伸长脖子看过去，她对我道谢，又问了一句：“这是你先生吗？他是哪国人啊？”

我刚准备说不是，哪知宋伊汶看向我，他朝我眨了下眼，嘴角微微翘了起来，看起来很像是在抑制笑意。

想要说的话被我吞了回去，我点了点头：“我先生是瑞士人。”

“瑞士人？”那位女士一脸惊奇，她想了半天，又问，“那瑞士人讲什么语啊，瑞士语吗？”

我摇头：“没有瑞士语。他们会说德语、法语、意大利语，还有罗曼什语。”

“哦。”女士一脸恍然大悟。

没过一阵，那个女人又问我：“那你和你先生是怎么认识的啊？你们准备去哪儿啊？这是回家探亲还是出去旅游啊？”

她的问题很多，但我却不想一一解答。宋伊汶看出了我的为难，他冲着邻座笑了笑，转头便用意大利语问我问题。那位女士见我俩正在说话，也不好再插嘴。

我终于得救，用意大利语问他：“你会几种语言？”

宋伊汶思忖了一下，回答说：“法语、德语、意大利语、中文，还有少量荷兰语。”

我彻底被惊呆了。我本以为我学会法语之后应该能在宋伊汶面前耀武扬威，哪知这人在语言方面的厉害程度远非我所能及。这时候，我忍不住双手抱拳，向他作揖。

他告诉我说，其实好多瑞士人都会好几门语言，因为每个家庭的亲戚可能住在不同的区域。加之他的母亲原来在使馆工作，经常在欧洲各地游走，因此他也跟着频繁转学，去了好些国家。他跟我举例说，他的小学分别是在德国、比利时和荷兰念完的。

我还想听宋伊汶说他自己的事情，但是动车上的广播已经提醒快要到站，我只能收拾东西，准备下车。

我们坐的士到了长途客运站，我要宋伊汶拿着行李，我挤到了卖票窗口买了两张到霖川镇的票。刚刚上车，不少乘客都看向了宋伊汶，但他神色如常，将行李放在行李架上之后，便坐了下来。

这人有个习惯，只要闲下来就会看书。

我仰头，看了看行李架上参差不齐的行李袋。大多数人的东西都是灰扑扑的，只有他的LV旅行袋最显眼，但宋伊汶却丝毫不在意这些事情。身外物从来都是他的缀饰，而不是他的炫耀。他就像一滴水，可以融入大海，同样也可以汇入小溪。

我曾经在《维摩诘经》中看到这样一句话:“云何为离，离我我所。”

何为离，首先要无我，在那个场合就是那个样子。离我，就是不要有那个架子。不要在不合时宜的时候过度地表现自我。人到无我的境界是一种行云流水的状态，去买菜的地方就买菜，去吃饭的地方就吃饭。到了该做官的地方你就是官，到了该做狗的地方你就是狗。

我看着宋伊汶，心里感慨。

宋伊汶感受到了我的目光，他合上了手里的书，侧过头来看向我：

“怎么了？”

“我还想听听你小时候的事情，可以吗？”我问。

“小时候的事情？”他歪了下脑袋，表情有些迟疑，“小时候的事情比较无聊，你真的想听吗？”

我点头：“只要是你的事情，怎么会无聊？”

他笑，嘴唇抿了起来，右边的脸上印出了一个浅浅的酒窝。

宋伊汶跟我说，他小时候经常一个人在家，虽然家里会有人打扫，但是并没有人来管他。无聊的时候，他会自己找些碟片来看。

我问：“那时候你多大？”

他想了想，说：“大概三岁吧。”

这样的日子一直持续到去德国的时候。他在柏林待了三年之后，母亲因为工作调动，他又跟着去了比利时。在比利时住过一年之后，母亲的工作再次调动，他和母亲二人去往荷兰海牙，他又在当地专门给使馆人员办的小学读书。

“你那时候不跟爸爸一起吗？”我问。

“我爸爸更忙。他如果不在英国，就在去美国的路上，偶尔还要在巴黎待上一阵。为了各自的事业，他们都不容易。”他说。

“那你小时候不会感觉到孤独吗？刚刚交到朋友，马上又要分离。”

“孤独？”宋伊汶说到这个词的时候，脸上露出了一种玩味的表情，“可能我有一种天赋，从小就知道该如何使用时间。我不会让自己闲下来。再说了，灵活运用多种语言，并不是在短时间内能够做好的。一门技能从会到熟练，需要多大的努力，只有自己才知道。”

他看着我，很认真地说：“所以，我小时候并不知道什么叫作孤独，因为我每分每秒，都有事情要做。”

我颔首：“我也不知道什么叫孤独，我曾经最享受的事情就是一个人待着。”

“曾经？”宋伊汶看着我，眼里有笑。

“遇到你之后，才发现两个人待在一起也是享受。”

车辆摇摇晃晃，走山路的时候转得我头晕。我忍不住打了好几个呵欠。

宋伊汶伸出胳膊环住我的肩膀，他拍了拍我的右臂：“还有几个小时的车程，你休息一会儿，到了我叫你。”

“可是我还想跟你说话，我好想听。”我靠在他的怀中，鼻息里都是他身上好闻的香水味道。淡淡的松木香气和檀香相得益彰，让我凝神静气，好像没什么事情值得我困扰。

这就是宋伊汶，他永远都有最细腻的心思，还有那一份独有的安心感。好像只要靠在他的怀里，世界永远和平，生活永远顺遂，日日天朗气清。

“我们还有很多时间，只要你想听，我就会说给你听。”

他伸出左手，轻轻地捏了下我的下巴：“所以现在睡会儿吧，盘山公路还有一段，你会觉得头晕的。”

“嗯。”

我牵住宋伊汶的右手，靠倒在他的怀里，闭上眼睛，安心睡去。

霖川镇上只有一家旅馆，虽然说是镇上的招待所，但简陋得让人吃惊。我生平第一次见接待大厅入口挂着两个应急纸灯笼的招待所。宋伊汶倒是颇有兴致，还拿出相机拍了两张照。

前台登记的是个小姑娘，年纪大约十六七岁。她笑嘻嘻地对我说：“姐姐，我们这个镇子好山好水，你可以打个的去十公里外的水库钓鱼，那里可好看了！”

我本想拒绝，但转念一想，说不定我能套到一点什么消息呢？我一边办入住手续一边问她：“我这人生地不熟的，除了知道这里有个月光湖之外，就不知道什么好去处了。你有没有什么好地方可以推荐？”

此话一出，小姑娘更热情了。她拿着一张打印纸塞到我的手里，又接过我的行李在前面带路。她给我介绍：“这个上面是我家自营的，你二位是来旅游的吧，时间不多的话我推荐你们去水库一日游，中午还包一餐农家乐，特别划算！”

我点头：“那就这个吧，你推荐的肯定没错。”

第二天一大早，小姑娘帮我安排了车，司机是她小叔叔，人长得黑壮，看起来挺面善的。

我和宋伊汶上了面包车。在路上的时候，我和司机聊了一阵。他跟我说了关于霖川镇的不少事情，最后我七拐八绕，委婉地提到了宋其光。

哪知那位司机突然就激动了，恨不得把车都要蹬得飞起来。

他说宋其光是个好人，可惜娶了个疯老婆。他老婆是镇子上有名的疯婆娘，虽然长得漂亮，但是脑子有病。他形容时还伸出了一根食指在脑门上转了转，一脸嫌弃。

据说在宋渊出生的时候，那个疯女人举着孩子就要往窗外扔去，还没满月就想把他掐死。如果不是宋其光三番五次将孩子救下，说不定宋渊就那么没了。

我问他：“那个女人是跟自己的孩子有仇吗？”

“她说那孩子生下来就是吃苦的，反正自己也活不长，还不如先给孩子送了终，自己也能安心些。”

因为有宋其光护着，宋渊没有送命。司机说宋先生真是好人啊，每天除了带孩子还要在镇上的中学教书，回家还要给疯老婆做饭，邻里间有什么困难也会主动去帮忙。

不过就是这样的好人，最终还是死于非命。

宋其光和他老婆在家里打起来了，因为疯女人趁着宋其光不在家的时候在灶上烧了一大锅的开水准备把孩子烫死，她刚举起孩子的时候，便被赶回家中的宋其光发现了。他抢下了孩子让通风报信的邻居抱走，自己却没个防备，被发了疯的女人按进了那口锅里，被活活烫死了。

听说直到警察赶来的时候那个疯女人还保持着同样的姿势，满屋子都是一股肉味。

不知道是不是山路太颠的关系，我坐在后座上差点吐出来。我强忍着恶心又问了一句："那那个孩子呢？"

"孩子啊，后来跟着他奶奶过。祖孙俩生活很苦的，他妈妈那个神经病也去坐牢了。奶奶为了让小孙子吃得好点就去后面的湖里钓鱼。那是个暴雨天，宋奶奶走回来的时候不知怎么就滚下山去了，人也没了。后来小孩子被镇上的人送去了城里的孤儿院，现在就不知道怎么样了。"

孩子去了孤儿院，大人接二连三地去世，房子被充了公。

司机直说："宋先生运气不好，他一生做尽好事，却没有好报。"他说完这话，车刚好停到农家乐的门口。

我冲下车去随便找了棵树大吐特吐，吐得连鼻涕和眼泪都一把涌了上来。

那个司机站在我旁边，搓了搓手，特别不好意思地冲我道："对不起啊，小姐，山里的路不好走。"

我冲他摆手，直说没事。宋伊汶过来扶住了我，他给我递水漱口，又拿出纸巾帮我擦嘴。我整个人还是木的，只觉得头皮发麻背后发凉，浑身都难受极了。

难怪总有人说，没有消息才是最好的消息。因为可以幻想、可以期待。一旦将事实摆在了眼前，即便是再残忍血腥，也必须接受。

宋伊汶拉我起身，我双腿发软，但依旧是站了起来。

中午吃饭的时候，我胃口尽失，喝了一碗粥作数。不知道为什么，温热的锅巴粥顺着我的喉咙管一路下去，我竟然感觉不到半分温暖。

我一路浑浑噩噩，只有宋伊汶还尽职尽责地当着一个游客。他好像完全没有被那个男人的话影响，全心全意地投入了这片山水之中。

水库很美，沿路的风景也很美，但是我已经失去了欣赏的心情。

Chapter 06 焦糖泪滴

我总觉得自己小半辈子倒的霉，
就是为了换取遇见他的机遇。
能量会守恒，运气何尝不是？

晚上回到旅馆，我一个人坐在床上发了很久的呆。正在我胡思乱想的时候，房门被人敲响，我听到了宋伊汶的声音。

我起身打开了房门，他看了我一眼，说：“你难过一整天了。”

“嗯。”我怏怏不乐地点了头。

他递给我一张纸，我不得其解。宋伊汶抬了下下巴：“你看看。”

我展开那张纸，上面写着一个地址。我有些疑惑：“这是什么？”

“看你好像很在意那个宋其光，我找人问了他的墓地在哪里。既然不能在他活着的时候见上一面，那么现在去看看，也是好的。”他说。

他的话虽然简单平淡，但意外地安抚人心。我点了点头，忍不住又吸了下鼻子。我拉着他在房间落座，却不知道该说些什么，才能解开我心里的郁结。宋伊汶也不催我，他坐下之后，很是自然地给我倒了杯茶。我喝了口水，这才稍稍理清了纷繁芜杂的思路。

我对他说：“有些人做了一辈子好事，却得了个不得善终的结局。我该怎么理解这些事呢？我难道要说这是因为他们运气不好？”

大概我这席话说得太快太深，他听完之后居然难得地皱了眉头。过了好一会儿，宋伊汶才说：“绵绵，我问你一个问题，你觉得是运气重要还是努力重要？”

我思忖半天，试探性地回答说：“运气重要吧。运气好的时候，小人也可以当头目，挡都挡不住；运气不好的时候，好人也会遇到车祸，再努力做善事也没用。”

他笑，问我：“如果你不努力，怎么能够证明你运气好呢？没有什么是从天而降的，中大奖，也需要你去买彩票。不努力不知道运气好不好，运气不好再努力也没有用。这件事情本就无解，你又何必非要把事情分成两份去看呢？人不是神，怎么能够分辨得清，一切是非，不过自圆其说，常常经不起时间的考验。一阵子是，很快就变成非，怎么可以草率定论好与不好呢？”

一时间，我被他问得哑口无言，竟然想不出该用什么话去反驳。

宋伊汶看着我说：“很多时候我们努力，并不是因为它能让我们得到什么，而是因为我们除了努力别无他法。再说了，人只有一个结局，那就是死亡。如果你仅仅断定死亡就是不好，那我们每个人都过得不好。死得再美，也不会复生，这又有什么好说的呢？宋其光的一生，被人记住的都是好的，这就是他努力的成果。一天中有那么多人去世，能被人记住的又有几个？”

被宋伊汶这么一说，我突然清醒过来。我只觉得之前的胡思乱想都是自寻烦恼，我真是傻透了。

我抹掉了眼泪，对宋伊汶说：“我现在饿了，有什么可以吃的吗？”

听到这句话的时候，宋伊汶笑了。他站起身来：“我们出去看看，说不定还有什么店开着门。”

他拉着我出了旅馆，九点多的霖川镇上已经没什么店子开门了。路灯的白光将我们的影子拉得很长，几乎叠在了一起。光线经过奇异地折射后，将我们重合在一起的影子变成了一个近似于圆形的模样。

我以为是自己眼花，连忙伸手扯住宋伊汶的衣角：“你看我们的影子，我们的影子合拢成圆形了！”

话音落下，我们的影子又变回了两条细长的线条，虽然它们叠在了一起，但再也不是刚才我看到的奇怪模样。

宋伊汶看着我俩的影子："这不是很正常吗，哪里是圆形了？"

"可能是我饿到头晕眼花了吧。"

我一边走一边回头，影子还是影子，却再也回不到那个奇怪的圆形。

这时，我想到我曾经看过柏拉图的书。《会饮篇》中写远古的人类有三种，一种是男人，一种是女人，一种是阴阳人。原来的人的形体是圆的，腰背头颈都是圆的，并且有前后两副面孔，什么都是成对的。

男人出生自太阳，女人出生自大地，阴阳人出生自月亮。月亮同时具备太阳和大地的性格，所以阴阳人具有更加强壮的体力，因此自高自大。他们带领所有人类，向诸神抗争。

宙斯和众神商量，想要削弱阴阳人的力量，于是将所有人类截成了两半。

原来的人被这样截成两半之后，一半想念另一半，想要再合拢在一起。他们茶不思饭不想，一直在寻找着自己的另一半，直到死亡为止。

在这个世界上，我们都会称自己的爱人为另一半，何为另一半，那是曾经残缺的自己，只是被迫分离。

我忍不住笑出了声，宋伊汶奇怪地望向我。我挥了挥手："没什么，只是突发奇想罢了。"

直到我们找到了一个烧烤小摊，我点了食物坐定之后，宋伊汶才突然开口，说："我刚刚想了很久，关于那个圆，我曾经读过一本书有提到过。因为是英语的，所以我想了好久该怎么翻译给你听。"

我突发奇想地说："我数到三，我们说出那本书的作者，可不可以？"

他问："这又是在考验我们的默契？"

"那种东西久经沙场了，不需要考验。现在就是打发时间，娱乐而已。"

"那就准备吧。"他自信地笑了。

一！

二！

三！

"柏拉图。"

"Plato."

人生漫漫，道阻且长，我何其有幸，找到了遗失的自己。

天蒙蒙亮，我就起了床。想到今天要去扫墓，我在小箱子里找了件黑色的短袖，虽然不算庄重，但好歹也能聊表敬意。

我穿好衣服，敲响隔壁的房门。里面立即传来脚步声，接着门被打开。

宋伊汶的头发东倒西歪，嘴里还叼着一只牙刷。他眉眼惺忪，含糊不清地跟我打了个招呼。我从未见过穿着背心短裤的宋伊汶。在我眼里，他向来都是西装笔挺，即使是休闲装，也穿得好似杂志上的服装广告。

他露出的手臂上有好看且匀称的肌肉，背后的线条也十分优美。我快走两步，一把揽住了宋伊汶的腰。他没个防备，轻轻颤抖了一下。

我踮脚，将下巴搁在他的肩膀上。他也不反对，慢下步伐往洗手间去。我亦步亦趋，跟着他走到了洗手台前。透过镜子，我看到了宋伊汶的微笑。他用空出的右手抚上了我的手背，吐出嘴里的泡沫，说："绵绵，你先放手，我要刷牙。"

"不放，我就要黏着你，我松不开手。"说完，我反倒将他抱得更紧。踮着脚太累，我索性将脑袋侧着贴到了他的后背。除了他偶尔动作带来的轻轻震动，我还感受到他比平常快上一些的心跳。

一个人的言语会骗人，动作会骗人，但是心跳不会。我听着这样的声音，只觉得比天籁更加动听。

等到宋伊汶洗漱完毕，他握着我的手，将我推到了门外，接着关上了洗手间的门。

"我不能看你换衣服吗？"我隔着门，半是调侃地问。

"我打开门你敢看吗？"他的声音朦朦胧胧。

宋伊汶永远都是这样。他讲话慢条斯理，音量适中，既不会不耐烦，也不会大喊大叫。

我站在门边："那你敢开门吗？"

结果这人真的将门打开，我推门进去，他已经换好了衣服，只剩头发没梳。

他微微俯身，轻吻了下我的嘴唇："这次就算了，下次我不会放过你的。"

我和他走出旅馆，随便找了家看起来比较干净的早点铺用了早餐。这时我才发现，宋伊汶居然会用筷子夹面，而且动作熟稔，看起来和我没什么差别。

"你……"我指着他的筷子，嘴里塞着面，差点噎死。

"我？"宋伊汶的筷子松开了碗里的面，然后他灵活自如地拿着筷子开合了几番。

我简直傻眼："你怎么能把筷子用得这么好？"我忍不住问。

"我连中文都说得这么好了，会用筷子有什么稀奇吗？"

他居然得了便宜还卖乖，开始反问我了。

我气呼呼地夹了一筷子面送到嘴里，吃完之后，忍不住瞪他一眼："你看着吧，总有一天，我也会把法文和英文说得和你一样好！"

"我以为你会说，你用筷子和我一样好。"

我冲他比了个中指。

哪知宋伊汶还是那副要笑不笑的表情，他说："我想想，我记得中文里有一个词，叫什么……恼羞成怒？好像就是你这现在这个样子。"

我看出来了，他这一定是在报复我。如果不是报复我昨天猜测他曾经女朋友太多，就是在报复我今天非要看他换衣服。

虽然已是夏末，但天也亮得早。我们往山上走去的时候，晨光已经铺满了山路。我恍然觉得这趟旅程的终点就在眼前，但我的心里也清楚，这件事情哪有这么简单就完结。

山上有一片坟茔，我们挨个儿看，终于找到了宋其光的墓地。

灰色的墓碑，上面红色的字迹褪到几乎看不见。墓碑旁杂草丛生，看起来荒凉无比。我蹲下来，伸手在写了字的地方抹了一把，灰尘沾了我满手。

宋其光三个字经我一抹，变得清晰起来。到底是多久没有人来了，难道就不能顺手给清理一下啊？我忍不住有些气闷，掏出塑料袋里的黄色纸钱，认认真真将墓碑擦干净了。

一边擦着我就一边在想，清不清理，倒也无所谓了。毕竟斯人已逝，这些无用功都是留给活着的人做给自己看的。图什么，大抵和我一样，都是图个心安。擦完墓碑，我又开始拔草。一个人哼哧哼哧忙得好不快活。宋伊汶数度想来帮忙，都被我给挡了回去。

他站在一边有些疑惑：“为什么不要我帮忙？”

我对他说：“我想自己做这件事。”

宋伊汶点头，但他仍然向我走近，拽我起身，然后拿下了我右手上的发圈。他将我的长发轻拢到肩后，帮我把头发扎了起来。

“你的头发都要落到地上去了，这样会方便一点。”他轻拍了下我的肩膀，说，“好了，你可以继续忙了。”

虽然太阳照得我很热，但宋伊汶的小动作，却奇异地抚平了我的焦躁。

我将那些半碑高的杂草整理干净，手上都被拉出了几条口子。汗水划过了我的眼睛有点痒痒的，我忍不住拿胳膊去蹭，只听一旁的宋伊汶传来轻笑。

“你的脸上好脏，别擦了。”他走过来，蹲在我面前，伸手抹了抹我的脸，我看到他的拇指从我的脸上抹下来一块灰黄的泥。

好在剩余的杂草不多，我一鼓作气全部处理完了。接着我点上蜡烛，烧了香，又烧了纸钱。宋伊汶全程无话，只是那双浅棕色的眸子里满是好奇。等我结束之后，宋伊汶这才出声询问：“看起来好神圣。”

“仪式的存在，除了麻烦，就是看起来很神圣。”我说。

不知道他听没听懂，反正他是点了头。等我二人一同回头准备原路下山的时候，却突然看到不知从哪里冒出来的一个老人。那人须发皆白，穿着蓝色短褂和同色长裤。他一动不动地站在树后，远远看去，还真的很难分辨出来。

我吓了一跳，忍不住往宋伊汶身后躲过去。他挡在了我身前，伸手牵住了我。

那个老人朝我们走来，他走到我的面前，端详了我一阵后，问：“你是周俛仰吗？”他讲的不是本地方言，反倒是操着一口江城话。

大概是我刚刚被吓傻了，这会儿我只顾着点头，居然忘记要说话。

“嗯，是你。老宋说得没错。”他捋了下胡子。

“我？”

“你。”他冲我点头。

“你认识宋老，你见过我？”我问。

“老宋是我老熟人了，但是我没见过你。老宋跟我讲，有一天会有一个小姑娘要来的。他说周俛仰很好认，就是那个一定会蹲下来给宋其光坟头除草、擦净墓碑的人。”

我愣了一下。大概是我的意外写在了脸上，那个老先生看着我说：“老宋了解他每个徒弟，你是知道的。”

知道是知道，但是被人料到我会怎么做，还是会感到意外。

老人看着我，说：“我姓葛，住在霖川镇。我受老宋嘱托，如果有人来打听宋其光的时候，我就上来看看。”

听到这句话，我心里一咯噔。为什么要特地来看？

我忍不住问出了这个问题，哪知道葛老先生更是一脸莫名地看着我说：“我也不知道啊，他就是这么说的，我就是这么做的。难道事事都要刨根问底，求上一个为什么吗？”

听完这话，我在心里默默为葛老先生竖了个拇指。他和宋老真是君子之交啊，甚至连这种交代，都不问原因。

“那我还能问点别的吗？”我说。

“当然可以，但是我知道的也不多。”葛老先生说。

这位老先生真是太坦荡荡了。

“除了我之外，还有人来？”我问。

“还有两拨人。一拨去年来的，有五六个。他们看到墓碑之后唉声叹气的，最后什么也没说就走了。今年年头也有人来了，大概是三月份的时候。”

“那三月份那拨人是怎么回事？”我连忙追问。

“不太清楚，他们是半夜上的山，我赶上来的时候他们已经走了。据镇子上的人说，是一个男的来问的消息。”

三月份宋老刚过世不久，我飞往瑞士，有一拨人来到霖川镇打听宋其光和宋渊的事情。我找到宋老和别人的书信来往，上面藏匿着密码信息。前不久我收到宋其光和宋渊的身份证复印件，有人想要引我来此。与此同时，郑克己阻止我来，他说不安全。

所有的事情告诉我，寻找宋渊这件事情，背后一定另有隐情。而且除了我和郑克己外，还有一拨身份不明的人也在寻找宋渊。我不知道他们的目的为何，但一定不会是找出宋老的后人那么简单，要不然也不会如此躲躲藏藏。

“还有人知道这些消息吗？”我问葛老先生。

葛老先生摇头：“没了，别人来我都不会出现在他们面前，只有等你来了，我才会把这些情况告诉你。”

我忙问：“宋老曾经这样交代过的？”

他捋下胡须，点了点头。

“葛先生，你说你是受宋老嘱托上来看的，那么就是说宋老一早就知道宋其光和宋渊的事情？”

葛老先生点头：“老宋早就知道了。”

一时间，我竟然分不出他说的是知道了宋其光的事情还是知道了宋渊的下落。我追问：“那宋渊呢，宋渊的情况呢？”

“不知道。我只是被老宋雇来看有什么人来寻找宋其光的消息，其余的事情，我都不知道。”

我叹气，点了点头：“我知道了，那谢谢您了。”

找宋渊是我的事情，如果那么简单，宋老也不会把这件事情委托给我了。

是我着急了，抓到线索就以为是答案，但是答案哪有那么简单。

我突然想到一个问题，说：“宋老在知道宋其光的死因时，是个什么反应？”

葛老先生摸着胡子，又眯着眼细想了一阵。他说：“老宋只说了四个字，各有因果。”

从霖川到江城，我一路都在想宋其光的事。说不介怀，那都是假话。

我是这时候才知道，其实死不是什么惊天动地的事情，也不用择个什么良辰吉日做准备。我曾经以为人人都该有个或合理或传奇的死因，但是我现在才知道，我错了。

死是微不足道的，死了更加微不足道。死这件事，每分每秒都会降临。

我的委屈、悲伤和不忿，都是笨的。

后来我又想到宋老。

好像我们都被宋老赋予了任务，但我们也并不清楚自己的任务是什么。这样的情况，真像《六韬》里说过的三书。每个人手持重要信息，却搞不懂自己在做什么。这样也好，自己不知道，别人就更不会知道了。如果有人想要我们手里的信息，只怕也是竹篮打水一场空。

宋老这一手棋下得可真好，我被推得步步向前，只怕依旧是按着他的计划进行。

我在家里休息了几天，将这几日得出的结论写到了小本子上。写着写着，我突然疑惑，如果宋老一开始知道了宋其光的结局，他怎么会找不到宋渊呢？而且宋老要人看着宋其光的坟墓，这分明就是知道以后一定有人会来。那么宋老又想告诉我什么呢？

这时候，我只恨我妈没把我生得聪明点。现在我即使手握线索，也理不清头绪，真是太没用了。想到这里，我更是头痛。此时手机“叮”了一声，我转头看向手机，手机上显示有新邮件。

我随手点了进去，哪知一看标题，自己先傻了眼。上面居然写着服装大赛的抬头。这一瞬间我突然有点慌，不知道该不该往下看。不是别的，我怕我看到“谢谢参与”或者“很遗憾”等字样。

从小时候起，我的运气就挺差的。如果我和谁一前一后走在屋角，楼上的空调水一定会滴到我的头上；如果排队去买抢手的包子，卖到我这里一定售空；即使是去篮球场看男生打球，别人收获的是男朋友，我收获的只会是砸到头的篮球。

更何况，我一想到黄依然那副自信满满起码拿第三的样子，就更生气了。

在犹豫了十几分钟之后，我终于还是看了邮件。我用手遮着眼睛，拼了命也只敢露出一厘米指缝宽的距离。

跃入眼帘的三个大字便是——“恭喜您”。

那一瞬间，我居然没出息地湿了眼眶，我一边掉眼泪一边反复看着邮件。直到我快要把邮件背下来的时候，我才依依不舍地将手机搁在一边。这时，我的心脏仍然不争气地怦怦乱跳，怎么都慢不下来。

邮件上写着“通过初评”。千人海选中择出了十名选手，我便是那十分之一。邮件中写到，下个月月初便会统一公布比赛主题。一个半月后，选手面试、阐述设计理念，模特现场穿着，评比打分。

我等了很久的公平，它终于姗姗来迟了。人生真像一个螺旋结构，你以为事已阑珊，其实它方兴未艾。

我激动得不知如何是好，想来想去，给朱青打了个电话。她听到这个消息的时候拼命尖叫，吓得我差点把手机甩了出去。

她在电话那边喊：“看吧，我就知道你可以的，我相信你！”

而后，我又给郑克己去了个电话。他在那边“嗯”了一声，说：“黄依然刚刚也给我打了电话说了这件事，她也入围了。”

我忍不住气闷，这人好像就不会跟我说点什么好消息。

“哦。”我敷衍了一声，“你好好玩，不说了。”

“忘了说了，恭喜你。”郑克己在那边轻笑一声，好像是猜到了我在别扭什么。

“嗯，等你回来。”

“好。”

晚上的时候，我跟我爸妈说出去散步。不知不觉我走到了车站，等我回过神来的时候，我居然跳上了一辆公交车，目的地是宋伊汶所在的酒店。

到了酒店之后，我刚走到大门，便看到一个衣着鲜亮的女人走了出来。我忘戴隐形眼镜，直到这人快要走到我面前的时候，我才看清楚她是谁。

宁芳看着我，我看着她，两人面面相觑一阵，我侧过身子，绕开她准备往里走。哪知宁芳叫住了我，我有些诧异，回望过去。

宁芳捏着手提包的包带，面带笑意："你是要找Evan先生吗？"

"不，我找亨利。"

"亨利是在的，Evan先生要开车送我回家。"

宁芳扬起的微笑非常刺眼，她撩了下头发，缓缓挪步走到我面前。穿了高跟鞋的她，略略俯身看我。她的眼神里，透露出轻视的味道。

她对我说："小孩子要早早上床睡觉，晚上是大人的时间，知道吗？"

我今天没化妆，披着头发，穿着短袖、短裤和球鞋，乍一看确实不显年纪。但是被人说小孩子，也算离奇了。

有一辆黑色的车驶来，稳稳地停在了门口。宋伊汶从驾驶座下来，他一抬头，对上了我的视线。我看着他，他望着我，通明灯火在他的眼里点亮星光。宋伊汶冲我笑，我撤开视线，又重新看回宁芳。

"你再多说一个字，我现在让你走回家信不信？"我对宁芳说。

这并不是我突如其来的火气，这人有时候真的太过头了。事务所有时候和宋伊汶有公事交接，宁芳防我就像防贼。我每次想要把文件直接交到宋伊汶的手上，宁芳不是借口宋伊汶不在，就说他不喜欢见外人。

如果不是怕给宋伊汶添麻烦，我早就跟她撕破脸了。她耽误我不少时间，有时害我在寰霖呆坐大半个小时。她那个态度，仿佛宋伊汶是她圈养的宠物，谁想看一眼都要收费。

"你说什么？"宁芳有些不可置信地看着我。

"别瞪我，不是谁眼睛瞪得大就是说话有理的。"我说。

宁芳气得半死，疾步走到我的面前。她想要发作，又畏惧宋伊汶在场，只好指着我的鼻头，说："你给我等着。"

“随时恭候大驾。要我帮你叫辆出租车吗？这点车费我还是付得起的。”我说。

这时，正好有一辆空车驶来，我招手拦了下来，从口袋里摸出一百块递给司机。我指着宁芳说：“送那位小姐回家。”

宁芳走来，把那一百块抢了下来，塞到了我的怀里。接着她坐上出租车，很用力地关上了车门。

我搓着那一百块，忍不住笑了起来：“还省了一百块呢。”

这时，宋伊汶从我身后走来。他的胳膊搭在我的肩膀上，语气里还带着笑：“平日没在公司里看到你这样。有时候我不方便亲自出面，只能让亨利给你解围。”

他的语气诚挚，像是在给我道歉。其实我也能够理解宋伊汶的难处，他的多方周旋确实不易，毕竟暂时还要寄人篱下，也不能拂了傅司泉的“好意”。我也不想再给他添麻烦，有些委屈，忍了就忍了，又不是什么天大的伤心。

“你说再等等，我就可以等。”我认真地对他说。

那一瞬间，不知道是不是我看错，宋伊汶的眼中居然含着一闪而过的泪光。我忍不住仔细看去，他眨了眨眼睛，便什么也不见了。

他问我：“今天来找我有什么事？”

我把服装比赛入围的事情告诉了他，宋伊汶有些惊诧：“你还要忙这个？”

“嗯，求一个公平。我想知道，自己是不是真的很厉害。”我昂着下巴，对宋伊汶说。

宋伊汶摸了摸我的脖子，仿佛是在逗猫。他说：“我相信你，你会得到你想要的东西。”

“万一我失败了怎么办？”虽然入围是很值得高兴的事情，但失败也在我的考虑之中。我并非不自信，只是世事总有万一。

听到这话，宋伊汶拍了拍自己的胸口。我不解其意，问：“什么意思？”

“借你哭啊。”他一脸无辜地看着我。

“真是够了。”我失笑。

和宋伊汶相处越久，我越发现他是一个很有趣的人。他在工作上的成熟和理智让人望尘莫及；但私底下，他很开朗，有时候妙语连珠，能把我逗得没话说。

“哦，对了，我下周要去米兰，那边又有新问题了。本想带你过去，看样子你不能陪我去了。”宋伊汶说。

“Evan，你去米兰的时候，帮我在Valli那家店买点布料回来吧。”

“Valli？”他问。

我详细给他说过了地址之后，宋伊汶点头：“我知道在哪里了。你要什么布料？我不太懂这个，我怕买错。”

“你在我家楼下等等，我把那种布料拿给你，你到时候给店员，他们就知道了。”

他点头：“好。”

回到家后，我飞快跑上楼去，电梯明明已经很快了，我还是嫌它走得慢。我打开大门冲回房间，我妈还在客厅喊：“你散步散了两个小时了啊。”

“迷路了，才走回来。”

我翻出了我的布料本，找到了衬衣那个分类。我打开抽屉找到了回形针，别在了其中几块布料上。

接着我又冲下楼，把本子递给了宋伊汶。我指着那几个别了回形针的布：“你到时候把这个指给店员看，这样的布料我都要四米。”

他好奇地摸了摸其中一块布料，略做沉思之后，问了一句：“和我的衬衣感觉很像。”

“像就对了。”我笑得高深莫测，一脸得意。

事务所暑假放完，刚一开工，各路案子纷至沓来。我本想跟郑克己说明我在霖川镇上的事情，但是这人忙到了脚不沾地的地步。他除了兼职傅家公司风投部的法律顾问之外，还被公司借到某投资银行去跟进一个案子。

我问他：“难道没有人能替你一下吗？”

他摇头：“我要是随随便便被人替了，那我也不用当这个合伙人了。”

说真的，郑克己忙起来的时候几乎没空睡觉，他眼下的乌青已经不能被晒黑的皮肤掩盖，那样明显的倦容，看着让人挺不好受的。

而且据舒迦陵说，郑克己还有一次晕倒在办公室里，不过只是几分钟，他便醒了过来。舒迦陵要他去医院检查，可郑克己不肯，他说没时间花在这些小事上。

这时候，我也不好意思再逼问他关于宋其光的那些事情，毕竟他的本职工作已经令他快要倒下了。而我这边也没好到哪里去。设计大赛公布了主题，我收到邮件的时候差点吓掉了眼珠。

明明是一个服装设计大赛，它拟定的主题居然叫“时尚的反义词”。我看着这个主题的时候，我觉得自己被耍了。

我花了三年的功夫学会了历年的时尚是什么，现在我居然要去找出时尚的反义词，真是一个逆向思维的比赛。

一个半月的时间，我需要画出一组设计图，做出其中一件衣服，然后在指定时间飞去另外一座城市交任务。与此同时，我白天还要上班。我也能预料到接下来的一个月该有多么的精彩了。

而这个时候，朱青神神秘秘地找上了我。她非要耽误我为数不多的下班时间，信誓旦旦地对我说：“周俛仰，我有很重要的事情找你商量！”

看着她一脸严肃的表情，我根本没办法拒绝。

她拉着我去了一家离事务所不远的咖啡厅。我们落座，点过咖啡之后，朱青对我说：“周俛仰，我们一起合租怎么样？”

“我在家里住得好好的干吗要住出来？”我一脸茫然地看着她。

朱青看着我，脸上的神色有些犹豫。

“你再不说我就回家了，我好忙的。”我作势准备起身。

“哎哎哎！”她一把抓住我的胳膊，生怕我跑了，“我说，我说！”

原来朱青心底里也藏了个大秘密。她背着自己的妈妈去报名电视台的甄选，她过了初试，现在还在等面试通知。因为实在是很久没练习，所以她觉得格外没底。她又不敢每天在家里练习，想来想去，就只能搬出来住，每天都能练习。

“那你一个人出来住就行了啊？”我问。

“我不敢一个人住，我害怕。”

听到这个理由的我，真不知道该说点什么好。

朱青软磨硬泡，拽着我好说歹说，最后甚至开始无理取闹起来：“我不管，你看我帮你弄了报名表，你连谢都没谢过我。本来说好一起去旅游，结果临去那天你又反悔了。算起来，你欠了我两件事情！你看，我就要你答应我一件事情，结果你连这一件事情都不答应，你自己说，你是不是很没有人性？”

看她那喋喋不休的势头，大有我不松口她不罢手的模样。为了能够早点回家冥想找到创意灵感，我只能说：“我回去问下我爸妈，明天告诉你情况。”

哪知这人连今晚都不让我好过。她说：“不行，你回去问完就告诉我情况！要不然我一晚上都会连着跟你打电话，让你什么都做不了！”

“那我关机。”我斩钉截铁地说。

“呵呵，你以为我不知道你家住哪儿吗？”朱青笑得一脸奸邪。

我冲她比了一双大拇指：“回家等我消息。”

等我回家征询父母意见的时候，我妈伸出双手，手心向内手背向我摆了好几下。她说：“赶紧搬走，你不是马上要参加那个什么比赛吗？万一你要是半夜在家里踩缝纫机，我是受不了的，邻居要投诉我也保不住你。”

于是我把原话复述给朱青，朱青倒像是打了半管鸡血般亢奋：“那好，离事务所不远有个楼房顶楼出租，是个复式楼，你可以在最上面自由地踩缝纫机，没人管你！”

我这才知道朱青原来早就打好了算盘，连房子都看好了。我无力地在电话里辩解了一句："你们为什么都要歧视裁缝？"

朱青动作很快，不到一个星期的时间里，我们就住进了那个房子里。

房子和事务所距离很近，步行十五分钟便能到。我和她便开始了每天同吃同睡的日子。

第一个早上，我是被她吊嗓子的声音给号醒的。我睡眼蒙眬地站在走廊上往下看，朱青站在客厅的中央朗读着大好河山的文章，感情真挚，好像那片河山就是她的至亲至爱。等我快清醒的时候，我看了一眼墙上的挂钟，早上五点半。我感觉出来了，她真的是拼了。

看到朱青这样，我也不甘示弱。没用两天时间，我便把我的房间铺成了一个打印纸的海洋。因为资料堆得太多，连宋伊汶给我打Facetime的时候我都不知道自己的手机被埋到了哪个角落。经常是他给我打三遍，我才能从某个角落里捞出手机。后来他看我太忙，便不怎么跟我视频了。我竟然也不觉得失落，主要是因为时间太少了。

我开始拼了命地画图。画完一组之后我拿给朱青看，对方看了眼说："嗯，挺好看的，我看不懂，反正很时髦就是了。"

听到这句话，我觉得我失败了。这几日的工作全部打了水漂。

看到我愁眉苦脸的，朱青很是意外。她说："我是在夸你啊，我没骂你啊。"

我摆了摆手："设计大赛的主题是'时尚的反义词'，你跟我说我的设计很时髦，你这不是骂我吗？"

她憨笑着搔了下脑袋："我是真的不太懂。我觉得时尚就是不实用也不实际，反正很麻烦。时尚的衣服对我来说，就是穿着很不舒服的衣服。虽然看起来很美，但是也只有美而已。"

"那你还买那么多蕾丝的衣服。你以为那些装饰性的东西很有用吗，一样没有啊。"我啐她。

"那我也要挑自己喜欢的！"她哼了一声，不想跟我辩解下去，转身就走了。

我重新拿起那叠画纸，心里多少有些惆怅。我查过，时尚的反义词是传统。传统、保守、经典和民族，这些东西是我第一时间想到的。但是既然我想得到，别人也想得到。我要是选择其一，那么一定有人会跟我撞灵感。

想得越多越头疼。我有些着急，但我也知道，所有事情都是急不来的。

这个时候，我的手机响了。我伸手去摸，是宋伊汶打来的视频电话。

我接起来，将手机贴着电脑立起来。宋伊汶冲我招了下手："我在Valli，这个店搬家了，搬到Armani Hotel这边了。"

"好久没去了，它搬家了我都不知道。"我撑着脑袋看着手机。

宋伊汶好似察觉了我心绪不佳，他问我："你看起来有烦恼。"

"对啊，比赛的事情让我心烦。对了，对你来说，如果一件衣服很时尚，那么它会牺牲掉什么呢？"

宋伊汶略作沉吟，他想了会儿，说："实用、舒适。时尚有时候不太会考虑到这个。"

我连忙写下他说的话。那边突然转了镜头，我看到了曾经熟悉的店员在为宋伊汶介绍那些布匹。他指着我本子上的那块小样对别人说需要这样的材料，那人点了点头，告诉宋伊汶说，那些是制作衬衣的好材料。

这时，宋伊汶的笑声传到了我的耳里。他在屏幕那头突然说了句中文："绵绵，你会送我一件你自己做的衬衣？"

说话时，他的语速突然变快，咬字发音有些含糊不清。我亲耳听到，他把其中几个字的音咬偏了，这是很少有的事情。

宋伊汶又调转了摄像头，他眉眼弯弯，眸子里闪亮亮的，表情更是可爱，居然还藏着几分羞涩，活像一个等待圣诞老人送礼物的小孩。

隔着屏幕我都可以感受到，宋伊汶的表情充满了期待。

"是啊，我也只会做衣服了，如果你不嫌弃的话，我就给你做。"我笑着说。说完这句话之后，我便看到宋伊汶做了一件非常疯狂的事情。

他告诉店员，那些布料，他全部都要了。

我傻了眼，那些料子都很贵，四米的价格我都觉得非常贵了，他说都要了到底是多少，我简直不敢想：“太多了。”我急忙对他说道。

“留着你慢慢给我做，一年一件，看能做多少年。”

他的话语里带笑，字符间都淌着让人心软的温柔，听得我简直难以再说出一个“不”字。

“那么久，料子会泛黄的。”我忍不住说。

“我会好好保存的。”他兀自倔强地说，讲话的口吻像个小孩子。

我听出来了，反正这人就是不讲道理，他就是循着自己的开心做事。我也拦不住，只能由着他去了。

在挂断视频之前，宋伊汶对我说：“绵绵，从来没有人会给我做衣服，你是唯一一个。你要答应我，你给我做过的衣服，不能再给别人做。”

“当然，做给你的衣服，自然是独一无二的。”我应承下来。

听到这话，宋伊汶更加开心。他的笑容好像挂在了脸上，怎么都取不下来。他对我说：“我还要去买点东西给比安卡当新婚礼物，到时候我会把你的名字一同写在礼物上的。晚点再联系你，先说再见了。”

“嗯，晚点联系。”话音落下，我听到身后传来哀号声。我回过头，看到朱青一脸抑郁地扶在门框上，她的脸上写着无言的控诉。

“你怎么了？”我有些不解。

“早知道我就不要跟你合租了，我不过就是上来找点东西，你怎么能不关门，我的心灵受到了极大的创伤。”说完之后，她郁郁寡欢地离开了，一边走她还一边喊，“这个世界上的每一天都是为恋人准备的，我活不下去啦！”

因为想不到主题，我休息了两天，重新开工之前，我撕掉了画好的效果图。

朱青看到我的举动，冲上来拦我：“艺术家，大设计师，你要是发疯也不能拿你的作品开玩笑啊！”

“我没有开玩笑。这种不合格的东西没必要存在。”我说。

“你还可以留给别的比赛啊！”她劝我。

“没必要，既然我能画出来这个，我自然也能做出更好的。不要的东西扔了就好，留下来反而是干扰。知道什么叫破釜沉舟吗？”

朱青看着我，她叹了口气：“我现在也是破釜沉舟了，撕吧，撕了重来，我相信你。”

在撕掉那些心血的时候，我不是不犹豫的。都说要做一个拿得起放得下的人，但是真正做到爽快放下的，又有几个？

即使是认输，也是需要勇气的。

我重新打算，决定从“功能”“舒适”和“传统”这三个关键词出发，重新开始设计。熬过三个通宵之后，我终于画好了草图。

隔日清晨我拉着朱青去吃早餐，两人往事务所走去的时候，正好看瞧见了出差回来的郑克己。朱青借口有事先离开了。

他看着我的时候，脸上毫不掩饰地露出了诧异的表情。郑克己问我：“周俛仰，你这是被人打了吗，两个眼睛怎么肿成这样？”

“别提了，三天睡了四个小时，连续高强度工作，我现在感觉自己的大脑快要烧着了。”

这真的是毫不夸张的说法，注意力太过集中之后，我反而更加睡不着。即使躺倒在床，我还是睁着眼睛看着天花板，还不如爬起来做事。

“你还是那个手被割伤了都要申请半天休假的周俛仰吗？难以置信。”郑克己看着我，一脸不可思议的神情。

“要用发展的眼光看人，你怎么老停留在以前的事情上？”我忍不住反驳。

他看着我，叹了口气：“因为我和你之间，只有以前的事情可以说了。你看看我们，现在两个多星期了，才见上了这么一面。”

从郑克己的口气里，我听出了一种物是人非的苍凉感。

人和人的交往像个圆，情到浓时情转薄，周而复始地循环。假如有人走出了这个圈，那就是该说再见的时候了。

但是大多数人偏偏不会别离，也不愿别离。

我看着郑克己，说了一句：“相见亦无事，别后常忆君。”

他伸手，看样子是想拍我的脑袋。但是他的手刚举到一半，又拿了回去，放回了自己的身侧。

郑克己转过身子，说：“你知道后面还有一句话吗？”

“我只记得这一句。”我有点不好意思。

“后面那句，才是我的心情。”

说完之后，他大步向前走去。

我慢慢走向办公室，上楼的时候心里还在想着那句诗。等我走到办公室打开电脑之后，忍不住往搜索网页里敲上了那句话。

页面突然跳转，我看到全文：

相见亦无事，别后常忆君。

春风纵有情，桃花难再寻。

我久久凝视着那两行字，心里的各种滋味如同海浪般翻涌不息。我从来不知道，原来我在郑克己的心里，居然有这么重要。而且他每次都是这样，总是用轻描淡写的态度说出如此震撼的话，我都不知道我该不该多想。

我垂着脑袋在电脑前思索半天，最后得出结论：不该想的事情就不要想。既然他是我的朋友，也是我的兄长，我就应该拿出这样的态度去对待他。虽然有些话说不清楚，但是以态度来表明，也算是一种无声的表白了。

他的深情厚谊，我注定是要辜负的。想到这里，我咬紧了牙关，不敢让突如其来的酸楚从心里蔓延出来。

晚上回家，我收到布料店发来的邮件消息。我预定的料子到货了，明天可以去拿材料了。这个比赛虽然主题慑人，但私下还是很厚道的。几大城市都有比赛组委会指定的连锁布料店，参赛选手可以自行选料。而且模特信息也附在邮件中，挑好模特之后，便可以按照尺码依样剪裁了。

我要做的衣服一年四季都可以穿。虽然主体是风衣样式，但袖子是可拆卸式，可以拆成中袖，也可以拆成背心。风衣内里还可以加上一层羽绒内胆保暖。我甚至还选用了透明PVC材料为其制作了一件雨衣。

实用、舒适、造型保守。风衣样式古典，金缕玉衣的雨衣传统，无论如何都是切题的。

当时我将设计图纸给朱青看的时候，她表示除了颜色她不太喜欢之外，这件衣服的样式和功能性让她觉得很满意。

我也觉得不错，但实际操作起来有些困难。我想把PVC切成小块，做成金缕玉衣的链接样式，但剪裁上还是风衣的板型。光是这个任务，我都不知道要做上多久。而且我还要去找大型的工业缝纫机完成风衣的制作，要不然仅凭我这台小缝纫机，大概连针都戳不进两块叠加的布料里。

我这叫什么，我这就是自找苦吃。

事实证明，想象和实际一般都是有差距的，特别是我亲手做的时候。我的PVC小片被接起来后，需要缝合起来。我在缝合的时候忘记给缝纫机换针，针头卡在了金属衔接的小圈旁。我本想让针头收回，但脚下不听使唤，居然下意识就踩了一下踏板。哪知这个时候意外发生，缝纫机的针硬生生被金属圈给卡断了，还直直向我飞了过来。

我几天没睡，反应很慢，想要躲闪的时候已经来不及了，断掉的针头擦着我的脸过去了。等我起身去照镜子，我这才发现脸上被划了一道近一寸长的伤口。我用手一摸，摸了一手的血。

这个时候我在想，幸好朱青不在家，要不然她又要大呼小叫的了。

恍惚间，我本想下楼去找医药箱，但是这时我又听到门铃响了。我以为是面试回来的朱青，一时间忘了自己的脸上有伤，就这样去开了门。

哪知大门刚刚打开，站在门外的宋伊汶便愣在了那里，他手里的东西落了一地。

这时候我才记起来，宋伊汶说回到江城就来看我，我还给了他地址。

我也不知道自己当时在想什么，居然在那一瞬间，弯下腰，开始捡地上的东西。

宋伊汶直接伸手揽住了我的腰，将我打横抱了起来。他的声音有点不稳，说：“钥匙呢？”

“门口鞋柜上。”

突然间的失重让我有些茫然，我看着宋伊汶，脑子几乎不能思考了，只能机械性地回答。

他走进去抓起了钥匙，便将门一关，返身往电梯的方向走去。

我靠在他的身上，竟然感觉到他的身体有些颤抖。

一路上，宋伊汶时不时就要转过脸来看我是否安好，我看着他说：“看路，我真的没事。”

但是他抿着嘴一脸沉重的模样看起来确实也很吓人，我即便说了很多次“没事”，他还是那副模样，怎么都不相信我没事。

宋伊汶带我去了最近的医院，不知道是不是我一脸血看起来太吓人的关系，居然有人主动前来帮助我们。我本来还想在清醒的时候跟人家道谢，但那个时候我已经三十六个小时没有合眼了，我的话还没有说完，人就晕了过去。

等我清醒过来的时候，我都不知道自己身处何方。身上的被子松软得好像拥着一团云朵，空气中有凝神静气的香味。我蜷缩在被子里，舒服得直叹气。

“你醒了？”

我的身侧传来宋伊汶的声音，不一会儿，我就看到他坐到了床边。

他一身居家打扮，头发随意地垂了下来。他低头看着我，又伸手轻轻拨开了挡在我脸上的头发。宋伊汶说：“你在医院晕倒，吓到我了。我送你去检查，又是做CT又是查血，最后医生说，你只是睡着了。”

听到这话，我觉得相当不好意思。我忍不住想要爬起来，宋伊汶却把我按在了被子里。他问我：“你有多久没睡了？”

“三十六个小时没合眼。做衣服的时候针断了，把我的脸伤了。”

我伸手想摸脸，他捉住了我的手：“别乱摸。”

“嗯。”我应了一声。

宋伊汶松开了我的手，掀起了被子一角，自己靠了过来。我有些脸红，忍不住往旁边挪了些距离，却被他看破了心思。

宋伊汶也不说什么，只是伸手轻轻地环住了我的腰，薄薄的衣料抵不住他掌心的温度。我此刻想动也不敢动了。

他靠了过来，脑袋抵住了我的后脑勺，轻声说：“看到你脸上有血的时候，我整个人都慌了。下次不要再吓我了，好吗？”

说话间，他的吐息轻轻扫在了我的脖颈处，麻麻痒痒的感觉酥到了心里。

我忍不住笑，握住了他搭在我腰上的手。虽然我很想侧过脑袋去看看他此刻的表情，但因为脸上贴了纱布，不敢压着伤口。外加我也不太好意思在这种时候，直面宋伊汶。

宋伊汶将我拉到了他的怀里，我避无可避地贴上了他的身躯。虽然我不是第一次靠倒在他的怀抱，但是这一次，却格外旖旎。

原来人与人之间也可以这样契合，身躯相靠的时候，我几乎感觉不到空隙。他的手游走在我的身上，带出了一片几近可以燎原的火星。

只有他，让我这样心颤，又这样喜悦。

我轻轻地抖了一下，宋伊汶轻笑，他声音喑哑，问了一句：“绵绵，可以吗？”

“我是你的，有什么不可以？”我虽害羞，但一向都爱装强硬。

他轻吻了下我的耳垂，说：“错了，我是你的，所以我才要问你。”

朦胧间，我感觉到宋伊汶的吻落在我的身上，我忍不住恍惚了，身心皆飞往某个不知名的境地。在那里，无忧亦无怖。

恩重娇多情易伤，漏更长，解鸳鸯。朱唇未动，先觉口脂香。缓揭绣衾抽皓腕，移凤枕，枕潘郎。

等我再次睁眼，天色将房间里填满深邃的蓝。近在咫尺的宋伊汶睡颜俊美，一时间，我看得有些痴了。

不知怎么的，宋伊汶突然睁开眼睛看向我，我被抓了个正着。

“绵绵，你怎么哭了，是哪里不舒服吗？”

宋伊汶有些慌乱，他正欲起身开灯。我赶紧出声：“没有，我自己都不知道我哭了。”

他抿唇笑了，凑过来吻干了我眼角的泪。我羞得满脸通红，恨不得将脑袋埋在被子里。

“我自己擦干就好了。”我缩在他的怀里，小声说。

“你的眼泪，是焦糖的味道。”宋伊汶轻刮了一下我的鼻头，“幸福的眼泪，都是微苦后甜。”

那次之后，宋伊汶便不想让我再碰缝纫机。我说那是件小事。他不听，说：“脸都伤了，怎么是小事？”

我想到以前上学的时候，朋友用工业缝纫机，一没留神，钢针扎穿了她的手掌。而且我自己也有过类似的经历，我用锥子的时候没注意，锥子掉到我的腿上，隔着牛仔裤扎了进去，血渗了半裤子。

这种事情不胜枚举，我们用到的东西都有危险，我甚至还被熨斗烫伤过几次。但那又怎么样呢，总不能因噎废食吧?

以前没空伤心，血一抹药一擦，忍着疼含着眼泪也要继续做事；现在有人爱，只是划了一道小口子，都变得娇弱起来。

每当我尝试跟宋伊汶讲道理的时候，这个男人就开始跟我不讲道理。到底是谁说女人不讲道理，我看有时候男人也一样。

我忍不住问：“那我不用缝纫机，怎么给你做衣服？”

他很是干脆，但脸上仍有一丝不舍：“那就不要了。”

“要不然这样，你试试缝纫机的操作性，你会发现它其实是很安全的。”我循循善诱。

宋伊汶被我说动。我随手拿了不用的布料给他演示了一遍如何缝合，他看得很是认真。等他实际操作的时候我还在暗想，这人真是可以啊，连第一次用缝纫机都上手这么快，人比人真是要气死人。

哪知等我凑近了看，两块布还是两块布，缝纫机上的线倒是结成了一大团。他一脸无辜地看着我，好像并不明白发生了什么。

我“扑哧”一声笑了出来，拿了剪刀将线剪断，扯掉了打结的线团后，又重新穿针。我站在他的背后，双手扶在他的两只手上。

“你踩着你脚下的东西，我说停就停。”

他点头。

我扶着他的手，推着两块布缓缓前进。卡顿的时候，我要他停下，用手回了两针。就这样手把手教过之后，两块布连了起来。

宋伊汶想要把那两块布从机器上取下来，他扯了扯，又将目光投向了我。

我又给他演示了一遍，他恍然大悟。他举着那两块布，又摸了摸缝线，忍不住说：“好像很有趣的样子。”

“是吧，所以相信我，那真的只是一次意外。”

宋伊汶看着我，嘴角有笑：“如果你做生意，想来也是好手。循循善诱不够，还要人亲身体验，双管齐下，想不达到目的都难。”

“那是，主要是你教得好。”

他的潜移默化影响了我很多东西，不管是为人处世，还是面对自己。

有人会让你深陷困境，但也有人会将你拉出困境。每每想到这里，我总觉得自己小半辈子倒的霉，就是为了换取遇见他的机遇。能量会守恒，运气何尝不是?

失之东隅，收之桑榆，不是没有道理。

Chapter 07 狂恋苦艾

人在爱欲中，
独生独死，独去独来，
苦乐自当，无有代者。
善恶变化，追逐所生，
道路不同，会见无期。

经过几天集训似的恶补，我终于将雨衣和内胆完成。我发邮件给布料店，问他们哪里能找到工业缝纫机，对方回复很快，说店里就有。

于是我带着布料又冲到了店里，恶狠狠熬了一天，总算完成了衣服的雏形。

当我回到屋子的时候，多日不见的朱青突然从沙发上蹿起，她哭得一脸鼻涕和眼泪，就那样全部蹭到我的衣服上。

她哭到打嗝，仍牢牢揪住了我的衣服。我避闪不及，也想哭："朱青，我的衣服是真丝的，你弄脏了，你帮我拿出去干洗！"

她的哀号让我感觉她被欺负了，我扶着她："谁揍你了，我们联合起来打回去，你别哭了好不好？"

朱青摇头，还在用快断气的声音给我解释："不……不是的……我跟你说，说……我上了！"

"什么上了下了的，我听不懂。"

"我选上了啊，选上了啊！"她尖叫一声，"我是主持人了，我终于成为主持人了！"

"我还以为你这是被打了，哭得差点吓死我了。"

虽然我嘴上不饶人，但心里还是颇感震动。因为这么久的陪伴，我也知道她到底是付出了多少才走到了今天的这一步。

正是因为知道路途艰辛，我们才会因为迟来的结局热泪盈眶。

等她冷静下来之后，我又问了详情。她说是在省里电视台的一个频道组。我问："哪个频道啊？"

"垄上！"朱青答得是一脸骄傲。

我沉默了一阵，问："垄上……是个什么频道啊，我好久没看电视了，你别嫌弃我孤陋寡闻。"

她没嫌弃我，倒是很认真地跟我解释："垄上啊，顾名思义，就是农作物行与行的分距。所以说呢，我们这个频道啊，是省内唯一对农传播与服务综合频道。从田间到城乡，都会有我的身影！"

说话的时候，朱青的眼里熠熠生辉，星河都不及她的双眸来得璀璨。她的双手上下翻飞，就像翩翩的蝶。

不管是田间还是城市，站在镜头前面就是她的愿望。更何况，她做到了。

前前后后，她为之努力了四年，即使一直在做着不合心愿的工作，她也没有忘记自己的初衷。与其用一生时间犹豫选择，不如只做好几道证明题。

我看着她有些出神，但打心底里为她高兴。朱青说完之后，很兴奋地拍了拍我的肩膀："所以啊，以后我在事务所的活儿，就由你干了！"

"啊？"

朱青的话突如其来，我有些傻眼。

"我跟我妈妈说了你的事情，我妈觉得你不错，所以监管我爸的任务就交给你了！"

说完之后，她大义凛然地拍了拍我的肩膀："就这样说好了，为了我的前途，你也要有所牺牲嘛！"

"你这是卖友啊！"我冲她喊。

"当然啊，不是有首歌唱得好，发达的时候就要把朋友忘掉。"她说得还挺信誓旦旦的。

我伸手打她："这首歌的作词人只怕叫朱青。"

"周俛仰，你看，努力是有回报的。所以你要相信，这次比赛你一定能获奖，绝对能打败那个黄依然。我相信你，你也要相信自己。"

她看着我，冲我握紧了拳头。

我点头："好，我就信你这次。"

几日之后，组委会给我寄来了邀请函，往返的机票也一并给我送来了。我把这个好消息一一通知给我的亲友，只有郑克己迟迟没有给我回复。等我准备赶去机场的时候，这人才姗姗来迟地问了一句："几点的航班？"

我跟郑克己说了时间，对方也是一副爱搭不理的样子。我暗想是不是因为他最近太忙，便没再跟他发送消息了。

等我登上飞机，缓缓往机舱里走动时，有人突然拽住了我。我转头一看，居然是郑克己。他看着我说："坐过来，我帮你升舱了。"

"你怎么……"我有些诧异。

"明天在那边有个会，我提前一天到也不算什么。"他看着我，弯了嘴角。

"嗯。我的比赛在明天，不过后天才公布结果。你多留一天？"我问。

他翻出公文包里的手账本，我看到上面密密麻麻记了好些字，看得人眼花缭乱。他翻过好多页后，又细细看了一下行程。

"可以，权当放假。"他又将自己的本子放回了包里。

我知道他忙，但是没想到他有这么忙。谁也不是铁打的，但为了生活，我们只能强装自己有颗钢铁心。

"哦，对了，老板跟我说下个月要把你调到我这边来，你是想处理资料，还是想当我助理？或者……你想考个律师证？"郑克己看着我。

“我？”我指着自己，一脸的不可思议，“我怎么考律师证，你在逗我吗？”

他摇头：“俛仰，你别小看自己。我认识你这么久，还没发现你搞砸过哪件事情。这就说明，只要想要做什么，你都会排除万难去做到。”

被他这么一点拨，我这才发现他说的好像是真的。虽然我一路走来坎坎坷坷，但并没有什么真正算得上很违心很失败的事情。

“有时候你认为别人是一道坎，但别人何尝不觉得你是一道坎呢？”郑克己看着我，悠然道。

“说得也是。”我点了点头，“工作的事情再说吧，我不想要太忙的工作。等比赛结束，我还要把宋老的手稿和信件继续整理完。你要是有时间，我想跟你聊一下上次去霖川的事情。而这一次，我要问的东西你必须告诉我。要不然，我自己去找答案，你也别再嘱咐我安不安全。”

郑克己有些诧异，他看着我：“你是知道了什么？”

“猜测，准不准我不知道，所以我想跟你聊聊。但是你没空，我一直把那些憋在心里，难受。”我说。

“好，等这个月过了吧，月头我有空，咱们聊聊。”

“好。”

此刻广播提醒飞机即将起飞，我和郑克己互看一眼，便没再说什么了。我们各自低头扣着安全带，我将脸侧到一边看向窗外。

郑克己说话的声音被飞机起飞的声音掩盖，有些不清不楚。

但我和他毕竟相处了这么久，虽然有字漏听，我依旧能猜出来他说了什么。

借由噪音，他说出了掩埋的心声。

郑克己说：“周俛仰，你不知道我有多害怕看到你和他一同上飞机。”

以前看小说的时候，我不知道什么叫作心疼。那时我对这种感觉嗤之以鼻，只觉得好笑。心怎么会为一个人疼，疼得久了，只怕是心脏病吧。

可是我真真切切地感觉到了什么叫心疼，这种疼痛不亚于锥子扎进大腿那一瞬间的麻痹，又比针尖扎入手指的那一刻更加触动神经。

我忍不住想，为什么一个人总要辜负另一个人，为什么我不能做被辜负的那个人？我是真的不想让他伤心，哪怕是一点点难过，我都不想让他承受。

郑克己对我那样好，他是我的至亲。

最无奈的是，我的至爱偏偏另有其人。

隔日我带着作品赶到赛场，黄依然也在那里。她和身边的人正在聊天，看到我来了，忙起身朝我走来，说："绵绵，你也入选啦，我们真是有缘呢！"

此时我的心境较于之前有很大不同。我缓步上前，伸手握住了她伸过来的手，说："挺有缘的。"

她还想说点什么，工作人员在那头开始通知，设计师准备抽签排号。

"那晚点再聊。"黄依然笑着对我说。

"有空再说。"我回应道。

我抽中了七号，黄依然抽到了二号。我们进到后台，模特已经在原地等候了。我打开行李箱后把衣服挂了出来，主办方还很贴心地给每人准备了一个挂烫机。我将衣服烫好，递给了模特。女生高高瘦瘦，仪态里有种我特别欣赏的冷傲，但她笑起来又特别暖，真是奇妙。

我和她一人一句聊了起来，说到最后，女生竟然想买下我这件衣服。她说："这衣服就像是为我量身定制的，而且酷得要命，我太喜欢了。"

说真的，这是我头一次被人如此夸奖。即使用"心花怒放"来形容开心，我都觉得太过含蓄。

比赛进程很快，选手自述时间只有三分钟，评委答疑时间五分钟。没过一会儿，就轮到我上场了。

我走上台前，竟没有丝毫的紧张感。面对这几位评委的时候，我觉得还没有面对宋伊汶来得迫人。再说了，我跟着宋老混了两年，而今怯场，也是挺说不过去的。

因为没有压力，所以我侃侃而谈，甚至连问答环节都对答如流。有个评委问我："你看起来好像一点也不紧张？"

"因为我的作品给我带来了自信，评委们的品位给了我自信，赞助商的布料给了我自信，朋友们的鼓励也给了我自信，包括我身边的模特小姐也给了我自信。我有这么多信心，自然不敢也不能紧张。"

那个评委忍不住笑了，他点头："可以，我对你也充满了信心。"

走下台后，我和模特交换了联系方式。她甚至都舍不得脱下我做的那件衣服，我被她的天真坦率惹得笑出了声。

比赛结束，工作人员告诉我们明天宣布结果。我不想这么早回酒店去躺着，出了赛场之后，我随便择了条路胡乱走着。

这座城市的秋意浓过江城。太阳虽温暖但不灼热，穿一件毛衣刚刚好。我看到街边有人搬着椅子喝茶，走着走着，我也觉得有些口渴。

我随便择了一家茶店坐了下来，临街的铺子很有人气，我好不容易才等到了一方景色不错的位置。

茶刚刚端上来，我便收到了郑克己的短信。他问我："比赛结束了？"

我直接打了电话过去，郑克己接了起来，"喂"了一声。

"忙不忙，来喝茶！"我转着手里的小茶杯，对电话里的人说道。

"在哪儿？"郑克己问我。

我喊来服务员，叫他给郑克己说明了位置。电话转到我的手上，郑克己说："不远，我马上过来。"

他说的马上，还真的就是马上。我刚喝完一壶茶的工夫，郑克己人就到了。

难得的，他没穿西装。每天黑衫黑鞋的他看起来随时可以直奔报丧会，倒是今天换了一身浅色装扮。

萧萧落木前，郑克己的浅色衣衫很是惹眼。平日里被藏起来的书卷气此刻显露无遗，乍一看去，颇有些高贵出尘的意味。

一如当年见面时惊艳，他的骄傲尽显。

“今天怎么不穿西装了？”我问。

“穿了，我出门时换了一身，自己穿西装都快要穿腻了。下午赶回去的时候还要接着穿。”

他随手拿过斟满的茶杯喝了口水，我还没来得及阻止他，他就直接把我的杯子据为己有了。

我看着他拿着我的杯子喝水，突然想到，好像以前就是这样。

他给宋老斟茶，刚刚倒满一杯，我俯下身子偷偷喝空。再倒，我再喝。郑克己怒不可遏，想要捉我过去教训一顿，我撒腿就跑，蹲在宋老的椅子背后。

郑克己感到无奈，只能指着我说：“你无不无聊，你多大了，还玩这种游戏！”

“那你打我啊，你来打我啊。”我在宋老背后狐假虎威地作威作福。

我细想了一下，我从认得郑克己开始，就没少坑他，但是这人偏偏总是被我一坑一个准，倒也是没谁了。

一不小心想得太入神，我忍不住看着郑克己发起呆来。他伸手在我眼前晃了好几下，我这才回过神来。

他问我：“今天比赛怎么样，能拿个第几？”

“不知道，反正无愧于心。”我说。

“道德节操挺高的啊？”郑克己笑我。

“哪能呢，怕输的都爱把这话挂在嘴边，我也不例外。”我把玩着手里的空杯，闲闲地说道。

这家茶店的杯子很有意思，碗盏下面一抹浅浅的蓝，好似琉璃珠翠一般迷人，转动的时候，那一抹浅蓝随着光线变化，像是活的。

见我看得这么入神，郑克己也有样学样地转动着小茶盏。他看了半天，说："确实有点意思。这家的茶具卖吗？"

我和郑克己走向店内，找到了那套出售的茶盏。我俩一人拿了一套，心满意足地坐回原位喝茶。

他看着我，说："明天我不能陪你了，江城那边有急事，我必须要赶回去。"

"所以现在抽空陪我？"我问。

郑克己点头。

这人永远责任感重过其他，明明没有义务，但他非要把我当成他的责任揽在肩上。宋老要他照顾我，他就真的一丝不苟地照顾我。

我看着他，想说的话一言难尽，最后话到嘴边，却突然言不由衷："那你早点回去吧，我不需要人陪。"

他看着我，目光怔怔，像是不认得眼前的我一般。最后他说了声"好"，起身结账，便头也不回地走了。

其实我想说的不是这个，我想要的结果也不是这样。我想和以前一样和他随意聊聊天，听他说说工作上的事情，也想再次气得他面红耳赤。

但是我也明白，这种徒劳的挽留是无用功，该走的总是会走的。世间的道理总是要迟上一步。开始之后才意识到开始，结束之后才知道要结束，记住之后才明白要忘记，相遇之后才了解要分离。

什么冬雷震震夏雨雪，一生一世不会变，都是假的，没有什么是不变的。即使斗得过苦难彷徨，做得了贵族勋爵，也无法驾驭这世间偶然。

相遇是，分离也是。

人在爱欲中，独生独死，独去独来，苦乐自当，无有代者。善恶变化，追逐所生，道路不同，会见无期。

我喝空了杯中最后一口凉茶，拎着那盒茶具走出了茶店。

由于郑克己的事情，我第二天去比赛场地的时候都有些心不在焉。黄依然一度想跟我拉拉关系，她喋喋不休地说着什么，我每一次的回应都如出一辙：“你在说什么？”

持续了四五次这样的状况，黄依然再好的脾气也被我磨掉了，她终于赌气扭头，不再看我。

台上巡回展示着十位设计师的参赛作品，几位评委一一点评。说到我的衣服时，有位评委突然说：“这位选手很有意思，她说反时尚其实我们还不够格，因为我们的服装业并没有时尚潮流这一说法。我们所反对的东西，是嫁接在别国文化上的，是空泛虚无的东西。”

听到这话，我觉得有些耳熟。再一想，这不是我说的吗？

曾经我对服装也有一腔热血，我不停地练习，不停地看书，不停地学习。我付出了超乎想象的努力，却没能收获意料中的荣誉。

那位评委还在说：“我觉得她的想法很对。”

周围的评委也在讨论，他们说得热烈，我有种事不关己的感觉，好像对于服装业的热忱是我上辈子的心愿，一旦作品交付，心声吐露，其余的事情都跟我没关系了。

等台上说完，音乐声骤变，接下来就是宣布获奖名单了。

主持人说，有请评委为我们宣布前三名。

那位评委打开桌上的信封，恍惚之间，我好像听到了我的名字。

直到工作人员喊我上台领奖的时候，我这才反应过来，原来真的有我的名字。

我曾经无数次幻想过这样的场景，我在台上，黄依然在台下，她看着我领奖，但获胜与她无关。

而今，我终于凭借自己的本领，做到了。

说来好笑，曾经有段时间我为了证明自己，疯狂地给各种服装赛事投递报名表，但那些报名表好像石沉大海，杳无音讯。我的不自信，就是从那一刻开始的。我暗自劝说自己，不是每一个人都能在自己的本职上有所建树的，也许我没有天分呢？

但是站在台上的这一刻，我突然就了悟了之前宋伊汶跟我讨论的话题。

努力很重要，运气也很重要。不努力怎么知道运气好不好，运气不好再努力也没有用。

人的一生，好像就在这两句话中翻来覆去。我迟来的奖励就是那姗姗来迟的好运，但如果我不去努力争取，它也会绕道而行。

下台之后，我特地走到一无所获的黄依然面前，对她摇了摇手中的奖杯，说："对不起，抢了你的第三名。"

黄依然哑口无言，她盯着我看了一会儿，忽而转身，拿上包就往外冲了出去。

我回到原位上收拾东西。那位评委突然自高台上走下，他走到我的面前，递出手里的名片，我这才知道，对方就职于一家全国有名的服装公司。他问我："周小姐，有没有兴趣来做我的助理设计师？"

"我？"我有些愕然，更多的还是惊讶。

"不管是设计还是版式，抑或是成品，我都很喜欢你的作品。虽然相较于一二名你还稍欠火候，但是你的想法比他们先进。"

这人不吝赞美，夸得我飘飘欲仙。

"考虑考虑，想好了给我打电话。"他冲我摆了个打电话的手势，便离开了。

我死死拽住了手里的名片，心里只觉得痛快至极。

一口恶气等了两年多终于消弭。君子报仇，十年不晚。

我虽不是君子，两年多亦不算迟。

回到江城，明明只是短短几日，我居然生出了一种恍如隔世的错觉。什么都还在，但什么都不一样了。

宋伊汶和亨利来机场接我。亨利见我兴致不高，便也没说什么。只是在下车时，他频频回首，最后忍不住把我拉到一边，小声说："是不是比赛结果不好？别生气，我们自创品牌就叫Mia，气死那群没有品位的人。"

我忍不住被他逗笑，亨利义愤填膺的模样太可爱了。

“第三名，我是比赛的第三名。”

见他不信，我只能从行李箱中掏出奖杯给他看。亨利抱着奖杯看了半天，说：“那你在不开心什么，没有拿到第一吗？你的要求太高了！”

这人真有趣，一会儿为我摇旗呐喊，一会儿又转过头指责我。我呵呵笑出声来。

哪知驾驶座上的宋伊汶突然说：“她的不开心，应该是因为一个男人。”

听到这话，我吓了一跳。宋伊汶的视线透过反光镜投到我的身上，我抬头往镜子里看了一眼，他的眉眼弯了起来。他问：“我说的对吗？”

我的心事被他毫不留情地拆穿。我很是疑惑，这人到底是怎么可以这么清楚地觉察到我的一点一滴。我再怎么用力藏起来，也会被他识破，再也不敢玩小聪明。

我曾经自比孙悟空，谁知有朝一日遇到了五指山。

亨利也看向我：“你居然还会想除了Evan以外的男人！”

被亨利这么一说，我本来被拆穿的忐忑全部消失不见了。

我一边笑一边伸手拍着他的肩膀：“亨利，你也是男人啊，我也会想你。”

哪知亨利听到这句话慌了手脚，他连忙向宋伊汶澄清：“Evan，你要相信我，她绝对不会想我，她只会想你一个人。”

听到这里，我再也收敛不住我的笑声，一时间放肆到极点。亨利只怕是被宋伊汶威胁怕了，我的一个玩笑，竟让他认真到如此地步。

亨利回头看我，说：“绵绵，我真的不知道你是如何忍耐Evan的，他专制又霸道，从不征求别人的意见。哦，对了，还很偏执，自己想要的东西就非要拿到。”

我看着亨利，说：“我没意见啊，Evan的意见就是我的意见，他想要的东西就是我想要的。面对他我一切都可以妥协。”

亨利哀号一声：“我以前学过一个成语，叫作助纣为虐，说的就是你这样的人！”

车子没有开到酒店，宋伊汶方向盘一转，去往了另一条道路。我有些疑惑，亨利告诉我：“Evan的房子在这边。”

房子在江城的金融街上，邻近一家五星级酒店。我是江城人，自然知道这边的地价很高，不过以宋伊汶的财力，我想不是问题。

宋伊汶向我解释：“这是傅司真帮我找的房子，说是大且舒适，还很方便。哦，对了，你来过一次，可能不太记得。”说话时，他冲我眨了下眼。

我有些疑惑，我来过吗？我什么时候来过？

等我和宋伊汶进入屋内，我终于想了起来，这不是那次我在医院晕倒之后来的地方吗？一时间，我脑子里绮念乱飞，止都止不住。

亨利突然看向我，问了一句：“绵绵，你怎么脸红了？”

我被问得语塞，一时间不知道该怎么回答。亨利自顾自地解释说：“可能是因为今天温度有点高吧。”

宋伊汶笑而不语，一脸了然。

上次来去匆匆，我没细看屋内陈设。今日有空，我上上下下认真端详了一遍。

房子很大，四个房间两个厅。不似一般的欧式装潢，倒是有种欧洲宫廷别苑的风格。

屋内整体为白色，但墙面并不呆板。墙上除了挂画，还有恰到好处的雕花。家具更妙，做工精美，颜色还泛着一层古意。我踱步挪到书房，落地飘窗挂着米白色的纱帘，椅子和小圆桌是成套打制。那款式，好似我曾经在小特里亚农宫见过的桌椅。

我忍不住问宋伊汶。他看着我，说：“好的家具不好找，既然要住得舒适，我情愿多花点功夫。有些家具是从巴黎运回来的，有些是在拍卖行买到的。”

主人用心，房屋才精致。我一一看来，内心更是震动。我忍不住感慨，宋伊汶的生活态度和鉴赏眼光，不是一朝一夕就有的。如果没有家族的熏陶和培养，想必无法达到这样的境界。

宋伊汶问我：“喜欢吗？”

“太美了，很难不喜欢。”我如实回答。

他对我说：“绵绵，伸手。”

我依言伸出手，宋伊汶拿出了一个挂着钥匙和门禁卡的钥匙圈放在我的手里。他对我说：“想来的时候随时来，这是属于你的家。”

不是公寓，不是房屋，他对我说，这是属于我的家。

家，很微妙的称呼。家是什么，是眷侣共同生活的地方。

一时间，我不知道该说什么好。明明有很多话想说，但最后傻得只会掉眼泪。我努力吸气，但憋不住的是那一份即将破茧而出的感情。

他伸手，一边无奈地帮我拭泪一边小声说：“真傻，动不动就哭。等下你还要陪我去参加开业酒会，万一眼睛哭肿了，你怎么去？”

我不依，一把抱住宋伊汶，哭个不停。

他轻轻拍着我的后背，用法语哄我。低沉的声音仿佛有魔力一般，没过一会儿，我便停住了哭。

“去洗把脸，再去挑衣服和鞋子。”宋伊汶推了下我的后背，将我往浴室赶去。

去到浴室之后 ，我更加惊诧，我常用的洗面奶护肤品一应俱全。这还是小事，等我去到衣帽间的时候，我才是真的傻了眼。

衣帽间一分为二，一半装着女士衣衫，一半装着男士衣衫。我走近一看，衣服全是我合身的尺码，甚至连品牌都是我常买的那几个。我东翻翻西摸摸，像只小老鼠掉进了米缸一般快乐。

宋伊汶倚在门口看我，我转过头：“你怎么什么都知道？”

“做任何事只要用心，自然什么都知道。”他答。

“每次都是这样，故作神秘。”我不服气，走过去抱着他的胳膊撒娇，想要得到更多的答案。

“之前你和我们一起从瑞士到法国，我看过你的行李箱，里面的衣服大多数都是那几个品牌。护肤品就更好猜了，在浴室里看上一圈便知道了。而且那次在巴黎买鞋，我记得你路过服装区特地看了哪几家的衣服。这么多的细节，还不能让我了解你，那我可真就是个傻子了。”

这样的话说给任何人听，只怕都会心动吧。我抿了下唇，问：“你对谁都是这样认真吗？”

“你是绵绵，我才这样认真。”他笑着拍了拍我的脑袋，“这边来，我告诉你珠宝箱的密码。”

他在密码箱上按着0312的字样，我暗自记牢，他转过头看我：“知道是什么意思吗？”

“某个日期？”我不太确定。

“什么日期呢？”宋伊汶继续问我。

我摇头，表示不清楚。

“我第一次见到你，是在三月十二日。那天风很大，你本是披着头发，走得热了，又扎了起来。你身穿一件小羊皮的夹克，灰色毛衣，浅色牛仔裤和一双黑色的运动鞋。书包是深蓝色，相机包是黑色。”

听到这话，我诧异抬头。我知道我是那年三月第一次去日内瓦，但是时间久远，我记不住是哪日，更加不清楚我当天穿的是什么样的衣服。

但是眼前的宋伊汶，却清晰地复述了当时的场景。

我的心底，忽然像风筝放到极高处，鼓荡满清风，在谷中徘徊呼啸。心底最隐秘处，忽然有什么“啪”的一声，盛开绽放。

宋伊汶，叫我如何不爱你。

去往酒会的时候，亨利跟我说，他们的工程已经谈妥。合约敲定，资金到位。前期虽然花了很长的时间在办理手续等待审批，不过现在的结果总是好的。

听到这种好消息，我自然也为他们开心。只是这眼前二人似乎不觉得的这是什么喜事，他们一脸平淡，好像新公司的开业酒会，和他们无关一般。

虽然我心中有疑，但宋伊汶不说，我便不问。他有安排，也知时机，到时候，他总会告诉我的，我怕什么。

车至酒店，我跟着宋伊汶走进会场，迎面而来的便是宁芳。她穿着一个单肩缎面小礼服，雪白的颜色衬得她的脸颊艳若桃李。

只可惜这样的艳丽遇到我便终止了，她看着我和宋伊汶一同走来的时候，浓烈的腮红也遮不住眼里的失望。

宋伊汶语气平稳地为宁芳介绍："这是我的女友，周绵绵。"

说到我名字的时候，他还特地转过头来看了我一眼，眼里尽是笑意。

情侣间哪有那么多误会，只有不聪明的人才会制造危机。我身边的这位有大智慧，往往在苗头刚刚出现，他便将其斩灭，绝对不留后患。

宋伊汶还有应酬，我和他打商量，问他能不能放我去食物区找点吃的。他失笑："哪有你这样的，别人都等着看你，你一上来就打食物的主意。"

我正准备反驳，远远看到了两个人的身影。我指着那两人问："新公司是傅司泉坐镇，还是傅司真坐镇？"

"有什么区别呢？"宋伊汶笑。

"还是有的。如果是傅司泉，我就觉得你们有阴谋，如果是傅司真，我就觉得你的反应不正常。"

宋伊汶的脸上有笑，目光里满满都是赞许。他伸手捏了下我的下巴："我的女朋友，真的很聪明。"

此时，傅家的两兄弟已经走上前来。他们端着酒杯向我们致意，不远处的宁芳也跟了过来。她刚走到我的身边，也不知是真心还是假意，脚下一绊，将手里满满的香槟全部泼到了我的裙子上。

墨绿色的裙子染上了水渍，晕染得极其难看。宁芳连连道歉，说要负责。我本想发怒，但硬生生地将火气压了下去。

我举起酒杯，缓缓将液体倾倒在她的裙子上，然后很客气地说："不用道歉，我们扯平。"

宁芳涨红了脸，皮肤上透出一种和腮红不相同的颜色出来。她指着我，仪态尽失地吼："你是故意的！"

我歪了下脑袋："你说过的啊，要负责，不知怎么补偿才好。所谓负责，就要亲自感受自己犯下的错误。现在你尽责了，也不差我什么。多好。"

率先笑出声的，是傅司真。他走过来拿过我的空酒杯，放到了服务生的托盘上。他说："周小姐说得有理，动不动道歉，还不如亲自感受自己的过错来得坦率。周小姐，我欣赏你。"

傅家两兄弟果然不睦。之前是面和心不和，现在连表面上的功夫都不打算继续做下去了。

傅司泉看着我，嘴角的笑若有若无。我每次看到他的表情便有些犯怵，这人真的太阴暗，即使是笑起来的时候，都带着阴谋诡计的味道。

我对众人说："我先去洗手间处理一下衣服，迟点再来，见谅。"

宋伊汶冲我轻轻颔首，我转身往别处走去。

跟着引路牌，我一路左转再上楼，终于找到了洗手间的方向。不知为什么，这里没什么人，看起来空旷无比。虽然模样富丽堂皇，偶尔还会有不知藏在哪里的服务生跳出来给我引路，但我就是觉得有点吓人。

我走进洗手间，那里很大，还有个专门的化妆间。我走进去，扯了几张纸放在裙子上稍微擦拭。但是那酒渍浸得太深，此刻是怎么都弄不掉了。

不一会儿，我听到脚步声。那是男士皮鞋叩击大理石地面的声音，沉闷的声音。

接着，又有脚步声起，又落。

窸窸窣窣的人声响了起来，其中一人用力嘘了一声："小心这里有人。"

另一个人说："我看看。"

我没做贼，可是总觉得莫名心虚。我闪身躲到了化妆间厚重的门后，即使有人穿过，也看不见我。

有脚步声往我这边走来，接着又踏了回去。两人集中起来，其中一人说："我这边没人。"

"这边也没有。"另一人说。

"对了，霖川那边怎么样了？"

我以为我听错了，用力地搓了下耳朵，哪知另外一个声音说："周俛仰去过，没什么新发现。她也没什么动静，目前似乎没有找宋渊的打算。"

"哼，小丫头片子，你真以为她能翻了天？"

听到这里，我一阵心惊，只能努力往门后藏得更深，生怕被人突然揪出来。

"那我们下一步？"

"下一步就按计划走。"

说这话的人口气非常笃定，好像胸有成竹。

这时，两人的脚步声渐渐散去，我紧绷的神经依旧不敢放松下来。等外面完全无声之后，我这才从门后走出来。照镜子的时候，我发现我额上都沁出了一层汗，脊背还有些发凉。

我试图从随身的小包里拿出粉饼补妆，哪知我的手竟然发起抖来，几次打开包扣都失败了。

等我回到会场的时候，看到亨利满场乱转，见到我时，他这才松了口气。

亨利走到我的面前，用英文问我："你到哪里去了？我找了你好久。"

我指了指裙子上的污渍，说：“去洗手间了。”

亨利指着右手边的牌子：“洗手间那边就有，走过去不到一分钟。”

听到这话，我有些愕然。为什么我去洗手间还上到了三楼？

亨利看着我：“你是迷路了吧？”

我抬头看了看两边的通道，右手边那个洗手间的标识被花篮挡了个严实，我没看到，稀里糊涂就跟着几个往左边走的人上了电梯。想来也是奇妙。

但就是我这一出误打误撞，居然还意外发现了什么。我的视线投向会场，心里七上八下，那两个说话的人，会不会还在现场？

正想着，会场里又进来一批人。我今天戴了隐形眼镜，老远就看到了一个熟悉的身影——郑克己。

他还是一身西装打扮，脸上没有什么笑容，仿佛此次前来只是为了应付差事。即使有人上前同他搭话，他也是一副不冷不热的样子，敷衍得很。

也是怪了。不管他再怎么冷面冷口，巴结他的人还是一堆一堆。我暗自想着，是不是只有我才会给他甩脸色看，我还真是个不识时务的人。

不过当我看到他的时候，忐忑的内心突然平静了下来。刚刚的紧张惶恐憋在心里无处消弭，而且我也没法跟别人透露我的害怕。

但郑克己来了，我有人可以商量了。

我跟亨利说：“我看到朋友了，我过去找他说话，一会儿来找你。”

亨利不依：“Evan要我带你过去，他有事找你。”

“我马上过去，我真的有急事。”

说着，我本想马上跑到郑克己的身边，但转念一想，若真有人一直在暗中注视我，那么我现在的一举一动已经暴露在人前了。我再大张旗鼓地跑到郑克己面前告诉他什么，那么别人一定看得一清二楚。他们要是因为我而改变计划，那么我就更加无法掌握他们的行踪了。

想到这里，我反而冷静了下来。我缓步走在郑克己的面前，对方看着我，似乎一点都不惊讶。

“郑克己，陪我坐过去休息一下。”

郑克己没有搭理我，他冷眼旁观，看我好像是看陌生人。过了一阵，他才突然说：“不是不要我陪？”

这人讲话阴阳怪气的，我想只怕是上次的事情让他记了仇。

我也想抽空跟他解释两句，可是现在最为重要的不是解释我和他的感情问题。我不由分说地拉着他的手腕把他往一边带。郑克己想甩开我的手，我猛地回头瞪了他一眼。他愣了一下，倒也乖乖被我拖走了。

走到休息区的时候，我还特地回头看了几眼，四下的人都离得很远，我这才松了口气。

我压低声音，小声把刚才在洗手间遇到的情况和他复述了一遍。郑克己的脸色越来越沉，甚至连眉毛都快要拧到一起。

“你……放轻松一点，你这模样看起来像要吃人。”我出声。

“是想吃人，我还吃不了。”他恶狠狠地说了一句。

说完之后，我俩同时陷入沉默。我们相视而望，眼里的无力感竟然是那样的相似。明明知道什么，但所知的线索并不能派上用场。

“能不能查到宾客名单？看看有谁和宋老有联系。”我小声说了一句。

“我能查，但我一查，肯定有人会知道。消息最容易泄露，谁知道那些人在哪里埋伏了眼线？要是对方收手了，连狐狸尾巴都揪不出来了。”他有些感慨。

“所以你还不打算把话向我说清楚，还准备瞒我到什么时候？”我问。

“事已至此，我也不瞒你了。这周六，我们去老师家里把话说清楚。今天不好说。”郑克己对我说道。

“为什么？”我急于得到答案，连忙追问。

郑克己嗤笑，他冲着前方扬了扬下巴：“原因来了。”

我抬头一看，宋伊汶站在离我们不远的地方。他靠在墙壁处，领带被他扯开了，松松地挂在那里。他一只手上夹着香烟没有点燃，在我看过去的时候，他举着烟晃了一下，朝我们走了过来。

这两人遇到一起有什么好事吗？我的心一下就提了起来，视线都不知道该落在哪里好。

宋伊汶越走越近，我的心脏越跳越快。哪知宋伊汶只是掏出了随身的香烟夹递给了郑克己，郑克己先是一愣，随后打开了香烟夹，抽出了一根烟。

他们点燃香烟，郑克己看向宋伊汶，用英文问了一句："你为什么要一直跟着她，你怕她被我抢走？"

听到这话，我被狠狠地噎了一下，差点不知道该怎么呼吸。

宋伊汶一脸沉静，他看着郑克己，说："你难道不觉得你对我来说是个威胁？"

郑克己先是一愣，忽而又笑了起来。他伸手："我喜欢你的坦诚。"

"我也喜欢你的西装，Armani的吗？我也有相同的一套，不过是灰色。"宋伊汶握住了他的手。

这诡异的对话让我摸不着头脑，我站在一边发愣，还没明白眼下的状况是如何急转直下的。

"女人都喜欢同一个，衣服有同一件也不算巧合。"郑克己流利对答。

如果这两人不是和我有关的话，我还是觉得这场对话挺精彩的，但这偏偏不能事不关己，我站在一边，觉得尴尬极了。

"我不想做你的敌人。"宋伊汶回答。

郑克己轻笑："你这是在认输？"

"我有绵绵，其余的我都可以让。"

听到此话，我心头一震，忍不住看向宋伊汶。宋伊汶依旧看着郑克己，在等他回答。

"你已经赢了，不是吗？"说到这里，郑克己将烟头摁灭在垃圾桶上，“所以，你不需要特地来跟我炫耀什么。”

“我没有炫耀。”宋伊汶看着他，说，“我有事情要请你帮忙。”

“还有事情能让你找上我？”郑克己有些意外。

“新公司成立，需要法律顾问，你能来吗？钱的方面，一切好说。之前和你的合作很愉快，我欣赏你的专业性。”宋伊汶说。

宋伊汶的话让我非常意外，这突然的决定是不是心血来潮？

“两倍、三倍？”郑克己说，“我这人性格不好，遇到不喜欢的合作方，可能要价比较高。”

“只要你来，钱不是问题。如果你想，我甚至可以给你一个以你命名的律师事务所。”宋伊汶回答。

我和郑克己都愣了，宋伊汶说得太轻易，听起来让人觉得不可思议。

“你在讨好我？”郑克己不解。

“我是在邀请你。如果你为了私人恩怨浪费了这次合作机会，那我只能说很遗憾。”

宋伊汶说英语的时候依旧慢条斯理，语调里藏着一份掩饰不住的高傲。我听着都有些心惊胆战，生怕郑克己突然翻脸。

哪知郑克己倒是一反常态，语气不再咄咄逼人。他说：“我报出的价格，希望你不要后悔。”

“我不会。”宋伊汶说。

我有些不解宋伊汶的行为，忍不住向他讨解释。他一脸高深，说：“不要着急，你很快就知道了。”

“你这人，真是喜欢装神弄鬼。”我瞪他。

宋伊汶笑：“有些事，讲究的是时机。太早太晚，都不算好。”

听到这话，我突然之间想到了宋老。宋老常说，万事都讲究一个时机，即使有千机万算，少了那一阵东风，都难成气候。事业是，爱情是，交友是，连读一本书都是。时机不到，好书都是烂书；时机一到，烂书里都能找到共鸣变成好书。

我看着宋伊汶，忍不住说：“你到底……你和宋老之间，到底有什么关系？”

宋伊汶说：“这个问题，你不是一直在找答案吗？”

一时间，我竟然不知道该接什么话才好。

“放心，很快就能找到答案了。我等你。”说着，宋伊汶轻轻拍了下我的脑袋。

周六时候，我去宋老的屋子等郑克己。在他来之前，我翻出了之前郑克己给我买的茶具泡了壶茶。

谁知郑克己这人是赶巧不赶早，我刚刚泡到滋味最好的二道茶时，门锁响了。他一进来就问我：“好香啊，快给我留一口。”

郑克己拿着茶杯的时候有些诧异，说：“这不是上次我们一起买的吗？”

“对啊，很喜欢，我觉得放在这间屋子最合适了。”我说。

“你总是这样，什么屋子该配什么东西，半点不含糊。”郑克己撑着下巴，半是感慨地看着我。

郑克己告诉我，这件事情要从我遇到宋老之前开始说起。

宋老在七八年前便成立了饮光基金会，其主要关注项目是古代文学研究、艺术和文物保护。这在国内并不多见，并且当时宋老在古代文学研究上也算声名赫赫，一时之间，饮光基金会也打响了名声。那个时候，基金会和几个大学联合做项目，反响很是不错，社会上的正面呼声也很高。

头几年基金会发展稳健，项目开展成功，一切运转正常。后来有人牵线搭桥，想为基金会拉拢几个大型项目，基金会的秘书长向身为理事长的宋老汇报此事。宋老看过项目计划书后，又带着郑克己实际考察过，觉得计划可行，便准备应下此事。哪知刚准备商谈的时候，那个牵线搭桥的人却突然开口，说要从中抽出三成作为他的个人费用。

宋老拒绝，并且放弃成立项目。谁都以为此事算完了，哪知饮光基金会有人离职之后，匿名发送邮件到郑克己的邮箱中。起先他还半信半疑，一直以为是内部有人不睦，相互指责。哪知等到年度财务报告送来的时候，郑克己私下找人去把所有账目都核审了一遍。

如果不是郑克己找的人是业界大拿，恐怕这漂亮的账面别人也看不出问题。郑克己私下查实后发现，有几个项目存在抽成情况，账面上把这笔支出给做平了。除此之外，郑克己还发现更严重的事情。

有几笔捐赠款项数额巨大，经过切分重组投资了几个项目。但捐赠款数额和流向无论如何都对不上号，账面上也找不到这几个项目。还有一个项目明明已经取消，但仍有大笔资金流入项目，既不见产出，也不见明细，好像就是在假借项目空壳洗钱。

事到如今，郑克己开始怀疑，有人假借基金会的名义牟利，而且野心不小。

郑克己想要找到宋老商量，但此时宋老在外地讲学，一段时间无法回到江城。郑克己只能等。

等宋老回来，郑克己把此事上报。宋老并不意外，水至清则无鱼这个道理谁都是懂的，但太乱了，还是应该整顿。

宋老亲自去基金会了解情况，但是上下口风一致，竟然找不出半点蛛丝马迹。

这时他们才意识到，因为宋老长久事务缠身，无法兼顾基金会，有人在暗中已经挪了权。虽然宋老有把握大方向的能力，但基金会上上下下，已经唯别人马首是瞻了。

此时宋老生病，住进医院，明面上宣布暂时不再管理基金会的事务，交给秘书长全权代管，超过一定额度的大型合作项目全线停止。这样的行为只是扬汤止沸，若要抽薪，一定要将幕后的人一把揪出。

但躲在暗中牟利的人自然也不傻，不仅捐赠公司的法人不好查证，连项目那边口风都是统一的。而且在宋老生病之后，基金会内部突然沉寂下来，那些人一点马脚都没露。

而且宋老还有一事非常担心。当初在饮光基金会创立伊始，宋老便承诺在死后将自己的全部身家捐给基金会，但现在基金会已经被人控制，若是这一大笔钱流入基金会，最后也不知道是进了谁的腰包。若是不尽快采取办法，只怕情况会越演越烈。

最紧要的是，需要拖延时间，找出破绽。若是那些人没有破绽，制造破绽也要让他们露出马脚。

此时宋老叫来郑克己，公布自己要修改遗嘱一事，说是自己年事已高，想要找到流落在外的孙子宋渊。因为他没尽到长辈的责任内心有愧，所以想要把自己全部的身家留给自己的后人，希望他以后能生活得好些。但如果宋渊的下落不知所踪，或是宋渊已亡，那么遗产还是归基金会所有。

此话一出，基金会上下震动，甚至还有人在暗地里说，宋老这是老糊涂了，说好的事情随意篡改，这还能做理事长吗?

而且这个时候，宋老遇上了我。经过一段时间的考量，他觉得我可以信任。并且宋老发觉自己的身体每况愈下，但基金会的情况依旧不明朗。

宋老二度修改遗嘱，委托我继续为他寻找宋渊，他将自己的遗产又拆分了一次，并给我的寻找限定了时间，时间一过，暂时在我手上的资金也要归还到基金会。

郑克己告诉我，其实在很早之前，宋老便知道宋其光和宋渊的下落。宋其光过世，宋渊被送入孤儿院，后被人领养离开了国内。但是好景不长，宋渊感染恶疾，在国外去世。宋老秘密参加过他的葬礼。若是有心查证，这个消息不算太难找。

但不难找也不算好找。为了不让人察觉到这件事情本身是个陷阱，宋老特地拉长了时限。时间一长，对方放松警惕，自然会露马脚。

而且宋老断言，基金会幕后那批人说不定会咬住宋渊这个饵，因为没人比他们更希望宋渊身亡或是下落不明。这样他们就能够更快获得资金，再借用基金会将资金拆分重组后，那些钱便可以进入他们自己的腰包。

但是现在加了一个我，让资金回笼更有难度。若是他们等到宋老死后捏造假象，而我又找到宋渊的下落，那群人便是自投罗网。要是他们选择等，十年时间太长。而且郑克己还在暗中查证，我在明，郑克己在暗，我们形成了双重阻碍。

那么他们最好的办法便是，找到宋渊的下落，或是捏造一个假宋渊出来冒领遗产。

但让所有人没想到的是，其实宋老的目的不在宋渊，他只是想找出基金会里那些藏在暗中的人的身份。

听完全部之后，我盯着郑克己看了半天。他的俊脸如常，说话时声音平稳，好像在一开头便打定了主意是要瞒我到底，不打算让我知道实情。

我虽然有种被欺骗的感觉，但事已至此，迟到的生气不合时宜，我只能硬生生憋回去了。但我还是忍不住对郑克己说了一句："你和宋老都是影帝，就我一人是个傻子。"

得到了想要的答案之后，我没有觉得畅快，反而比之前更惆怅了。

我以为是我的选择让我走到了这一步，哪知原来人生是个"被"字句，我分明是被"选择"选中，才走到了这一步。

Chapter 08 深渊书简

我会为你做任何事情，
我会保护你不舍得让你受到任何伤害，
我甚至可以牺牲我自己……
但是你要知道，这都不是爱情。

我又跟郑克己说了之前在霖川镇的事情。郑克己听到那些人半夜上山，忍不住又露出了那刻薄的表情。他嗤笑一声，说："半夜上山，真不怕遇到鬼了。"

"有钱能使鬼推磨，他们要是撞上鬼，只怕要捉来一只收费展览。那要算鬼倒霉啊。"我说。

郑克己被我逗笑了，他抿唇，腮边印出了浅浅的梨涡。没过一会儿，他像是突然想起了什么，说："之前那些信件，你研究出什么没？"

"我已经试了快八十种组合方法了，都没试出来结果是什么。"我有些气馁。

"你问问Evan，说不定会有意料之外的惊喜。"说话的时候，他冲我眨了下眼，脸上不似之前的沉重，反而带着一丝调侃的味道。

我有些意外，回看过去。

大概郑克己也看出了我脸上的疑惑神色。他自嘲地笑了笑："你觉得我就应该在你身上吊死不松手吗？别看我这样，我还是很有市场的。"

"从认得你的时候，我就知道人人都爱郑克己。"

这不是恭维，这是我的心里话。当初认识的他的时候，他身边的女人就没少过。今天这人来寻，明天那人来找。

虽然他洁身自好，但是这份自律更加吸引人。而且他家世甚好，我有一次去郑克己家替他送东西，遇到了他的父亲，回来之后我对郑克己说："你爸爸看起来好眼熟啊，好像在哪里见过。"

郑克己满不在乎地说："电视上见过吧，我爸偶尔会上电视。"

经他这么一说，我倒是真想起来了，我确实是在电视上见过他的父亲。那时候我才知道，他的父亲曾经是外交部发言人。

我吓得不轻，当时决定以后都要对他好些，毕竟家世显赫，我也应该巴结一下。

哪知我高估了自己的本事，过不了三天，我就原形毕露了。巴结什么呢，我这人永远心直口快，哪能扮狗腿？

也许那个时候早就表明，我对郑克己一直就没有什么旖旎心思。我在他面前不怕出糗，没有忌讳，甚至不会撒娇。我爱逞能，向来不服输，他能做到的，我也想做到。我和他就一直这么较着劲，较量到了如今。

"谁说人人都爱我，你不是喜欢别人吗？"他反问了我一句。

"郑克己，我也爱你，但是我爱你如同爱我的家人一般。我们会吵架，我们也会迅速和好。我们会闹别扭，但是下一秒又会原谅对方。我们对彼此的包容超过了情侣。我会为你做任何事情，我会保护你不舍得让你受到任何伤害，我甚至可以牺牲我自己……但是你要知道，这都不是爱情。"

如果我爱谁，一定小心翼翼如履薄冰。别说衣着发型，我甚至连呼吸都会谨慎起来。我会变得多虑多疑，每说上一句话都要琢磨好久，生怕在两人间生出歧义。我日日夜夜担惊受怕，看到他和异性说话都会生闷气。莫说我小气，在爱里的每一个人，都不会大度。

我们不是神明，爱上谁的时候一定期望将对方据为己有。只恨不得买上一个"我"的标签，贴在情侣的额上，让每一个人睁大眼睛看看清楚。

但是我对郑克己不是这样的。我面对他时，不会心跳加快。他向我表露心迹，我只觉得惶恐，我害怕辜负他的真意。

话音落下，我和他之间出现了冗长的沉默。郑克己定定地望着我，嘴边的笑很无奈。他很少露出这样的表情，那样显而易见的悲伤从来不属于他，我也从没见过他如此颓败的模样。在我的印象中，郑克己一向意气风发，略略张狂，十足的骄傲刻进了骨子里。

我紧紧握住了双手，指甲都快嵌进了肉里，疼痛让我更加清醒。这次我终于决定面对，不再逃避。

“不逃了？”郑克己问。

“不逃了。”我点头。

“长大了。”他半是赞许地点了点头，说，“你还是我的小师妹，我会护着你，这一点，不会变。”

即使是对我好，他也总是好到让我无路可退。我揉了揉酸胀的眼睛，轻轻地“嗯”了一声。

他看着我，说：“其实我想了很久，想要跟你把话摊开说，但是又怕说完之后你会躲我。你不正面回应，我总觉得自己还有机会。痴心妄想的人总是会把一切事情都想得最好。但是那天我看到你和Evan在一起的模样，还有他说的话，我就懂了。”

“什么？”我有些不能理解。

郑克己叹气：“你和他之间有一种默契，那种亲密是很难让旁人融进去的。也许你们不觉得，但是旁观者清。而且像他那么骄傲的人为了你来讨好我，实属难得。”

我觉得宋伊汶也不全是为了我去讨好郑克己，分明是宋伊汶这人太懂人心。他知道对谁该使用什么样的态度该说什么样的话，来去之间，很容易就能让人撤下心防。郑克己重视我，宋伊汶便在郑克己面前凸显我和他的关系坚不可摧。正常人都是有眼色有感觉的，宋伊汶对我的感情表露得那么明显，不太坚定的人，自然会动摇。

可能在旁人看来这叫心机深沉，但我对宋伊汶一向迷恋，只觉得他什么都好。当着郑克己的面，我自然不好说出心里的想法。

我只得点头：“算是吧。”

他失笑："听你的口气，你还不满？"

"你倒是为他打抱不平了？"我反问一句。

"倒也不算，只是觉得他这样宠你你都觉得不够，有点感慨。"郑克己说。

我失笑："那你应该觉得庆幸啊。"

"也许真的应了一句话，最好的得到是得不到。"说着，他拍了拍我的脑袋，"也只有这样，我才能安慰我自己了。"

我刚准备说话，郑克己的手机响了。他拿起电话看了一眼，转身往阳台上走去。我只好闭嘴，将想说的话全部吞回去。

等郑克己走进屋内，神色变得有些紧张。我问他怎么了，他只说是工作上的事情出了问题，他需要现在就赶过去。郑克己对我说："该说的我已经说完了，我先走了。等他看完了文件，要他随时联系我就好。"

郑克己行色匆匆地走到门口，我追上去拉住了他的胳膊。他回头看着我，有些不解。

"不管怎么样，你是我师兄……"后面的话我实在不知道该如何去说。

郑克己伸手，拍了拍我的手："我知道，你爱我如同爱家人一般。知道了，我的小师妹。我会想通的。我年纪长你几岁，还要你来担心？"

我点了点头，说了一句"路上小心"，便目送他离开了。

自从郑克己跟我交了底之后，我总算明白过来之前为什么他对我那么紧张。这件事情牵扯的人太多，涉及的金额太大，难保哪一天，他们不会把歪脑筋动到我的头上。为了安全起见，郑克己只有把我放在他的眼皮子下看着。

为了瞒我，他还受了我那么多气，也是挺不容易的，我决定不给他添乱。

我去上班，人事部通知我转职了。

我抱着箱子去找郑克己，四下看去，他的办公室外一片寂寥，好像跟平日里不太一样。我随便择了个空位坐下，没过一会儿，郑克己的两个助理律师先来了。

他们一边走一边小声聊天："迦陵姐不在，我感觉老大办公室这边气压都变低了，每次过来，都觉得有些害怕。"

另一个苹果脸的女生说："是啊，确实吓人。平日迦陵姐也不知道是怎么面对老大的，居然能和他好好交流。"

他们说的迦陵，是郑克己的助理，舒迦陵。第一次见舒迦陵的时候我便被她的美貌震慑。那时我还笑话郑克己："你选这样的人做助理，真是暴殄天物。拿着珍宝当柴煨。"

郑克己那时候只是笑笑，也没认真回答我什么。倒是我一来二去，有时会留心他的助理。

舒迦陵不仅长得好看，衣着也相当高级。我忍不住盘算了一下助理的工资，心里只觉得诧异，这么点钱，只怕连她身上的一条裙子都买不到吧？现在舒迦陵离职，也不知道原因为何。

两个助理律师走在我的面前，皆是一愣。他们看着我，其中一个问："俛仰？"

我冲他们招了招手。

"你找老大？"那人继续问。

"对啊，人事部通知我转职，现在我是你们老大的助理。所以你们有什么事情也可以吩咐我去做。"

两人面面相觑，脸上的表情都写着意外。

这时，郑克己拎着公文包走了进来。他看到我的时候也是愣了一下，反应了半天才说了一句："差点忘了，迦陵离职了。"

从郑克己的语气里，我竟然听出了淡淡的惆怅。

他指着我说："你的位置在那里，先收拾一下，我等会儿找你。"

我点了点头，顺从地抱着一大摞东西又走到了另一个位置。

那个位置曾经是舒迦陵的。

我把东西往地上一扔，便闻到了一股淡淡的香味。舒迦陵人虽然不在，但她待得久了，连桌椅都染上了她的香水味道。

我拉开了中间的抽屉，却意外地发现里面有个小礼盒。我犹豫了一阵，还是选择打开了。小礼盒里是一朵蓝色的永生花，上面还附着一张卡片，秀丽的字体一看就是出自女性之手。

“恭喜入职。P.S.：郑律师人很好，不要被他的冷脸吓到。”

落款是一个小小的“舒”字。不知为什么，我被这突如其来的细节打动，突然觉得暖暖的。

温暖过后，我觉察到另一件事。舒迦陵连这些细节都想到了，那么她的本职工作只怕做得更加完美，如果有人拿我和她作比较，我相当不够看。

郑克己和别人交代完正事，终于抽空找我。他给我简要交代了一下任务，我全部记下之后，郑克己合上了卷宗。他看着我，说：“你还有什么不清楚的就来问我，别犯懒。”他又嘱咐一句。

“好，我知道了。”

说完之后，我忍不住问：“你的前任助理呢？”

“如你所见，离职了。”他双手一摊，模样很是无奈，“所以我的事情更多了，你要好好地做你的本职工作，减轻我的负担。”

他成功岔开了话题，我也不想再绕回去。在离开他办公室之前，我把那个放了纸条的永生花放到了郑克己的桌上，说：“人家留下来的，我拿着也没什么用，放在你的办公室吧。”

看到那个小盒子的时候，郑克己明显一愣，他的神态有些怅然，像是想起了什么。

我轻手轻脚地离开了办公室，决定暂时还是不要打扰他为好。

之前只在办公室负责杂事的时候还不觉得，等到这次真正接触了正事，我才发现，其实助理也不好当。上诉材料的准备和文件格式都是有要求的，诉状封面的颜色、字体、大小也各不相同。

我很诧异地问郑克己：“这不是实习律师才做的事情吗？为什么我也要负责？”

郑克己回答我说：“之前舒迦陵也是这么负责的，她没问这么多为什么。”

他这么说，那我也只能这么做了。有时郑克己紧急出差，我也要全天候随叫随到，他要什么文件我发什么资料，简直堪比百科全书。

原来我以为我适应不了这种高速运转的生活，哪知几周配合下来，倒也无碍。我还是挺佩服自己的适应能力的。

当然，我也有出错的时候。郑克己对待工作一向严格，管他是谁，反正撞到他头上便是一顿痛骂，我也挨过好几次训，但训到最后，也是习以为常。

他手下的两个实习律师对我很是佩服，其中一个说：“俛仰，除了你之外，我最佩服的就是迦陵姐。不管老大给什么变态的任务，她都能完成；而你是不管老大怎么样说，都没见你有什么心理负担。”

我想了想，他们被郑克己训斥也是有道理的，连表扬的话都说得像批评，这不是摆明了说我厚脸皮吗？

托郑克己的福，我连轴转了一整个月。月头他终于舍得拨出两天给我休息，因为他要例行去饮光基金会审核账面。

我本想跟去，郑克己把我拦下：“你那次在开业酒会上就已经很显眼了，这次再去，难保不会让人发现点什么。他们有耐心，我们也要有。捉鬼不是一朝一夕就能做到的事情。”

听他的话，我只能乖乖留下。反正闲着也是闲着，我又去了宋老的屋子。

等我再次拿出那些信件的时候，我看到那些大小不一的纸张，心里觉得别扭极了。不知道是不是因为最近给郑克己当助理的时间长了，所有文件我都喜欢整整齐齐码好，要是不按照一定的顺序来整理，我就觉得有些别扭。

我开始动手整理起那些乱七八糟的信件。正在整理的时候，我的脑子里突然灵光一闪。如果说《六韬》中的阴文八符是根据长度不一的令符来决定密码，那这些信件里藏匿信息的方式，会不会跟信纸的规格有关？

我这样想着，忍不住找出了之前对上信息的那两张信纸，我翻了半天，终于在一堆英文信件中将它们找了出来。

拿着那两张纸的时候，我的心情还有些忐忑，心跳快得厉害，隐隐觉得答案就在眼前。

好在这乍现的灵光没有辜负我，那两张信纸的大小果然相同，完完全全地重叠了起来。我找出纸笔，将那两行英文的行数记录下来，又记下日期。接着，我撸起袖子，将那些和Dumont来往的信件全部拿了出来，一张一张地开始比对大小，将规格一样的信件全部放在了一起。

研究了一下午之后，我感觉我的想法是正确的。信件内容首先和信件的纸张规格大小挂钩，放对了这第一步，就可以继续研究第二个步骤。

那两张我随手拼对的信件给了我一个研究方向，我通过纸张大小和日期规律，找到了第二层密码。

三张纸张规格相同的信纸上日期的最后一位数字相加等于八，便是写有明文密码的三张信纸。而且最后一个数字即是那张信纸上相对应的行数，就这么一拼，便能够得到最后结果。

至于为什么是三张纸和日期相加等于八，那是因为宋老之前跟我讲过的《六韬》。

主与将有阴符凡八等，宋老化八而用之。诸有阴事大虑，当用书，不用符。书皆一合而再离，三发而一知。再离者，分书为三部。纸张相同，相加为八，便是顺序的密码。而且如果丢失了其中一份，前后日期一加，也能知道有所遗失。这真是一个简单粗暴且又有一定保密性的好方法。

并且如果有人获取了信件的复印件，没有原件，也无法破译信件密码。这样看来，信纸居然还是双重保险。

如今我能破译其中奥秘，想想也是误打误撞。必然也有，偶然也有。如果我不对那两句话心生疑窦，便不会继续追查；如果我没有成为郑克己的助理，便不会今日心血来潮来收拾信件。

也许这件事情早一秒晚一秒都不会被人察觉，只是正好撞到了当时的我，我也恰好想去一探究竟。结果还真让我解开了其中玄妙。

我连忙翻出翻译文件，将其用我破解的密码方式逐一对应上去。这样一看，我果然看懂了信件的内容。

那天夜里我加班加点地看信，我妈打过电话来催我回家，我实在没空理会。后来她也没再给我打过电话。等我回过神来，天都亮了。

又是一夜未眠，但我却觉得格外充实。熹微的晨光照在那些凌乱的字迹上，我的心里充盈着一种奇特的骄傲感。

我终于知道，宋伊汶一直以来隐藏的东西到底是什么了。

我找上郑克已，他看到我时吓了一跳，问我："你是被人打了吗，眼圈黑成这样？"

这人嘴里就没一句好话。我实在没力气和他辩驳，只能有气无力地翻了个白眼。好在郑克已没亏待我，他把自己的美式咖啡递到了我面前："我没喝过的，你喝吧。"

我接过之后猛灌了几口，终于感觉自己活过来了。我从包里掏出我手写的破译内容，递到了郑克已面前。

谁知郑克已一看，说出来的第一句话就差点把我气晕过去。他说："这么多年了，你的字还是这么丑啊。"

我猛敲桌子："这些是重点吗？你不是想知道宋伊汶和宋老是什么关系吗？我写下来了！"

"宋伊汶是谁？"

经过郑克已一番反问，我突然发现自己说漏了嘴。郑克已仔细打量着我，问："你是不是有什么事情没告诉我？"

"你先看字，看字！"

大概是我的表情实在凶狠，郑克已终于不跟我斗嘴了，他开始埋头看字。我抽空躺倒在他的沙发上，累得昏昏睡去。

等我再醒来，还是郑克已把我打醒的。我迷迷糊糊地睁开眼，郑克已问我："你确定你翻译的东西正确无误？"

"拿命担保，你总不会觉得我这大半年的工夫都是白费吧？"我反问。

"那这样说来，老师一直都在那群人眼皮子底下给别人传递消息？"郑克己有些不可置信。

宋老是很大胆，虽然信息加密，但他也明明白白在加密的内容上写了关于基金会资金的问题，而且还非常直白地询问自己的外孙过得怎么样。

从答案中我找到了关于他外孙的信息。在瑞士出生，在欧洲各国颠沛中长大，在法国读了大学，学了中文，曾经还来过中国几次。

这不就是宋伊汶曾经跟我说过的他小时候的事情吗？我可是记得清清楚楚的。而且我发现还有一个很巧妙的信息，通信人说自己在莫尔日度假，说那栋宅子还是和以前一样，打理得很好。

我记得宋老也在莫尔日有房产，还有很多细节我都能对上，再加之宋伊汶和年轻时候的宋老真的很神似。到此为止，我终于可以下定论了。

"艺高人胆大懂不懂？"我反问。

"而且老师还有个外孙？"他的声音又拔高了一些。

"你还不许人家传宗接代了？"

"欸，你能好好说话吗？"郑克己瞪我。

"是你一开始上来就否定我，我翻译出来之后，就直奔到你这里来告诉你消息了。"我说。

"怪不得Evan什么都知道。"说这话，郑克己若有所思地抚了下自己的嘴唇，他看向我，"你之前说Evan叫什么？"

"他会说中文，有中文名，叫宋伊汶。"

我老老实实告诉郑克己，心里还隐隐有点罪恶感。可转念一想，他也瞒住了自己的身份没告诉我啊，大家扯平了。

"那你应该当即就反应过来啊。"郑克己看着我，露出一副恨铁不成钢的表情。

"我反应过来了，只不过时间有点长罢了。"我很诚恳地说，"我不能因为他姓宋就直接认定他和宋老有血缘关系吧？就像我跟人事的周部长都姓周，他和我长得像吗？”

所有的佐证都是在直接证据下才得以锦上添花，没有我手里的直接证据，我也没有办法认定宋伊汶和宋老是祖孙关系。

郑克己虽然不甘心，但也只能点了点头。他说：“怪不得他找我合作，价格还开得那么好。想不答应都不行了。”

“你可以不答应啊？”我调侃了一句。

“有钱不赚王八蛋，这话是你教给我的。”郑克己笑，“这几天我把他发来的合同看了，很厚道，我觉得可以签。我去打印出来签字，你有空帮我给他。”说着话，他站起身来，准备去打印文件。

我眼看着郑克己又是一阵前后摇摆，差点摔倒在地。我连忙去拉住他的胳膊，这才让他没有摔倒。这是第二次了，他到底怎么了？

我扶着郑克己坐下，又给他倒了杯水。他闭着眼睛坐了好一会儿，这才慢慢睁开眼睛：“可能是太累了。”

“你是不是没有去医院检查？我替你预约了两三次，你居然一次都没去？”我忍不住质问。

“我这段时间真的很忙，没空。”

“那你什么时候有空？”我又问。

“等出差回来我就去，可以吧？”郑克己告饶。

“可以。”

“哦，对了，Evan到这里来，到底是因为自己的事情，还是为了老师的事情，你知道吗？”郑克己问我。

“可能兼而有之。”我歪了下脑袋。

“这件事情，我们还是暂时假装不知道。我想Evan也是这个意思，可能是怕那些人查出来什么。”郑克己说。

“好。”

“这些东西，你拿回去烧了，所有的信息，都不要留。”

“知道了。”

眼下的处境到底是怎么样我也不清楚，宋伊汶为什么要瞒着我他的真实身份我也不清楚。但是我知道，只能走一步看一步了。

等郑克己回到江城，城市又迎来了一股强烈的寒流。

十二月中旬，天寒地冻，简直要命。我出门的时候天空开始下起了冻雨，我妈还说：“今天可能要下雪，你路上开车小心点。”

我开车去机场接郑克己之前，先绕到了事务所去拿了一件他放在办公室的大衣。车开到半路时，我接到了宋伊汶的电话。他跟我说：“你今天能几点过来吃午饭？”

宋伊汶这两日好像很闲，他的工作告一段落，大多数时间都在家里休息。前几天他打来电话，约我过去吃饭。我应下了，谁知今天我要去接郑克己。

“我也不知道，这个天气，航班不稳定。”

他在电话那边笑：“那你记得在两点前过来，我炖了牛肉。”

听到这话，我诧异极了：“你还会做饭？”

宋伊汶只是笑，什么都没说。

“好，我知道了。我上机场高速了，先挂了。”

等我赶到机场，这才发现航班因为寒流缘故大量延误。我拿出手机搜索郑克己的航班号，这人运气算好，居然只延误了一个多小时。

看眼下情形，我也只能傻等。我在出口处四下走动，找了个咖啡店坐下。我拿出随身携带的电脑，开始处理郑克己之前留下来的任务。周围人声嘈杂，那些法律文件又看得人头疼，我频频分心，效率极其低下。

这时，我突然听到了有人正在说法语。我忍不住抬头看去，正好和一个小朋友对上了视线。那个小男孩看起来只有五六岁的模样，一张小脸格外精致。他气呼呼地指着柜台里的面包，另一个大人却摊开双手和他解释着什么。

我听了半天，最后猜了个大概。可能是小男孩想吃面包，不过大人没来得及换人民币，所以没办法给他买。

我合上电脑，抱着包走了过去。我用法语问那个小男孩想吃什么，他却突然扭过头去，用力地摆了摆手。

小男孩脸上流露出大人才有的隐忍，他不敢看向玻璃柜台，生怕被那些甜点吸引了注意，所以他只能拧过脑袋来拒绝我。要不是他的表情太憋屈，我都忍不住想笑了。这小孩儿太可爱了，在自家人面前一副称王称霸的模样，在外人面前腼腆讲理，实在是有趣。

虽然他什么都不吃了，但还是礼貌地向我道了谢。小男孩推着大人往外走去，还分外腼腆地朝我笑了笑。

我只好冲他挥了挥手说再见，抱着电脑又走回原位。

在等了快两个小时之后，我终于看到了航班抵达的消息。我长吁了一口气，将电脑塞回包里之后，便往出口赶去。

没过一会儿，郑克己便走了出来。他走路一贯有气势，昂首挺胸目不斜视，再配上他笔挺的西装和那张帅脸，想不招惹视线都难。

我没有提前通知他我来接机，他也不会特地为这种小事来麻烦我。此刻我悄悄绕行到他的身后，伸手轻轻地拍了拍他的肩膀，他回过头来。

郑克己一脸诧异地看着我："你怎么来了？"

"来接你啊。"我背着手，走到他的面前。

郑克己笑着摇了摇头："你开车过来的？"

"嗯。"我点头，"我不知道你等下是直接回家还是去事务所，帮你拿了大衣。今天降温了，怕你冷。"

"哎，之前我还想着你来当助理会不会完不成任务，哪知道是我多虑了。"郑克己说。

"基金会那边情况怎么样？"

"不怎么样，上半年的账目明显有亏损。估计亏的还不是账目上写的那么一点儿。他们连账目都做亏，只怕后面漏洞更大。宋老不在了，这群人倒是越发明目张胆了。"郑克己有些无奈。

“这不正好吗，越是明目张胆，越是会露出马脚。”我说。

“快了，我们也快要收网了。风水轮流转，好事也不能总让一群人占尽了吧？”说话的时候，郑克己的眉目间流露出一种胜券在握的神色。

我和他一边说着话一边走下地下停车场。郑克己说他来开车，我指着他眼下的乌青说：“你老实说，多久没睡了？”

他摸了摸自己的眼睛：“有这么明显吗？”

“你才二十七，现在看起来已经像七十二的人了，还不明显吗？”我反问。

“那我在后面睡会儿，你送我回事务所，我去拿一份材料。”他说。

“你疯了吧，我送你回家。”

我斩钉截铁给他做了决定，开出停车场的时候，郑克己还在后面笑。他笑着笑着，一不小心呛到了。

趁着过收费站的当口，我摸了瓶水递给他：“老人家要爱惜身体，不要老折腾自己。”

郑克己喝了口水，这才缓缓开腔：“我以前不懂为什么老师要我管着你，我发现不仅仅是我在管着你，你也在看着我。你比我清醒，你知道我和你保持这样的关系是最好的。因为只有这样，我俩的关系才能继续维持下去。”

“郑克己。”我喊了一声他的名字。

“嗯？”

我恶狠狠地说了一句：“现在，闭嘴，闭眼睛，不许再废话。你好好休息，到家我叫你。”

“小丫头，还扮起了女王。”他轻笑一声，伸手搭在了自己的眼睛上，“听你的，我回家休息。”

我把郑克己送回家后，又转头去了宋伊汶那里。现在已经是下午两点多，早就算不得中午了。本来答应好的时间我没出现，不知道宋伊汶还会不会给我炖牛肉吃。拿钥匙开门的时候我还有些忐忑。我刚刚把大门推开，屋子里的暖气渗了出来，随之飘来的还有一股食物的香气。

牛肉的味道太勾人，我这才记起自己没吃午饭，早就已经饿得饥肠辘辘。

等我走进客厅，电壁炉正开着。他仰靠在沙发上，本该盖在身上的毛毯滑到了他的腿上。即便是这样，他的手里居然还牢牢地拿着一本书。

我悄悄地走过去，想要把他手里的书给拿出来。

我刚刚拨弄了一下他的手指，他便醒了过来。他伸了个懒腰，睡眼惺忪地看着我："等你好久了。"

宋伊汶刚刚睡醒，说话咬字让我听出了一种法语的慵懒感。他的眼睛里还氤氲着水汽，浅褐色的眼睛此刻看起来温柔得不可思议，那样漂亮的颜色，像是教堂的彩绘玻璃，又像是小时候我珍藏起来的玻璃糖纸。

"寒流天气，机场大面积延误，我也等了好久。来的时候我一直在担心，你会不会不给我饭吃。"我坐在沙发上，靠在他的身上，双手包住男人的手。他的手比我温暖，我握了一会儿，自己的手也暖和起来了。

宋伊汶轻笑一声："我是那么不讲理的人吗？"

我不说话，只是在他的手臂上蹭来蹭去。他的灰色套头衫是纯棉质地，蹭上去的时候软绵绵的，倒也不扎脸。

他伸手抵住我的额头："好了好了。你啊，像极了我家里养的猫。只要我坐在沙发上，它就会走过来躺在我身上。它和你一样，喜欢用脑袋蹭来蹭去，还喜欢咬我的衣服。"

听到这话，我心念一动，想要去咬他的衣服。

宋伊汶好像是知道我会咬住他的衣服，提前起了身，脸上挂着坏笑："我还看不出你的心思啊，乖乖坐好，我去准备吃的。"

我去洗了手，又去衣帽间换了薄薄的长袖衣衫。屋子里的温度高，穿一件足够了。桌上已经摆好了食物，远远看去，颜色鲜艳，连盘子都好看。凑得近了，我更是馋到不行。这时宋伊汶拿着餐具从厨房出来，看到我的模样，更是忍俊不禁。

"饿了你就先吃啊，看你的样子，像是拼命忍住了口水。"他咬着下唇，像是为了极力忍住笑意。

我瞪他一眼，只是坐在桌前，像个小朋友一般等着他分发餐具。

开胃菜是烟熏三文鱼配芝麻菜，桌子上还放着一个小篮子，里面盛着面包。我撕了一点面包就三文鱼吃。

我刚吃上一口，便惊喜地叫出声来："面包好好吃！"

"面包是亨利带回来的。他说这边的面包不好吃，可能是面粉和水的问题。所以上次他回家的时候特地带了点面粉回来。"宋伊汶解释道。

这两人真是吃穿住用无一不精，连个面包都要亲自带回来，不过好吃倒是真的。我没忘记自己心心念念的炖牛肉，我拿起叉子叉了块牛肉放在嘴里。牛肉炖得软烂，入口香酥。香料和红酒的味道完美地和牛油的香气结合在一起，吃起来的时候只觉得幸福极了。

"好吃吗？"宋伊汶问了一句，眸子里写满了期待。

"嗯——"我故意拖长了音调。

对方皱着眉看着我，好像是在等我接下来要说的话。

看他那副模样，我忍不住想要逗他一下。我摆正了脸色，说："有一个缺点。"

"缺点？"宋伊汶左手撑着下巴，想了想说，"可能是分量太少了不够你吃。"

听到这话，我差点被嘴里的食物呛到。我心里暗想，情侣之间太过了解对方也不是一件好事，比如像现在这样，我想开个玩笑都会被对方拆穿，而且还一字不漏地把我心中所想说了出来。

大概是我脸上的表情太惊讶，宋伊汶问："难道我说的不对吗？"

"一字不差，你说的就是我想的。"我说。

"这一盘都是你的，如果要吃，锅里还有。主食是面包，沾着吃吧。"宋伊汶将整盘牛肉推到了我的面前。

我还没来得及庆幸，宋伊汶的手机响了。他起身，顺手拍了拍我的脑袋："你先吃，我接个电话。"

宋伊汶去客厅讲电话，留我一人在餐厅舔盘子。用舔盘子这种说法来形容并不为过。我除了将盘子里的牛肉、蘑菇和胡萝卜吃得干干净净之外，连盘子里的汤汁都被我用面包刮了个干净。

等宋伊汶再走回来，我看到他的脸色有些不好。他甚少流露焦躁烦闷的表情，但是现在却格外明显。

“怎么了？”我忍不住问了一句。

“我们家最可怕的猛兽来了。不对，是怪物；也不是，是外星人。”

说话的时候，宋伊汶深深地叹了口气：“我爸爸一定是生气了，要不然他怎么会把那个小怪物带过来。”

他说得含糊，我也没听懂他所指的小怪物是什么。没过一会儿，门铃响了。宋伊汶去开了门，亨利像龙卷风一般刮了进来。

亨利看到我像看到了救星一般，连拖鞋都来不及穿，蹬掉脚上的鞋就走到了我的面前。他捉着我的胳膊，说：“绵绵，救命！”

兄弟俩如出一辙的模样让我愣住了。我以前一直以为“泰山崩于前而面不改色”形容的就是这二位，哪知他们也有神伤的时候。

“到底怎么了？”我问。

亨利也是叹了口大气：“Evan应该知道了吧，Albert（阿伯特）跟着我姨夫一起来了。”话音刚落，亨利转过身看向站在我身后的宋伊汶，他有些烦躁地耙了一下头发，说：“Evan，一定是你这次高调出逃把姨夫惹恼了，要不然他是不会轻易带着你们家那个野兽过来的。这次我也帮不了你了。”

“等等，你们能说得清楚点吗，什么怪兽，什么野兽？我没听懂。”

说了半天，这两人好似打哑谜一般，怎么都没能好好交代个前因后果。

亨利拉了张椅子坐了下来，他目光沉重地看着我：“你听了之后，一定要帮我们啊。”

“能帮我一定帮。”我点头。

原来亨利和宋伊汶嘴里的小怪兽，是宋伊汶的弟弟，他小叔叔的儿子，名叫阿伯特。小男孩今年六岁，在家里简直是张牙舞爪称王称霸。阿伯特的母亲早逝，父亲又常年不在家，只有家里的人轮流帮忙管带。宋伊汶和亨利曾经带过阿伯特一个月，两个人苦不堪言。

“绵绵，你知道Evan为什么那么怕他吗？”亨利问我。

我摇头：“总不会是因为太调皮了吧？”

“差不多。他三岁的时候在Evan家里玩，把他家衣柜全部翻乱了不说，还吞了他一颗蓝宝石袖扣。”

“什么？”我惊诧地喊出了声，顺便还回头看了一眼宋伊汶。

宋伊汶撑着额头：“我是无辜的。那个时候我在忙，没时间盯着阿伯特，等我发现他的时候，他就倒在地上了。我都不知道发生了什么。”

这下，轮到我叹气了。

“自从那次阿伯特进了医院，Evan对他歉意更深。所以阿伯特要什么，Evan一律满足。自那之后，小怪兽就越发无法无天了。”亨利看着宋伊汶，“你这种行为是错的。”

“那我能怎么办，那次我们全家人差点被吓死，大家轮流把我骂了一顿。你也知道我家有多少人，我那一个月都是提心吊胆的。”宋伊汶解释。

“那也不能对他有求必应啊。”亨利说。

“我又没养过小孩，我怎么知道该怎么教。”宋伊汶争辩一句。

“我也没带过小孩，那你为什么就要我帮忙。”亨利继续说。

两人几乎呈现掎角之势，争得不可开交。

“那你们为什么不请一个保姆呢？”我问。

“没用的。”宋伊汶叹气，“他从三岁的时候就知道如何气走一个保姆，四岁的时候一屋子人都没看住他，他独自从日内瓦跑去了洛桑。我们全家人都急疯了，结果他第二天自己又坐火车回来了。你说这是不是一个小怪物？”宋伊汶摊开双手，一脸不可置信：“我三岁的时候只会在家看电视，他四岁就知道怎么去另一个城市了，你说他有多可怕。”

“阿伯特很挑剔，家里换了很多保姆他都不满意。”亨利补充道。

不知怎么的，我觉得平日里不爱说话的宋伊汶，一提到阿伯特的时候便开始滔滔不绝。他对这个小孩简直是又爱又恨，数落罪状的时候头疼脑热，但提起阿伯特的聪明，他又十分感慨，直说阿伯特可能是个天才。

他最为感慨的还是他的小叔叔。宋伊汶说，自从他的小婶婶因病过世之后，小叔叔便一蹶不振，等到小叔叔恢复过来后，却不愿意在家里面对阿伯特。

“我小时候虽然总是搬来搬去，但是我觉得我的父母是爱我的。阿伯特虽然一直都待在我们家，但他一点安全感都没有。我的小叔叔太不负责了。”宋伊汶感慨道。

“先别说这个，”亨利打断了宋伊汶，“目前最大的问题是，姨夫来了，他肯定是针对你在这边的酒店而来。但是他把阿伯特带来了，你就要好好想想该怎么应对了。”

说来说去，又绕回了原点。宋伊汶双手交握，脸上略显难色。他长叹了一口气：“走一步算一步吧。”

没过多时，宋伊汶将目光投向了我，他对我说：“可能我爸爸这次来还有一个目的，他是想来见见你。”

“见我？”我有些诧异。

“对啊。”亨利点头，“Evan家里很多人都对你很好奇，上次我回去的时候，姨妈还问我要你的照片。”

听到这里，我的脸都忍不住红了，只想往宋伊汶的身后躲去。

大概是我害羞得太过明显，亨利笑话我：“要是你今年圣诞节去他们家，那可就真的热闹了。向来不带女伴回家过圣诞的Evan带了个外国女孩子，只怕连我妈妈都要赶过去看一眼。”

说着说着，亨利自己先笑起来了。宋伊汶冷笑一声，打断了他：“今年去不了，你也别想回去。只怕年底有得忙。”

“什么？圣诞节我都没有假？”亨利反问一句。

“可能吧，你是要放假还是要赚钱？”宋伊汶问。

亨利想了想，回答说：“没钱也度不了假，还是要钱吧。”

“这就对了。”宋伊汶点头。

他们岔开了话题，又放松了下来。亨利说现在还早，想找点什么打发一下时间。宋伊汶说他这里没有亨利钟爱的游戏机。话音刚落，亨利的脸就垮了下去。

“不过我有国际象棋和扑克牌，你选哪个？”宋伊汶问他。

听到有牌，亨利眼神一亮。他说：“我们来玩牌吧？自从你去了瑞典之后，我还没有跟你玩过牌。”

“可以啊，就玩你最拿手的那个。”宋伊汶建议。

“你确定？输了可是要被惩罚的。”亨利笑得得意。

“来啊。”宋伊汶说得淡定。

宋伊汶找来扑克递给了我，他对我说：“不难，我们玩两把你就知道了。输的人下场发牌，赢的人继续留在桌面上当玩家。”

“输的人有惩罚，绵绵，你带了口红吗？”亨利问我。

“这里有。”我说。

“你去挑一只来。赢的人可以在输的人脸上画一个符号。”亨利含笑说道。

“那不行，要是你在我脸上画了一个跟我脸一样大的圈怎么办？”我抗议。

“也是，感觉这是你会做出来的事情。你看我就没想到。”亨利对我说。

“那就画一笔好了。”宋伊汶建议。

这个提议得到了我和亨利的认可。宋伊汶去拿口红，我和亨利溜进厨房准备饮料和吃的。亨利一进厨房就被灶台上的红色炖锅吸引了注意，趁我不注意的时候，他揭开锅盖，偷吃了好大一块牛肉。

吃完之后，他还咂了咂嘴，感叹了一句：“这是我外婆特别会做的一道菜，勃艮第炖牛肉。除了外婆之外，只有Evan做得最好了。”

话音刚落，他又偷吃了一块。

我在一边看得心痛，恨不得把整个锅都藏在怀里。亨利看到我一脸痛心疾首的表情，他哈哈大笑：“绵绵，你该不会这么小气吧，连块牛肉都不给我吃。你看你那表情，好像是我在吃你的肉。”

被他这么一说，我想小气也要装大方。我扭过头去不理他，径直打开冰箱找吃的。

整个下午，我们都耗在了客厅的壁炉前。三个人吃着零食喝着红茶打梭哈。梭哈不难，但是很考记忆。我常常发牌发到第三把的时候就忘了对家的牌。如果对手是宋伊汶还好，他会让着我一点。但如果对手是亨利，这人完全不知进退，一定要让我输得很难看，几乎每一把都要把我逼到山穷水尽。

有一把我好不容易赢过了亨利，我不甘心，拿着口红在他的脸上从额头到下巴画上了老长一笔。

他在那边大叫不公平，我说：“这就是一笔啊。你看我多公平，说好一笔就是一笔。”

“下一把，下一把我让你死得很惨你信不信！”亨利气得大叫。

宋伊汶在一边笑个不停。他鲜少笑得如此开朗，这次几乎笑到整个眼睛都眯成了一条线，甚至连眼尾的笑纹都是如此明显。

看到他的笑容，我也觉得格外开心。

从前我是不相信我会为一个人的喜悦打从心里感觉到幸福，如今才知道，也许真的有那么一个人，即便血脉不亲，但他就是能牵动我的心绪。

总有那么一个人，会让你相信那些陈词滥调中的缱绻心事不是无病呻吟，你会喜他所喜，虑他所虑，甚至连每一滴眼泪每一次心跳都是在呢喃爱的福音。

这时轮到亨利发牌，他一边发牌一边愤愤不平地小声讲着法语，牌刚刚放好，宋伊汶突然说了一句：“绵绵、亨利，看窗外。”

我和亨利往窗外看去，不知何时窗外的落雨变成了细小的雪花，那样细腻，像是白色的盐巴。

空间仿佛被这雪花拦在了时间的这一头，我们如同待在了孤岛之中。

是孤岛，也是天堂。

屋子里暖洋洋的，我的手边还伴着加了冰块的红茶，小音箱里低声播放着著名蓝调歌手India.Arie的*While My Guitar Gently Weeps*。

我很爱这首曲子。它改编自披头士乐队成员的同名歌曲，是由曾经获得过10座格莱美大奖的墨西哥吉他大师Carlos Santana与著名大提琴家马友友，以及蓝调女歌手India.Arie一同合作完成。

一时间，我竟然分不清这是梦境还是现实。我仰头看了看身边两人的花猫脸，几乎是乐不可支。

如果时间在这一刻停顿下来就好了，我很贪心，想让短暂的幸福无限延长。

那天离开时，我差点忘记把郑克己签过字的合同交给宋伊汶。我出了门又折了回来，给我开门的宋伊汶笑我："这种事情好像不是第一次发生了。"

"没办法，我记性不好。"

我笑着进了房间，把合同递给宋伊汶。他接过之后翻阅了一下，又问我："信件看得差不多了？"

被他这么一问，我心头猛地一跳。对上他的眼睛，我莫名心虚。

"答案找到了？"他问我。

我迟疑地点了点头。宋伊汶笑了："你果然不会让我失望。"

这就是变相承认了自己的身份。我又追问："你为什么不告诉我实情？"

"我答应了外公，不主动告诉任何人我的存在。现在是你自己找到的，并不是我说的，我也算是守住了我的承诺。"宋伊汶微笑道。

"所以，整个起因结果……"

"事情还没有完，你很快就会知道到底是怎么回事。"宋伊汶说。

"为什么你总要卖关子，你直接告诉我不好吗？"

"那样就失去了很多乐趣啊，比如说你那种复杂又纠结的眼神，还有你想问又不敢问的小表情。我可是以此为乐的。而且你答应过我，你不会怪我瞒着你的。"说着，他轻轻捏了一把我的下巴，"路上小心。"

我又好气又好笑，只得打道回府了。

隔日上班，我看了眼手机备忘录，又到了我给郑克己预约看病的时间。我气呼呼地想，这人要是再不去医院，我绑也要把他绑过去。

等我去到办公室的时候，我发现郑克己的办公室小窗里有灯光泄出。

这人不会来得这么早吧?

我拿着文件袋去敲门，敲了半天也没人答应。最后我只能拧开把手，发现门没上锁。等我推开门走进办公室的时候，发现郑克己倒在地上。

这一瞬间，我真的吓到心脏骤停。

我努力稳住心神，放下文件袋后就赶去查看郑克己的情况。我抖着手试探了一下他的呼吸和心跳，好在两者都在，我放下了大半的心。我站起身来，赶紧打了急救电话，又跑出去找人帮忙。但我依旧不敢让别人随意搬动郑克己，因为我不知道他到底是出了什么情况。

在等待救护车来的时候，我的心跳一直慢不下来。时间一分一秒地过，我却感觉好像被什么东西扼住了喉管，连呼吸都是困难的。

短时间内，我经受不住两次惊吓。宋老那次倒地不起已经吓走了我半条命。郑克己这次直接是吓得我魂飞魄散，只差没有摔下去了。

人事部给了我郑克己的紧急联络人电话，我一看名字便傻了眼，居然是舒迦陵?这时救护车呼啸赶到，医护人员将郑克己抬上担架，我跟着救护车一起赶去了医院。

赶到医院后，郑克己依旧昏迷着，我上上下下地办理手续。在排队缴费的时候，我捏着手机想了好久，最后还是拨通了舒迦陵的电话。

没过一会儿，舒迦陵便接了电话。我喊了一声迦陵姐，那边愣了一阵，问："俛仰，出什么事了？"

虽然我没哭，但我说话的时候依旧带着掩饰不了的哭腔，我在电话这边说："郑克己晕倒了，现在在医院，迦陵姐，他在紧急联络人上面写的是你的电话。"

舒迦陵连半分犹豫都没有，立即问我："你在哪儿，我马上过来。"

"我挂了电话之后把医院地址发给你。"

这时排队缴费正好到我这里，我刷完卡后给舒迦陵去了条短信，又急匆匆地赶去了急救室外等候。

说真的，向来都是郑克己为我忙前忙后，这次我看着他倒在那里，我差点就傻了。

在我心里，郑克己向来无所不能，虽然我总说他不是铁打的，但是这人真的就像是铁打的一般。他同时操持着好几样事务，也没见差错，甚至完成度还相当高。但是在这样完美的背后他牺牲了什么，我是不知道的。

一个人的成功要付出多少努力？芸芸众生哪能望其项背？

正在我胡思乱想的时候，走廊上传来了一阵脚步声。我循声望去，看到了舒迦陵。她脂粉未施，头发也有点凌乱，像是随便裹了件黑色羽绒服就来了，脚上还穿着她平日从来不穿的雪地靴。

但舒迦陵还是漂亮的，风尘仆仆的美人一样也是美人。

“俛仰，郑克己呢？”舒迦陵问我。

我指了指急救室，然后又缩成了一团。

舒迦陵走过来轻轻地搂了一下我的肩膀，她说：“你等下，我去找人给他转个病房，你别着急，还有我。”

她柔软的声音让我的心率平缓了不少，我握着手机的手也开始回暖。舒迦陵走远了，我看着地面，整个人还有些恍惚。

没过一会儿，舒迦陵回来了。她和我并肩坐在一起，看着急救室门口亮着的那盏灯：“别担心，他一定没事的。”舒迦陵劝慰我。

不知道等了多久之后，急救室的大门打开了。我迎上去问医生郑克己的情况，舒迦陵好像傻了一般，坐在那里动也不敢动。

医生告诉我：“脑内血管瘤，发烧，长期没休息好。他要住院做个检查，结果出来之后我们要看看血管瘤是否要切除。”

听到这话，我的心脏猛地又提到了嗓子眼。怪不得他总是头晕，我真的是服了他了。

这会儿我还算镇定，谢过医生之后，我转头看向舒迦陵，她好像傻了一般，居然无知无觉地淌出了眼泪。

我的内心大感震动，舒迦陵，只怕是喜欢郑克己的吧。

舒迦陵仰起那张满是泪痕的脸看着我："他怎么会有血管瘤？万一要是血管瘤破裂怎么办？你怎么不照顾好他！"

最后一句她吼得格外大声，整个走道都充斥着她的声音。我被她吼得一愣，一时间竟不知道该说些什么。

"你总该为他分担些什么吧，他不能把你的事情也一并代劳了吧！"舒迦陵冲我吼道。

我没说话，反正我说什么都没用。她对郑克己越关心，对我的责难就越多。我也拦过，我也分担过，但是郑克己不听，那我能有什么办法。谁都拦不住一意孤行的人。

"现在说什么都迟了，我们还是想想办法劝他休假，然后把他那边的事情解决了。"我说。事情既然已经发生了，再去追究是谁的责任也迟了，先把事情解决了再说。

听到我的话，舒迦陵愣了一阵。她看着我，脸上的表情有些不可思议。她说："你好像变了。"

"什么变了没变，"我笑了笑，"这样，既然他已经脱离危险，你留在这里陪他，我先去事务所处理他的日程安排，能推的我就先推了，不能推的我看看能不能让两个助理律师帮着完成，实在不行，你和我一起出面解释一下。毕竟你当他的助理时间比较长，有经验些。"

舒迦陵怔怔地看着我，过了好一会儿，她才说话："俛仰，你是真的和以前不一样了，你成熟了好多。"

"我也知道我以前不成熟，让你和郑克己受累了。你先陪着他吧，我现在找医生开病假条去事务所给他请假。有什么事情给我打电话。"

说完之后，我看了眼还睡在病床上的郑克己，便抓着手机就往医生办公室赶去。

我赶回事务所的时候，第一件事情便是翻开了郑克己的手账。我花了一个小时把他的工作理了一遍，便转身去了人事部，又去了领导办公室。接着，我把他的两个助理律师抓了过来，和他们一起重新安排了一遍工作任务。

等我回过神来的时候，已经是下午了。其间舒迦陵给我打了个电话，她告诉我说郑克己醒了，不过目前还很虚弱。

“我这边的事情快弄完了，明天我整理出来带去医院。两个老板本来说今天来探望郑克己，我说他还没醒。他们说改天。哦，对了，我联系了郑克己的父亲，他等会儿要去的，你先别走，你陪着他，我这边实在走不开。”

说到最后，我几乎要语无伦次了，整个人已经麻木了。

而且基金会那边还发来邮件要他审核几个大项目，我点开邮箱一看，三个项目待审批。我唉声叹气，只恨自己没有早点开窍，好把基金会那边的任务接手过来，让郑克己少操点心。

忙完之后，我突然想起宋伊汶也是事务所的客户，他新公司的法律顾问就是郑克己。我又忙不迭给宋伊汶去了电话，简单交代了郑克己的病情。

宋伊汶听闻之后有些诧异，他很是无奈地说：“你这么忙，我也得跟你添麻烦了。”

“你那边出什么事了？”我问到。

“我爸爸今天要见你，现在我已经在来事务所的路上了。你等一会儿，我马上就到。”

一年有三百六十五天，重要的事情偏偏凑在一起。

这下好了，本来就焦头烂额，现在更是一个晴天霹雳砸在了我的脑袋上，几乎是让我动弹不得。我捏着电话，半天没出声。

宋伊汶在那边喊了我好几声：“绵绵，绵绵，你怎么了？”

他喊了几遍，我终于回过神来：“没……没什么。我就是有点累了，一时间没有反应过来。你来接我，那我应该穿什么？我需要化妆吗？我是不是应该重新洗个头？”

说话的时候，我的心里还在盘算明天谁要去探望郑克己，我明天和两个律师要完成什么任务，基金会那边我应该怎么应付……太多的问题萦绕在我的心头，我都忘记了该怎么脆弱，连眼泪都没空掉了。

宋伊汶突然轻声叹息，他说："我还以为你会说你要陪着郑克己，不能去见我的爸爸。"

"你为什么会有这种想法？"我问。

"毕竟郑克己对你来说很重要不是吗？"他说。

"我又不是医生，我陪着他他也不能好得更快。更何况已经有人陪着了，我也不用去凑那个热闹了。"我说。

他轻笑一声，说："绵绵，你难道不知道吗？其实我一直害怕让你在我和郑克己中选择，因为我怕你最后选择他。"

我一怔，还没等我说上什么，宋伊汶先开了腔："你先去照顾郑克己吧，毕竟他是病人，我这边，迟点也行。"

说完之后，他便收了线。

Chapter 09 专属你心

爱啊，哪有说得清的事情。
虽说旁观者清，
但他们清楚的只是利益地位，
而我们了解的，是爱情。

我就这么被稀里糊涂地赶去了医院。郑克己的父母都在，舒迦陵也在。我刚一出现，郑克己的父母便迎了上来。他的爸妈我见过好几次，都是因为要给郑克己送东西。一来二去，我便在这两位家长面前混了个眼熟。而且他们也知道我是宋老的关门弟子，更是对我关爱有加。

“郑叔叔，郑阿姨。”我向他们问了声好。

“俛仰啊，你一定要好好劝劝他，这孩子不要命了，他说他要出院。”郑阿姨抓着我不松手，几乎是把我押到了郑克己面前。

郑克己虽然醒了，但看起来很是虚弱。他脸色苍白，嘴唇上也像是覆了层霜。我看着他，问了一句：“你要干吗？”

“明天还有事情，我要出院。”郑克己很是倔强地说。

“明天的安排？我跟你说说你这个月的安排吧。”

好在我来之前把手账和病假条都带上了。这时我一条一条地跟他说了个清楚，并且还交代了一句：“基金会那边的事情我压下去了，你也不用操心了。”

听完我的安排之后，郑克己瞪着我：“我就晕过去半天时间，你就夺了我的权？你这人……”

他用力喘息，胸脯起伏不停。我对他说：“你不要这样，你有血管瘤。万一一激动血管瘤破了，你就是真的什么都不用做了。”

“我本来就什么都不用做了，你给我改几个，有几个客户那边不妥，不能让那两个小的去管事。你这是乱来！”郑克己吼我。

我要他别动怒，这人还在大动肝火。站在一边的郑阿姨和舒迦陵都急得不行，郑阿姨一直劝：“克己，不要生气，不要生气！”

“你说了的啊，哪几个要改我现在改，你接下来一个月都躺着别动了。要不然我不改了，全部胡来。”我说。

“周俛仰！”他又吼我。

整个病房都是他的吼声，郑阿姨和郑叔叔有些无奈地看着我，那眼神我很明白，他们都知道郑克己脾气坏，希望我不要再气他。

“我走了啊。”我威胁他。

“好，我不发火，你回来你回来。”

郑克己深深地吸了口气，然后缓慢地吐了出来。我觉得我不能再气他，要是真的把他血管给气炸了就不好了。

我坐下来在本子上为他改工作安排，他说一会儿就要缓一下。说了几条之后，我忍不住打断他：“你还真想一口气把所有事情都交代完啊？你休息两天我再来问你后面的事情。你好好休息，我先走了。”

郑克己拿我没辙，他虽然一脸不满，但还是摆了摆手：“我怎么会摊上你这么个助理，我要把迦陵换回来。”

站在一边的舒迦陵面有震动，她看了眼郑克己，郑克己似有感应，居然回过头去冲她笑了笑。

不知道为什么，这一幕居然如此赏心悦目。

这一瞬间，我突然能够明白郑克己之前说的我和宋伊汶之间的默契，那是眼神和神态中的一种感觉，是让旁人有种无法介入的亲密。

我悄悄退出了房间，等我走到医院大门时，有人喊着我的名字追了上来。

我回头一看，居然是舒迦陵，她喊住我的时候还有些羞涩。舒迦陵几步上前，对我说：“之前冲你发脾气真是不好意思。”

“关心则乱，你喜欢他，自然紧张，可以理解的。”我说。

被点破了心事的舒迦陵突然红了脸，她垂下脑袋，对我说了句“谢谢”。

“谢我，谢我什么啊？”我有些不明白。

“只有你镇得住郑克己，”她“扑哧”一声笑了出来，“我从来没见过他这么吃瘪。”

“强势一点坚持原则就好，他啊，不足为惧。”我说。

“哈哈，”舒迦陵摇头，“才没有！他真的很固执。”

我和舒迦陵聊过一阵，便忙不迭告辞了。她看到我行色匆匆的模样，忍不住问了一句：“你有什么事情这么着急？”

“我要赶着去找我男朋友。”

“啊？”舒迦陵一脸诧异。

我也没空跟她详细解释，这时正好有一辆的士下了客人，我坐上去之后对舒迦陵挥了挥手：“下次再说，这次真的很急。”

等我匆匆忙忙赶到宋伊汶的家中，一开门的时候我就傻了眼。屋子里坐了好几个我不认识的人。有个小男孩满屋子乱窜，后面跟着一个大人在追。小男孩看到我的时候愣了一下，我俩面面相觑，他指着我，突然用法语说了一句：“面包姐姐。”

一屋子人都看着我，我这才反应过来，这个小男孩是我在机场见过的那个小男孩。难道他就是阿伯特？

我对着小男孩说：“阿伯特？”

他突然睁大了眼睛，一脸诧异地看着我：“你怎么会知道我的名字？”

我得意扬扬地围着他转了一圈，接着蹲下身和他平视：“因为我会魔法。”

阿伯特一脸困惑地看着我，他不再乱跑，只是躲到了宋伊汶的身边。他双手抱着宋伊汶的胳膊，一双棕色的眸子紧紧地盯着我。小孩子的眼睛亮闪闪的，好看极了。

这时，坐在宋伊汶身边的中年人看向了我。他的神态和气质和宋伊汶非常相似，目光中的考量更是不言而喻。我看着他，礼貌地躬身，问了声好。

他微微抿唇，用法语问我：“你知道我是谁？”

“Evan的父亲。”我回答。

“你可以叫我Thomas（托马斯）。”宋伊汶的父亲说道。

我看向宋伊汶，他微微颔首，我这才说了一句：“托马斯先生，你好，我是Mia，周绵绵。”

这样的小动作自然逃不过托马斯的眼睛，他先瞟了一眼宋伊汶，而后又看了我一眼，脸上流露出耐人寻味的表情：“你会法语？”

“会一点点，我的意大利语比法语要好。”我说。

“为了Evan你才学的法语？”托马斯问。

“是的。”我回答。

这样的场景和我想象中的完全不一样。我以为他的父亲会很冷漠地视我于无物，抑或是刻薄地说上一些我怎么都听不懂的话。但事实上，托马斯和我的对话平淡无奇，没有预计中的刁钻，也没有意料中的刻薄。他为了配合我，特地使用了简单句和我聊天。那样的平和，让我觉得诧异。

我正在说话，突然觉得我的衣服被扯住了。我回头一看，阿伯特不知何时挤到了我的旁边，他指着我衬衣边角上的小贝壳说：“你知道这个用法语怎么说吗？”他仰着小脸，一脸得意地看着我。

我摇了摇头，故意露出疑惑不解的表情。小男孩跳下沙发，指着我说：“你的魔法不会告诉你吗？”

“嗯……我的魔法告诉我，有个好看的小男孩会教我法语。”我看着阿伯特，“你觉得会是谁呢？”

见我看着他，阿伯特跑到了托马斯先生的身后。他踩上沙发，攀着托马斯先生的背，只露出一双眼睛看我。

他小声说：“那个东西，叫贝壳，传说中维纳斯就是从贝壳中诞生的。”

阿伯特用了好几个高级词汇，我听不太懂。宋伊汶跟我解释：“他说的是，维纳斯诞生于海上，出生之源是贝壳。”

我忍不住问了宋伊汶一句：“他真的只有六岁？”

宋伊汶的神情间有些骄傲，他说：“是的，他只有六岁。”

我居然连一个六岁小孩的法语都比不上，我感觉备受打击。

托马斯先生见我和阿伯特聊得不错，他对我说：“Mia，我还有些话要和Evan说，你能帮忙照顾一下阿伯特吗？”

听到这话，阿伯特更是将自己的脑袋往托马斯身后藏了又藏，一直在摇晃着脑袋。他不停地推耸着托马斯先生的肩膀，有些暴躁。一时间，宋伊汶和托马斯都有些尴尬。宋伊汶看着我，无奈地耸了下肩膀。

我看了眼散落满地的玩具，心里一动，问了一句：“阿伯特，那些是你的玩具吗？你愿意照顾我和我一起玩玩具吗？”

阿伯特从托马斯的背后探出了脑袋，眼神间还有点防备。我又重复了一遍，小男孩这才不情不愿地走了出来，他瞪了我一眼，说：“你真麻烦。”

我伸手，他还特别嫌弃地推了我一把。阿伯特大步流星走在了前面，背着手的模样像个小大人，他回过头看我一眼：“来啊。”

我和阿伯特两人坐在地毯上开始摆弄玩具，他给我展示一个人体解剖玩具。小男孩熟练地拆开了几个器官，摆在我面前。他一个一个指给我看，还教我发音和拼写。我要是念错了，他还要我伸出左手，在我的手心上打上一下。他轻轻打我的时候，嘴里还念念有词地说着：“记住，记住。”

也不知道从什么时候开始，沙发上的那群人没再说话，他们居然一心一意地看着我和阿伯特之间的互动。宋伊汶看着我，嘴边有笑。他突然走了过来，弯下腰对阿伯特说：“你觉得她笨不笨？”

“一点都不聪明，教了三遍还错，笨死了。”阿伯特瞪我。

宋伊汶忍不住笑出了声：“绵绵，听到没，我弟弟说你笨死了。”

我一脸莫名地看着这两兄弟，心里郁闷至极。明明我的来意是想向宋伊汶解释我和郑克己的事情，哪知成了现在这副模样。而且看宋伊汶的神情，他好像并不介怀之前的事情。

我看着宋伊汶发呆，阿伯特喊了我几声我都没回过神来。小男孩抓住我的手臂摇了几下，说：“你教我，你的中文名该怎么说。”

“周绵绵。”我放慢语速，说了一次。

“周绵绵。”阿伯特口齿清晰，连那个翘舌音都咬得无比的精准，听得我备感诧异。

“周绵绵，很容易啊。”阿伯特又说了一次，这一遍，竟然和我的发音相差无几。

我看着宋伊汶，又看了看阿伯特。最后我只能承认，我真的是笨死了，一个单词教三遍都不会，而阿伯特居然只用教一次，便能把我的名字发音说得如此清晰。

小男孩的骄傲写在脸上，他看着我说：“以后要叫我阿伯特先生，听到了吗，绵绵？”阿伯特狡黠地眯起了眼睛，喊我名字的时候，他刻意模仿了宋伊汶的口气。

隔日之后宋伊汶找上我，跟我说明了他父亲的来意。

托马斯先生希望宋伊汶在这边使用家族旗下的酒店品牌，而不是打着子品牌来做生意。宋伊汶不同意，他自己手下的小型精品酒店在欧洲也算出名，之前品牌本是隶属家族酒店旗下，现在费了好大力气才脱离了原有制式的约束，现在家族来人又想四两拨千斤地把这件事给绕回去，没那么容易。

而且宋伊汶说，当初他一手创立隶属于阿姆莱德家族酒店的子品牌本是家族酒店前几年盈利最高的品牌，但等到他的二叔接手之后却将营业模式改得一塌糊涂，导致年年亏损，董事会甚至想放弃继续投资那个子品牌。

宋伊汶不同意放弃，董事会要他拿出整改办法及投资方案，正在这时，他的二叔又借机向他的父母引荐了艾薇。

艾薇一来，便想跻身阿姆莱德的董事会之列。原来她是想借用阿姆莱德的名声打开中国市场，并且她早就摸清了宋伊汶的底细，知道他在这边有关系，可以减少一些手续上的麻烦。

其实合作并不是什么让宋伊汶感到排斥的事情，只是艾薇野心太大，一上来便想做大，而且想用联姻的途径掌握子品牌的决策权。

我问宋伊汶："你讨厌的到底是她的野心，还是不想和她联姻？"

宋伊汶看着我，说："再次遇到你之前，婚姻对我来说只是人生需要完成的计划。如果这个计划能够为我带来利益，那是锦上添花。但是艾薇自作聪明的野心很让人讨厌，谁都不是傻子。更何况，我遇到了你，那么人生大事，也不能随便了。"

我不好意思继续追问"人生大事不能随便"的后话，我岔开了话题，问他："那酒店的事情，你准备怎么办？"

"合我心意再说。不合我心意，我有的是时间和他们谈。我不急，但他们急不急，我就不知道了。"

宋伊汶笑，目光很是轻慢："要我爸爸来跟我谈，就是想让我给几分面子。但是这次，我偏偏不会如他们的意。"

我在一边听得是心惊胆战，幸好我和宋伊汶不是敌对关系。要不然这人的笑脸之下藏着什么阴谋诡计，我连猜都猜不出来。

虽然在生意上宋伊汶占据着主动权，但是在生活上宋伊汶还是败给了自己的爸爸。因为托马斯先生把阿伯特送到了宋伊汶的家中。

我知道托马斯先生的目的是为了让宋伊汶早点交出主动权，但是让他没料到的是，阿伯特居然变成了我的小尾巴。

宋伊汶谈正事的时候，阿伯特就乖乖坐在一边玩游戏看电视。电视里播的是中文节目，他虽然看不懂，但一样看得认真。等我们说完之后，阿伯特便走到我的面前。他也不打招呼，也不说点什么，就是一个劲儿在我面前走来走去，还搬来玩具在我面前玩。宋伊汶看得好笑，他悄悄对我说："阿伯特想要你陪他玩，但是他不好意思说。"

于是我只有自己主动，走过去跟他打招呼问好，然后和他一起玩游戏。

不过一个下午的时间，阿伯特便开始有些黏我了。如宋伊汶所说，他好像真的没什么安全感，总怕别人把他扔下，连睡着的时候，都会拽着我的衣角不让我走。

晚上的时候我要回家，阿伯特虽然没有明显表示他不让我走，但是他便开始折磨宋伊汶了。他不好好吃饭，扔叉子甩勺子，还揪着宋伊汶的衣服大发雷霆。阿伯特不断地摇着脑袋，神情很暴戾。宋伊汶不管怎么劝他都不肯听话，最后他束手无策地看着我，眼神里满满的无奈。

于是我只好打电话给朱青，告诉她我今天晚上不回家了。她在电话那头更开心："我也不在家，我下午有个紧急采访任务，所以我现在不在江城。你自己保重。"

这人自从当了主持人之后就开始神出鬼没的，三天两头不着家都是常态。偶尔跟我打电话来，不是因为忘带钥匙，就是要我看电视。

有一次我人在宋伊汶家中，朱青打来电话要我看电视。我依言打开电视看她主持的节目，宋伊汶忙碌的间隙过来陪我喝茶，他无意中看了眼电视，接着转过头就问我："你怎么突然对水稻种植预防农作物灾害这么感兴趣了？"

想到这里，我对朱青说了一句："你也保重，我看你在电视里胖了不少。"

朱青在电话那边气得大叫，我顺手就挂断了电话，心里终于舒坦了。

阿伯特大概知道我不走了，他终于安静下来。小男孩坐在地上，拿着手背开始抹眼泪。

我走过去，阿伯特背过身不看我。我叫宋伊汶过来帮我翻译。

我告诉阿伯特，身为一个男孩，不该动不动就掉眼泪发脾气，也不许用坏脾气来威胁别人。如果还有下次，我不会留下。

阿伯特努着嘴，眼睛湿漉漉的，他瞪着我，什么都没说。

我俩面面相觑，最后阿伯特服输了。他慢慢靠近我，拉住了我的手，小声地向我认了错。但是认错之后，阿伯特又提了条件，他要我晚上陪他一起睡在客厅的火炉边。

这小男孩是真的聪明，知道用服软的方式达到自己的目的，绝对不吃一点亏。

点头之前，我看向了宋伊汶。哪知阿伯特比我更会察言观色。他松开我的手，直接跑向了宋伊汶那里。他双手抱住宋伊汶的腿，嘴里还说着："哥哥，我错了，我下次不会对你发脾气了，你原谅我，我们晚上一起睡好不好？”

宋伊汶本就对他没辙，小男孩这么一说，他还能怎么办？况且阿伯特皮相又好，泫然欲泣的模样谁看了都心疼，宋伊汶是他的哥哥，怎么会不认输？

这一仗阿伯特虽败犹胜，他退了一步，我和宋伊汶两人退了一百步。

没过一会儿，这小破孩儿又高兴起来。他指挥着我和宋伊汶忙前忙后的，还从自己的行李里面拖出来一个帐篷。他不命令我，跑去命令宋伊汶让他搭帐篷挂星星。

宋伊汶对他可谓是鞠躬尽瘁有求必应，我洗漱完毕换了套睡衣出来，宋伊汶坐在地上看着阿伯特发呆，嘴角噙着一抹若有若无的笑容。

看来他真的挺喜欢阿伯特的。我挨着他坐了过去，他伸手搭在了我的肩膀上：“那个帐篷好看吗？”宋伊汶指着挂了星星灯的帐篷问我。

“好看。”我点头。

“装个帐篷比谈生意还麻烦，这年头小孩子的玩意都弄得这么复杂了。”他低头凑到我面前，“你看我一头的汗。”

阿伯特突然跑过来拉着宋伊汶的胳膊：“洗澡洗澡，我们洗完澡才能睡觉。”宋伊汶感到无奈，只得站起身由着阿伯特扯着他往浴室走去。

等到我们三人的上半身挤到帐篷里的时候，他挤在我和宋伊汶的中间，一会儿看看右边的我，一会儿看看左边的宋伊汶。阿伯特笑得好开心，头顶上星星灯的光芒都不及他的眼里璀璨闪耀。

宋伊汶伸手去捏阿伯特脸：“我以前都没见过你这么开心。”

“以前也没有什么事情让我这么开心。”他一边说，一边往他哥哥的怀里钻去。

宋伊汶卸下了平日里的严肃表情，终于流露出了为数不多的温情。他向来冷酷少言，但是今天却格外温和。

阿伯特和我们又玩闹了一阵，便开始有些困倦了。他揉着眼睛，但怎么都不肯闭上眼皮。我去拉他的手，问他：“你不想睡觉吗？”

阿伯特很诚实地点头，过了一会儿，又摇了摇头。他看着我，说：

“我不困。”

我觉得好笑：“刚才是谁这样？”说着，我模仿起他的模样，也揉了揉眼睛。

阿伯特哼了一声，背对着我，缩进了他哥哥的怀里。他叽叽咕咕地对宋伊汶说了好大一通法语，语速很快，我听得不甚清晰。宋伊汶忽而笑了，他弯起眉眼，伸手拍了拍阿伯特的背，对他说了一些话。

小男孩还是不睡，他伸出右手在我这边探了半天，宋伊汶对我做了个嘴形——“手”。

我伸手，牵住了阿伯特的右手，小男孩这才安静下来。

过了半晌，他伏在宋伊汶的怀里，睡着了。

宋伊汶压低了声音对我说：“阿伯特刚才跟我说，他不敢睡，他怕太开心之后，会震动心房里另一半的痛苦。”

我有些错愕，宋伊汶眨了下眼睛：“他只有六岁，还是个小孩。”

这时候我终于明白为什么宋伊汶一家人对阿伯特又纵容又无奈，他又懂事又顽皮的样子，确实惹人心疼，也实在难以让人抛下他。

我试着想要把手从阿伯特的手里抽出来，但是阿伯特拽得死紧，我连拿出来的机会都没有。

宋伊汶看着我，说：“你就这么睡吧，他睡一会儿之后，会放开的。”

自那日之后，阿伯特更加黏我。他虽然不说，但是在各种表现上也非常明显。我去到哪里，他就要跟到哪里，连我去探望郑克己的时候也不例外。

郑克己的体检报告出来了，说不日就要手术。还好CT结果不算太糟，我和舒迦陵还有郑克己的父母也算是有了一些安慰。

别人快要手术的时候都会紧张，反倒郑克己像个没事人一般。他该怎么忙还是怎么忙，有时候还要跟我视频会议，随时掌握工作动向。我问他：“你的脑内血管瘤怎么没影响你的思维能力。”

郑克己在手机那边耸了下肩膀，说：“那只能说我脑子好使。”

为了手术，他剃掉了头发，不过他每次见我的时候还是会戴一顶帽子，不知道是不是为了防止我笑他。

郑克己手术当天，我特地起了个大早，去归元寺为他祈福。我本来和宋伊汶说好，要他今天帮忙带下阿伯特。哪知我早上一起床，阿伯特就醒了。他抓着我的手不让我走：“绵绵，你要去哪里？”

我跟阿伯特说了我一天的安排，小男孩忙不迭从被子里爬了出来，他对我说：“我跟你一起去，我不会给你添麻烦的。”说着，他好像是怕我把他丢下，起床之后，便迅速溜进浴室去洗漱了。

我看着他那小小的背影，心里倏然软了下去。

等我们准备出门的时候，宋伊汶也起床了，他看着我和阿伯特齐齐站在门口，有些错愕：“不是说好了今天我带他？”

“我今天要跟着绵绵，我要陪着她。”阿伯特挺起胸膛，对宋伊汶说道。

宋伊汶的眼睛弯出了笑纹，他捡起了放在茶几上的车钥匙扔给了阿伯特。阿伯特牢牢地接住，然后回头看着我：“绵绵，我们出发。”

两人的动作行云流水，默契惊人。

我们去过归元寺之后便直奔医院，离手术开始的时间还早，我带着阿伯特先去了病房。

舒迦陵在，郑克己的父母也在。他们看着我牵着一个小男孩走进来，脸上浮现出惊讶的神色。但是阿伯特确实长得招人爱，他一出现，郑阿姨便把他牵了过去。

我给他们介绍了一下阿伯特，郑克己躺在那里，说：“这几日不见，我还以为你多了个孩子。”

郑阿姨听到郑克己的话，狠狠地瞪了他一眼：“那你也给我多个孩子啊，你忙了这么久，结果只多了个瘤子，还是长在脑子里的！”

郑克己被郑阿姨堵到无话可说，他看着我，问：“你来干吗？”

“去归元寺数了个罗汉，给你买了个牌，求个平安。”

我走上前去，将罗汉卡放在他的手里：“一切平安，万事顺利。”

郑克己点了点头："那是自然，等我醒过来再找你算账。"

这时，护士和医生进来了，我带着阿伯特退出了病房。

郑克己被推进手术室，我和阿伯特坐在长凳上。他看着我说："我们要等多久，等到那个叔叔出来为止吗？"

听到这话，我突然想到其实郑克己比宋伊汶小上一岁。他喊郑克己叔叔，喊宋伊汶哥哥，要是郑克己听到了，估计是要气死。

我点头，问阿伯特："你会觉得无聊吗？我给你带了玩具，或者你想玩手机？"

阿伯特摇头："我陪你等着。"

手术预计时长六个小时，等了两个多小时的时候，阿伯特已经靠在我的身上睡着了。我看着手术室亮着的灯，只觉得我等了一天一夜。我看了旁边的舒迦陵，她也没好到哪里去。从手术开始到现在，她连姿势都没有换过。

我准备开口问舒迦陵想要喝点什么，这时候我的手机响了，我连忙把手机掏了出来一看，是基金会那边的电话。

"是周俛仰小姐吗？"

电话那边的声音很是陌生，我思索了半天，怎么都想不起来他是谁。

"我是周俛仰。"我回答了一句。

"我是基金会的副秘书长张元恒，你还记得我吗？"张元恒问我。

张元恒这个名字一出，我便记起来这人是谁了。我见过他几次，不过和他没什么接触。而且基金会那边的事情基本都是郑克己在对接，我跟他不熟倒也是理所应当的。

"张秘书长，有事情吗？"我问。

"基金会这边要给你发一份函件，因为我们长期联系不上郑律师，所以就准备直接发给你了，你注意查收。"张元恒说。

"什么函件？"我问。

"你还不知道吗？"电话那边的声音很是诧异，"宋渊的下落我们已经找到了，他在去年的十月份因病去世，所以宋老的遗产需要全部归还至基金会的账户。我们已经把文件打印出来邮寄给你了，你确认无误后来一趟基金会，当面签字移交财产。”

听到这话，我按捺住心中的诧异和惊恐，问了一句：“是谁找到宋渊的下落？”

“是国外发来的消息，据说是有人听过宋老的课后知道了这件事情，他恰巧发现了宋渊的下落。”张元恒说道。

“那真是好巧好意外。”我说。

“周小姐是对此事有什么疑惑吗？我明白你的担心，所以我把宋渊的资料也一并发了过去，你到时候看过就明白了。”张元恒解释道。

我“嗯”了一声：“好，我收到文件会仔细查看的。”

张元恒又提醒我一句：“记得时限，之前你跟基金会保证过，会在十日之内归还遗产。”

他将“十天”两个字咬得特别紧，像是在提防我侵吞宋老的遗产一般。听到这话，我只想冷笑。明明罪魁祸首就在你们之中，你们还要装得大义凛然来对我含沙射影。挂掉电话之后，我的右手捏成了拳头。这时我呆呆地看着手术室的灯，心里翻起了滔天巨浪。

郑克己生病住院的事情我没有透漏给基金会那边，我对那边的说法是郑克己出国处理事务了，最近没有时间处理基金会的事情，所有重要事宜全部压后处理。但是这会儿基金会居然有人给我打电话，交代遗产的事情。

我觉得好笑，遗产的事情向来都是郑克己和我直接对接，基金会不先找郑克己，却急吼吼地找上了我。这说明了有人想要速战速决，趁着郑克己因病住院的时候把遗产卷到自己的口袋里。

十天时间不算长。郑克己即使出了手术室，观察期和恢复期也需要几天。如果要他现在来操心这件事，我怕他真的会爆掉血管。

所以这件事情，目前只有我一个人能够处理了。

这时阿伯特推了我一下，我有些茫然地看着他，阿伯特问我：“绵绵，你不开心？”

我深吸了一口气，揉了揉太阳穴："没有，有点事情很麻烦。"

"需要我哥哥帮忙吗，我觉得哥哥会很乐意帮你的。"

阿伯特像个小大人似的给我建议，那一本正经的语气让我紧绷的神经放松了下来。我伸手拍了拍他的脑袋："这件事情不能告诉你哥哥，我自己的事情，我自己会解决。"

"什么事情不能告诉我？"熟悉醇厚的法语在我的耳边响起，我抬头一看，居然是宋伊汶。我好不容易平复的心跳又一次躁动起来。我看着他，甚至在想是不是我眼花了，要不然他是怎么会出现在这里。

"Evan!"阿伯特突然跳下椅子，他拉着宋伊汶的手说，"绵绵遇到麻烦了，她不开心，你能不能帮帮她？"阿伯特的敏感简直出乎我的意料。我看着他，他冲我眨了眨眼睛，小声说："哥哥一定能帮你的。"

这时，宛如石像一般的舒迦陵突然回过神来，她看着宋伊汶，眼神有些茫然。我忙跟她介绍了一下宋伊汶，宋伊汶伸出手："你好，我是周绵绵的男朋友。"

舒迦陵起身，两人用英语寒暄过一阵后，宋伊汶坐到了我的旁边。他看着我，说："我把事情交给亨利了，这几天我可以陪你。"

不知道为什么，听到这句话时，我心里的慌乱居然平息了一半，脑海中的压迫感也减轻了不少。我看着他，说："谢谢你。"

宋伊汶伸手捏了下我的下巴，露出了一个笑容。

既然事情已经来了，那么就一样一样地解决。宋老既然在生前对我寄予了厚望，他相信我能完成这些事情，那么我就一定能完成。

首先我要渡过的难关，便是郑克己的手术。而我唯一能做的，便是坐在这里等他出来。六个小时的手术一直持续着，我们从早上十点等到了下午四点，手术室的灯还亮着。

舒迦陵有些焦急，她不断在走廊上来来回回地踱步，高跟鞋敲击地面的叩击声像是在叩问我的灵魂，搅得我的心七上八下的，有些茫然失措。

宋伊汶带着阿伯特出去转了一圈，我捏着手机低着头。郑克己的父母来了几次，现在回病房等着了。

所有人都在揪心手术结果，一直等到晚上八点，手术室的灯终于熄灭了。

那一瞬间，舒迦陵和我同时站了起来。医生过了几分钟才出来，他摘下口罩的时候，我几乎快要站不住了。如果不是宋伊汶在旁边扶着我，我估计会坐到地上。舒迦陵也没好到哪里去，她冲到医生面前，张了几次嘴，居然一句话都没说出来。

好在医生为我们带来了好消息，他说："手术很成功，病灶摘除得很彻底，如果休息得好，以后应该不会复发。"舒迦陵哭着向医生道谢，我深吸了一口气，紧紧攥住了左手，心跳一直慢不下去。

我坐回了长椅，思绪纷繁芜杂。宋伊汶和阿伯特一左一右地陪在我身边，一直没有打扰我。我也不知道自己坐了多久，等到我抬头的时候，反而把身边一大一小两兄弟吓了一跳。

"Evan，我需要你帮忙，你必须要帮我。"我看着他，很认真地说道。

宋伊汶点头："当然，你吩咐的事情，我一定做到。"

从认得宋伊汶开始，我从没听到他说过"一定"二字。他做事从来不打保票，因为他深知万事万物都在变化，没有什么是一定的。但是他这次却对我说了一定，我很是诧异，笑着调侃了一句："你不怕完不成？"

"这是你第一次要我帮忙，你开口，我自然要做到。"宋伊汶笑，眼神很是勾人。他对我说："你是我的女王陛下，女王陛下吩咐的事情，我怎么敢做不到？"他又露出那副无往而不胜的表情。那种大胆和自信的模样，犹如古典艺术般美丽，让人着迷。

夜已深，阿伯特已经有些坚持不住了，小小的一团伏在宋伊汶身上。宋伊汶无奈地一笑，我们只好暂停了商讨，径自回了家。

翌日上午，因为圣诞节即将来临，托马斯先生要回日内瓦，特意来接阿伯特。尽管小男孩哭闹着舍不得我，但还是懂事地跟着托马斯先生回去了。临走时，他说："绵绵，等你的问题解决了，我再回来看你。"

他真的只有六岁吗？我不得不再次惊叹！

吃过午饭，我和宋伊汶去了书房。我向他解释了一遍我目前的处境，他听完之后沉吟了一阵。他说："虽然外公不希望我和基金会扯上什么关系，但是眼下的情况，确实有点复杂了。说说你的想法吧，你准备怎么办？"

"钱能不给就不给，但是我实在没想到什么好办法。"我老实回答。

"简单啊，你把钱给我，我帮你钓鱼。"宋伊汶说。

听到这话，我很是错愕。我看着宋伊汶，他也望着我，眼神一派平静。

"上次遵守了宋老的诺言，这一次你准备破例了？"我忍不住问。

"没办法，是你求我。不管我外公说了什么，我不能对你袖手旁观。"宋伊汶说。

"那你有什么办法吗？"我问。

"办法我可以给你出，现在就只有一个难关。"

"什么？"我追问。

"就看你够不够信任我。"宋伊汶说。

"这是个问题吗？"我有些不以为意，很是轻率地反问。

宋伊汶对我说："你听完我的办法之后，你会发现我说的难关，确实是个很大的问题。因为这件事情本该是你和郑克己去商量，但是你找上了我，所以你要一个人承担所有的风险。"

我点了点头，说："你说吧，我听着呢。"

宋伊汶和我聊了整整一个下午，他完完整整地将他的新公司给我交了底。不管是人员配置还是管理方案，甚至连注资来源都一一向我说明了。我边听边记，不太明白的地方又向他问了一遍。宋伊汶也不烦，非常耐心地给我讲解，有时候还给我画图解释。

宋伊汶给我讲清楚了之后，我非常明白为何他不愿意轻易将新公司拱手让出去了。我光是听着，都觉得他为新公司的付出实在惊人。如今他的公司刚有成就，家族那边就来人商谈，真的是把他当枪头在使。换作是我，我也不愿意。

但是听完之后，我突然想到了那次新公司的开业酒会。我看到傅司泉代表傅家坐镇新公司的时候，心里只觉得这件事情并不简单。毕竟宋伊汶并不是一个容易屈就的人。他想做到什么事情，必然会想方设法达成目的。如果他真要和傅司真合作，怎么会轮到傅司泉获利？这不合理。

况且上次我也问过他，让傅司泉坐镇新公司是不是有什么阴谋，他从侧面承认了我的说法，那么这件事情，绝对不简单。

而且他说他有时间慢慢和家里人谈，如果真的想发展公司，必然是以公司的利益为重，拆分重组能获取更大的利益，宋伊汶一定会去做，要不然他之前也不会将自己一手带出来的品牌交给自家公司去运作。他才不看重什么虚名，以我对他的了解，只要有用，他什么方法都会去尝试。

这时我突然产生了一个甚是荒诞的想法。宋老可以借用宋渊来钓出藏在基金会里的那些想要吞掉遗产的人，那为什么宋伊汶不能借用他的新公司打掩护来完成一些事情呢？而且他都下了如此功夫，凡事亲力亲为，做得比谁都认真。不仅傅司泉信了，宋伊汶的家人也信了。

一瞬间，我又觉得我的想法其实非常合理，一点都不离奇。

我虽然不太了解公司运作的事情，也不知道一些非常规的手段，但是我懂宋伊汶。就像他明白我一样，我同样懂他。我所理解的不是他高深莫测的商业头脑，而是生而为人的宋伊汶。

我看着他，他的左手虚握，不一会儿又展开了。宋伊汶左手的拇指和食指交叠，轻微摩挲了一阵。我站起身，去不远处的保湿箱中取出一只雪茄。跟他待了这么久，我自然也学到了一点品鉴雪茄的方法。雪茄放在食指和拇指间转动时能够感受到厚实感，捏一捏还有轻微的弹性。我一并拿了雪茄刀，连同雪茄一起给他递了过去。

宋伊汶习惯在抽雪茄先把玩一阵，然后再剪开。有时候他兴致来了，还会跟我讲述一些养雪茄的方法，如何控制温度和湿度，才能让雪茄开花，在雪茄表面上凝出一层漂亮的白色结晶。

我不抽雪茄，偶尔听听还是觉得非常有趣。

这时，宋伊汶接过雪茄，习惯性地捏了捏，接着放在鼻尖处闻了闻。他瞟了我一眼，问：“你怎么知道我想抽雪茄？”

“我了解你，就像你了解我一样。所以别再说什么相信不相信或者我会选择谁之类的话，Evan，我从头至尾，都只有一个答案。”

我站在他的对面，很认真地对他说道。

“绵绵，我不是不相信你。”他夹着雪茄的手顿了一下，“正如亨利说的，我是一个很强势的人，我在大多数时候会罔顾别人意愿，代替别人做出一些决定。我希望在你面前表现到最好，所以我正在尽力克制这一点。也许有时候我的话会让你产生误会，我并不是在反复确认什么，我只是希望你在我面前，有绝对的自由。你能懂吧？”

说这段话的时候，宋伊汶放缓了语速，他本来讲话就不快，这下更是一字一顿，每一个音都咬得无比清晰，好像是在刻意强调什么。

橘黄色的夕阳余晖斜打入室内，整个客厅被镀上了蜂蜜的色泽。他的眼睛更是被照得浅上了一度，像是枫糖融成的。

第一次见面的时候，我就被他的眼睛吸引，差点让我挪不开视线。

我好似魔怔了一般，几乎荒唐地想要摸一摸他那双如琉璃般剔透的眼珠。等到我的指尖触及他的睫毛时，我这才反应过来，立刻止住了手。

但是宋伊汶连眼睛都没眨一下，更别说伸手阻拦我了。他就是这样仰着头，静静地看着我。

“你怎么不眨眼？”我问。

“你又不会真的摸上来。”他说。

“那要是万一呢？”我不甘示弱。

“没有万一，因为你是我的绵绵。”宋伊汶的口吻非常肯定。

我忍不住笑，看向宋伊汶的时候，他也弯起了眉眼。我和他的默契，永远不需要言语。我和宋伊汶的关系独立，但拥抱时毫无空隙。我们不束缚不占有，各自工作，却仍有很多话说。我们有一致的品位，包括食物、时装、音乐和香水等。即使是思念，也不会干涉对方的自由。

但我很清楚，我此生的归宿，就是他的怀抱。

我低头，在他的眼皮上落下一吻。宋伊汶轻笑出声，他伸手压低了我的脑袋，在我的唇上吻了一阵。等到他放开我的时候，我掩着胸口闪到一边。宋伊汶说："跑这么快干吗，我又不会吃了你。"

"你吃得还少了？"我反问一句。

宋伊汶故作沉思状，说："那倒也是。"

我被他气得不轻，径直走进厨房倒了杯水喝。想到他要抽雪茄，我又斟了杯水，为他加了两粒冰块进去，然后端去了客厅。

他剪好雪茄，正在拿火柴点燃。我把杯子放在茶几上，等他吸入第一口雪茄后，我才说："信托基金和房产怎么办？我前几天上网查看了一下账户，两年到期，所有的钱已经连本带息还到了我的账户里。不过我已经拿那份本金继续要信托公司投资，因为郑克己跟我说过，那笔钱只要不在我的账户上，有些人就不敢动大心思。而且要取出来，也是有痕迹的。"

我顿了一下："但是那笔利息郑克己要我先留下，他好像有什么事情要办。但是现在这个局面……我是不是应该把那笔钱先打给你假装注资你的项目？"

烟雾缭绕中，宋伊汶的眸子显得有些迷离。他对我说："你不用急，钱也不用给我。"

"不用给你？"听到这话，我倒是疑惑了。

"那笔利息有多少？"宋伊汶问我。

我报了个数，宋伊汶有些了然。他问我："你还记得你去苏黎世办理业务的那个银行吗？"我点头。

宋伊汶告诉我，他在那家银行有多个账户，两个月前，他正好拨了一笔存款到新公司的账目上，那笔钱和我的利息总额不相上下。银行方面不会透露客户的资料，所以基金会的人追查起来，也只知道从那个银行有一笔钱流入了宋伊汶公司的账目，但具体是哪个账户，他们是查不到的。

所以宋伊汶之前跟我交底公司情况，就是为了我在基金会那边有话可说。我只用装作自己是认真想运转那一笔资金获得利润，从而更好地发展基金会就可以了。

而且宋老的遗嘱里并没有详细说到关于这些钱的方面，他只说如果找不到宋渊，十年之内必须归还给基金会。而那边说的十日，只怕是想趁着郑克己还在医院的时候，悄无声息地卷掉那笔钱。

“如果他们找你要钱，你尽管往我头上推，要他们来和我谈。要是万一他们要什么手段让我的公司受到了影响，利益直接受损的，除了我，大概就是傅司泉了。在江城，傅家应该还是有点影响力的吧？”

他转了转手里的雪茄，白色的烟灰凝结在前，齐齐整整。

听到这话，我张了张嘴，甚至不知道该说什么好。宋伊汶做事太周全，连这种额外的事情都考虑在内，简直心细如发，让人叹服。

他如此豁出去的帮我，我的心中感激更甚。牵一发而动全身的事情，他却揽在了自己的怀里。这更让我觉得自己没用了。

我抿着嘴唇，不知道该不该应下这件事情。我总觉得我麻烦他的时候太多了。但是有这么好的资源不利用，难道我真的要眼睁睁地看着宋老的钱被卷走？宋伊汶的提议，确实是最好的方法。

思来想去，我陷入了极度的困惑。

他的一只雪茄正好抽完。宋伊汶将那残余的雪茄按在装了咖啡渣的烟灰缸中。他拿起茶几上的冰水，一饮而尽。

宋伊汶放下玻璃杯，杯子的底部和茶几发出轻微的撞击声。他说：“绵绵，你不是想知道我和外公的事情吗？”

“你愿意说了？”我问。

“我觉得时机到了。你记得你在第一次见我的时候问过我什么问题吗？”宋伊汶转眸看向我。

我想了想：“问你为什么姓宋？”

我看着他，口干舌燥，心脏狂跳，脑子里几乎一片空白。

那些用密文写成的信件和宋老的脸无端地浮现在我的眼前。即便我早就从宋老的书信往来中得到了验证，但我还是想从宋伊汶的口中得到佐证。

宋伊汶看着我，缓慢说道：“我回答过你，我的外公姓宋。那一天，我和你是一班飞机，从江城飞往苏黎世，中途转机北京。我受外婆嘱托，来参加我的外公的葬礼。你的机票和酒店，是外公要我订的，所以我和你同一班飞机，也住在同一间酒店。”

我有些意外。

“当时并不知道周绵绵就是你。可我在葬礼上看到你的第一眼，我突然知道了什么叫缘分。我以为我再也见不到你，谁知我们还是相遇了。”

他伸手握住我的左手，食指轻轻在我的掌心勾勒出不成文的符号。我用力握住他的手，企图平静下来。

“其实我很早就想告诉你这些事情，但我向外公承诺过不向任何人透露我的身份，也向他承诺过不和基金会这边有任何牵扯。绵绵，你能理解我吧？”他问。

“当然。”我能明白宋老保护他的心情，也能明白什么叫作“承诺”。这次宋伊汶为了我的请求违背他和宋老的承诺，我的心里也有点过意不去。

“那你想听我外公的故事吗？”

“想。”我重重点头。

于是宋伊汶便跟我说了一个五十年前的阴差阳错的故事。

宋弥和他的外婆Célia（西莉亚）在英国留学时相识，彼时两人都只有十八九岁，宋弥学习文学，西莉亚主攻语言学。

两人在校园相识，兴趣爱好十分相投。西莉亚为了查阅资料，便让宋弥做她的翻译。时日久了，自然坠入爱河。

宋弥在毕业时向西莉亚求婚，两人本想搬去巴黎继续做文学研究，这时宋弥的家人给他发来急报，说他的父亲病重，要他速回国内。

他和西莉亚商议，想带她一起回国。西莉亚答应下来，回巴黎和家人商量，哪知遭到了她父母的激烈反对。

西莉亚的父母在巴黎还算是有身份有名望的人，他们并不希望西莉亚嫁给一个中国人，而且那个中国人的父亲病重，现在还想带着西莉亚远渡重洋回到中国，这更是他们所不能接受的。

并且，她的父母早就为她物色好了结婚对象。

西莉亚被父母扣留在家中，她想办法传出信件给宋弥，希望他能想想办法，救她出去。宋弥回国的事情迫在眉睫，这时他也想不出什么好方法，只能亲自上门，向西莉亚的父母表明心意。

西莉亚的父母拒之不见，宋弥在屋外站足了一天一夜，西莉亚心疼极了。她想趁夜溜走，但父母看得很紧，怎么都逃不出来。

宋弥无奈，他只能留下信件给西莉亚。好在管家最后心软，虽然没有把西莉亚偷偷放走，但能把宋弥的信件转交给她，已经是莫大的仁慈了。

他在信里向西莉亚承诺，他在赶回来之后一定会想方设法同她的父母好好谈谈，让他们明白他的决心和想法。而且宋弥还在信中说，不希望西莉亚在他和她的父母间做出选择，因为他爱她，所以不舍得让她为难，也希望她不要让她的至亲为难。

信中的文字简明凝练，句句肺腑。这封信一式两份，写了法文版和英文版。西莉亚将这封信给父母看了，他们沉默不语。

好在西莉亚的父母也明白了女儿的心意，他们将私自定下的婚约给退掉了，说是等宋弥回来之后，再做打算。

在等待宋弥来法的这段时间里，西莉亚每日都很开心，她约上朋友，偷偷去看了婚纱和珠宝，又去了凡尔赛郊游，甚至连婚礼的地点都想好了。

宋弥在刚刚回国之后，便给西莉亚发来电报，他在电报中说已经买好了回巴黎的船票，坐的是哪一艘轮船，预计什么时候到。

西莉亚接到电报，日日都在关注那艘轮船的消息。哪知西莉亚没有等来宋弥，却等来了噩耗。

轮船在海上遇难，无一人生还。

看到报纸新闻的时候，西莉亚当场就晕了过去。等她醒来的时候，家庭医生却告诉她一个更加震撼的消息，她已经怀孕三个月了。

西莉亚思考了很久，最后还是决定将孩子生下来。虽然父母反对，但是这次她异常坚定，她对父母说，要不然孩子生下来她活着，要不然孩子死了她也跟着一起死。

父母永远拧不过孩子，西莉亚的父母也一样。他们最后退让了。

西莉亚把孩子生下来了，是个女儿。女儿生得漂亮不说，一岁不到就开口讲话了，而且特别聪明。小女孩特别讨祖父母欢心，两位长辈几乎是时时刻刻都想把她抱在手里。

又过了三年之后，西莉亚遇到了现在的老公，那个男人对她无微不至，甚至连她的女儿都开始喜欢他了。他打消了西莉亚的犹豫和顾虑，两人结婚后，又育有一女。

西莉亚一直待在巴黎做学术研究，十几年的时间里，她也成了各大学院的客座教授。有一次她应邀去美国某间学校演讲，却意外遇上了宋弥。

原来宋弥发来电报之后，并没有按照原定计划赶上那艘游轮，因为战乱，国内铁路受到干扰。等他冒着危险赶到港口时，港口已经被封，不让进出。他心急如焚，想了很多办法，但因当时时局混乱，都没法实现。宋弥被迫留在了国内。

他投身战斗，同时也在托人送信给西莉亚，但那段时间实在太不稳定，多数信件都被耽搁了下来。宋弥很是绝望，只能一心一意做好能做的事情。

等到远方的消息再次传来，宋弥等来的是西莉亚嫁人的消息。

嫁人的原因很多，可能是等不下去了，可能是不爱了，但是那些原因有什么好计较的呢，就算计较了，也回不了头了。

宋弥虽然一直还在默默关心西莉亚，但也没有再跟她联系。毕竟各自都有了新生活，再去介入为时已晚。

十几年后的再见，两人心平气和地解释了所有的过往。西莉亚也没有隐瞒关于孩子的事情，还问宋弥要不要给她取个中文名。

西莉亚和宋弥的女儿叫Luna（露娜），意为月亮。宋弥想了想，便给她取名为夜光。典故出自屈原的《天问》，夜光即月亮的别称。

而且西莉亚还告诉他，露娜自幼对中文相当感兴趣，中文也说得很好。

从那之后，两人一直保持通信，西莉亚一直在信里使用自己未嫁人前的旧姓Dumont。有时候若是在海外授课讲座时遇到了，还能坐下来一起吃个饭。从恋人到朋友，不是人人都能如他们这般心平气和。这样的关系，需要用多大的智慧和理智才能维持，只有他们二人自己才能知晓。

宋伊汶还告诉我，其实他在很早的时候就见过外公宋弥。那年他十八岁，高中毕业之后想要来亚洲国家旅游，外婆便遣了他来中国，一来看看他中文能力，二来看看外公。

那时宋伊汶看过宋弥之后，便乘坐火车出发，沿途往西北而去，他整整在那边玩了两个多月，才舍得返回瑞士。宋伊汶说，那时候正值夏天，高原紫外线厉害，他被晒得很黑。再加上他中文说得又好，几乎没人以为他是外国人，只当他是西北的少数民族。

我看着他的脸直发笑，他这么一说，我也觉得越发像了。

宋伊汶看着我，说："我也没有那么好，是不是？"

我摇头："不是。"

"怎么不是？如果我够好，逃婚的时候就不该当众举起你的手，让你被别人记恨；如果我够好，一开始对待宁芳的态度就应该更决绝些，不会让你误会；如果我够好，一早就应该跟你说清楚瞒着你的事情。"

他轻轻地拨弄着我的头发，眼眸垂了下去："但是我以后可能还是会做出这样的事情，你也许还是要受到委屈。即使是这样，你也会觉得我很好？"

对于我来说，我想要坦诚，宋伊汶便给我坦诚。他不说废话，同样也不说假话。能说的话他便告诉我，不能说的便缄口不言。即便有时候被当作借口，我也乐于当他的借口。

至于全部事情的真相，那有什么重要的呢？

爱情这个东西是不能要真相的，要真相就没有爱情。但大多数女人两样都追求，所以被"真爱"坑惨了。其实对待伴侣正确的态度是，他说什么你信什么，而且要发自内心地信。

“Evan，我问你一个问题，信徒会对自己的神刨根问底吗？”

他摇头：“不会。”

“所以我为什么要质疑你？”我又反问他一句。

宋伊汶猛然抬起头来，他的脸上似有震动，眸子里写满了不可置信。

凭借我和他的默契，大概只消这一句话，宋伊汶便能懂得我在想什么。其实很多事情我并不是不介意，而是因为对方是他，我才懒得去介意。

宋伊汶看了我好久，终于说了一句：“绵绵，也许别人会以为是我一直在迁就你，但实际上，是你给了我信心。认得你，爱上你，只怕是我这一生做过的最值得的事情。”

太多人对我说，我是在高攀宋伊汶。只有他不这么觉得，他说爱我是最值得的事情。

爱啊，哪有说得清的事情。虽说旁观者清，但他们清楚的只是利益地位，而我们了解的，是爱情。

“我还有最后一个问题，你能回答我吗？”我问。

“你说。”

“你这么拗口的中文名，谁取的啊？”

“我自己取的。我随便翻字典，翻到和我的名字发音差不多的中文字便用了。我说过了，我不喜欢别人替我决定什么，即使是亲人也不例外。好在Evan这个名字，不算难听。”

说话的时候，他斜睨了我一眼。我被那一眼看得脖子一缩，只得违心地称赞：“你这么一说，我突然觉得你的名字挺好听的，一点都不拗口呢。”

我在心里暗想，这人的强势也不知是遗传谁的，简直就是骨子里带出的霸道。宋伊汶说得没错，他这样的性格，确实需要克制一下。

Chapter 10 寻找蝴蝶

反正想吃就吃，想玩就玩，
想爱谁就去爱谁。
就算一生都是错的，别人也管不着。

不出三日，我收到了基金会给我发来的快递。我连拆开的心情都没有，直接连着信封一起交给了宋伊汶。他最近几日也是一副消极怠工的模样，每天和家里带来的那几个律师和经理轮流磨洋工。而且我看得出来，那几个主要负责和宋伊汶谈判的人都是精英，但是在对上宋伊汶的时候，脸上都露出了心有戚戚焉的神色。

不用说，宋伊汶肯定又是在什么“旁门左道”的地方碾压过别人一轮。而且只要他自己不稍加压制，那股骨子里的霸道自大也让人够受。

再加上阿伯特彻底倒戈我方，有了这个“国之利器”，宋伊汶也觉得自己胜算很大。我之前也好奇为什么阿伯特不讨厌我，最后我思来想去，决定直接问阿伯特这个问题。

听完我这个问题，视频里的小男孩看向我的眼神相当考究，他拉了宋伊汶做翻译。宋伊汶告诉我：“阿伯特说，无所不知的人总是被一无所知的人所吸引。就像电视剧里那样，单纯开朗的人总会吸引世故的人。”

听完这话，我伸手指了指自己：“一无所知？”

宋伊汶和阿伯特同时点点头。

接着我又指向他们：“无所不知？”

他们又点了点头。

不是我说，这哥俩真的有气死人的本事。

宋伊汶看完那些文件之后，深思了半天。我以为是有什么事情难住他了，便出声询问了一句。哪知他回答："我只是在想我有什么必要看那堆垃圾，浪费时间。"说完之后，他走进书房拿了本书，又遣我去厨房给他泡了茶。

我自己把那份文件捡过来，翻了几页纸之后心生感慨，诚如宋伊汶所说，文件里没什么东西值得解读，全是粉饰过的字眼，总结起来三个字就能概括——快还钱。

我收到文件的后两天，基金会又给我致电。他们三催四请，甚至连机票都给我订好了。宋伊汶也早有准备，他把之前拟好的合同和单据交给了我，并且教我该如何应对基金会那边的问答。

我将他的话牢牢记在了心里，宋伊汶说："我相信你能够做好一切。"

"你不怕我谈崩了？"

"输才是人生常态，有什么好怕的，输了就认了。"

这种听起来忒没志气的话从他的嘴里说起来还带着一种理所应当的气势，听得我的心理负担莫名地就全消了。要说起来，宋伊汶在忽悠人的方面还真是天赋异禀。

见我一脸不信，宋伊汶很认真地跟我解释："我也不是在安慰你，我只是说了句实话。其实每个人想做的事情都不一定能够成功，但不能成功的事情还是要去做。一件事情的成败并不在最终结果，而是你开始做了，那件事情才有了意义。即使结果不尽如人意，但那又如何？如果你的一生活在靠别人定义的成败中，那也挺失败的。"

我似懂非懂地点了点头，宋伊汶揽着我的肩膀，说："慢慢你就懂了，人生也不用理解得那么透彻。反正想吃就吃，想玩就玩，想爱谁就去爱谁。就算一生都是错的，别人也管不着。"

看来看去，原来活得最通透的一个还是宋伊汶。骄傲自我，而且从不因为别人的评判去委屈自己。我真该向他多学习。

若是郑克己，他只怕又要一力承担所有事务，将我挡在身后，什么也不许我去做。现在想来，郑克己的累也是有理有据，他不相信别人能做好一切，凡事都想亲力亲为。

但宋伊汶不同，他放手让我去做，错了再补就好。而且他对我那样的信任，我更舍不得辜负他的期望，所以更想做到最好。

人和人之间是不同的，我也没办法去置喙两人的处事方法谁好谁不好。谁能大言不惭地断言好与不好，我没有这个胆量，也许连神都没有资格去定论。我只能说，我更适应和喜欢宋伊汶的方法。

去往机场的时候，我依旧背着一个深蓝色双肩包。包里躺着的还是价值千金的文件，我手里裹着一件黑色羽绒服。我没带什么行李，心里就揣着宋伊汶送我的一句话，便上了路。

其实我还是很紧张的，每一次遇到大事，我都紧张。但是谁都知道，自己的仗要自己打，没有人可以代劳。

经过两个半小时的飞行，我到达了目的地。出口有人接我，陌生男人迎上来的第一句便是："你是周俛仰小姐吗？我是侯小岑，饮光基金会秘书处的。我先带你去住处，明天再去基金会。"

我看了眼时间，分明还早着。我对他说："要是副秘书长在，我就直接去基金会，别耽误时间了。"

没来之前，基金会这边一天两三个电话向我问候请安，对待我活像李莲英对慈禧一般。这会儿我来了，倒是要把我先撂到一边透透气？

这是我的事情，主动权应该掌握在我的手里，为什么我要听别人的摆布？

侯小岑愣了一下，他拿出电话对我说："那我先跟秘书长请示一下，您稍等可以吗？"

"稍等可以，等一天不行。"我说。

见我态度坚决，侯小岑赶紧去打了个电话，我借机也给宋伊汶打了个电话报平安，顺便简明扼要地把刚才发生的事情说了一遍。

宋伊汶在电话那头笑:“绵绵,你做什么都可爱,连发脾气都有趣。”

我本来是挺生气的，但是被宋伊汶一哄，我的心都软下去了。这人真烦，连我的缺点都说得像优点一样好听，我还有什么心思发脾气。

侯小岑朝我走来，我跟宋伊汶道别后，便挂了电话。

“周小姐，秘书长说他在外面办事，可能两个小时以后有空。”

“可能？”我皱着眉头看着侯小岑，“那意思就是说我今天也有可能见不着他们了？”

侯小岑没说话，过了一会儿，他才说：“要不然周小姐先去酒店休息，秘书长到了我来接你，这样可以吗？”

“不可以。”我话音一落，对方被我噎得退后了小半步。

估计侯小岑没想过我这么难缠，现在他见识了，也只好说：“那……我们先去基金会吧。”见我终于没有反对，他出了口大气。

等我到了基金会，这才意识到我快一年没来过这里了。门口又重修了一次，前台也换了人。连门口的植物都从滴水观音换成了我完全不认得的树种。我慢下脚步，侯小岑也停了下来，他问我：“周小姐，怎么了？”

“这是什么？”我指着门口的那株植物问道。

侯小岑摇摇头，表示不太清楚。

“谁换的？”我又问。

“我也不太清楚。”

“能不能帮我换两盆滴水观音，我看不惯这个。”我说。

“这个……”侯小岑犯难似的搓了搓手，“这个不归我管。”

“那你告诉我这个归谁管，谁能做决定，我亲自去换。这样可以吗？”我看着他。

我把他应付我的原话扔了回去，他又无话可说，想了半天之后，只说了一句：“后勤那边管这个，我带你去。”

侯小岑带我去后勤找了主管，对方一脸莫名其妙地接待了我。我说明来意，并且强烈要求把门口的树给扔了换成滴水观音。对方不肯，他对我说：“周小姐，这种小事，就别在意了。您去忙您的事儿吧。”

他对我虽然口头客气，但实际上态度相当轻慢。我坐在那里，那人都不肯多看我一眼。我心里冷笑，什么话也没说，拿起背包就走了出去。

侯小岑跟了上来，他已经是被我逼到无路可退了。我对他说：“你帮我把我的包放去会客室，我去下洗手间。”

他点了点头，拿了我的书包便往前走。我假意往洗手间的方向走去，等到看不见侯小岑的时候，又转身溜去了后勤部的办公室。

我站在门口，只听到办公室里有人讨论：“刚才那个女的谁啊，居然要换掉刘总监最喜欢的非洲茉莉。”

“不知道啊，好像是宋老的一个徒弟吧，没怎么见她来过。”另一人说。

“徒弟又怎么样，谁不知道现在赚钱的项目都是刘总监在把关啊，这外人就是闹不清楚行情。连副秘书长都要对刘总监高看几分呢。”

我还想继续听下去，哪知这时有零碎的脚步声由里及外地传来。我立即转身，踮着脚往洗手间冲去。还好洗手间里没人。我在镜子前面冷静了几分钟，这才重新走了出来。

其实基金会门口摆什么植物这件事情根本不值得一提，郑克己不会注意到这种细节。他是男人，有时候虽然能在法律条例上纠结那些细枝末节，但不一定会在自己的生活中多加留意，更何况门口摆什么植物，那连多看一眼都觉得麻烦。

当时宋老为基金会选择植物的时候是用了心思的。滴水观音开花的时候，肉穗花序外有一大型绿色佛焰苞，开展成舟型，如同观音坐像。而这种看似温和的植物，其实它根茎里的白色汁液有毒。误碰或误食其汁液，会引起咽部和口部不适，最严重的还会导致窒息或心脏停搏死亡。

这植物摆在门口，本意是为了警醒大家：基金会的出发点是好的，但如果有人以权谋私，无异于沾染毒液，最后自食其果的还是自己。宋老在世时，曾经在会上也有意无意地提到过这件事情。

其实这件事情是小事，谁不是听过就忘？但是若有人连这点事情都要计较，自然是别有用心。而且植物摆在大堂处，出出进进都会看上一眼。要是别有用心的人看了，那肯定会觉得碍眼。

想到这里，我多少觉得有些无奈。其实我们很少会败给大事，往往让我们最难提防最容易败露的，全都是细节。它如同咳嗽一般无法掩饰。那是骨子里带来的东西，很容易让人寻踪觅迹。大事难成，有时候就是溃于细节。让人倒下的不是远方的高山，而是鞋子里的一粒沙。

我想我可能已经探到了藏身于基金会中蛰伏已久的一个人了。

能被称为总监的，应该是副秘书长张元恒手下项目部的管理人员。我想了想，决定一会儿去项目部那边转悠两圈探探情况。

我在基金会等了一下午，侯小岑说秘书长和副秘书长都外出有事，不能及时赶回来，要我明天再来。在这期间，没有一个人给我打通电话致歉。他们大概是想着钱要到手了，所以连表面的功夫都懒得维系了。

年纪小，在处理事务的时候占不了什么优势。在成年人的世界里，很多人不会把你当回事。先不说基金会这边一群人是如何应付我的，就拿郑克己，他时时刻刻都觉得我是个小女孩。虽然宋伊汶也没明说，有些时候，他也把我当小孩。

既然我身边的人都做出了这样的举动，也就别怪外人会如何轻慢了。

我安静地坐在沙发上拿出手机订车买机票。不一会儿，我订的车到了，司机给我发来短信，说在楼下等待。

我将包里的文件甩到了茶几上，对侯小岑说："告诉秘书长和副秘书长，我来过了。既然他们今天没空谈，那就等他们哪天有空的时候再去江城找我好好谈。要是大家都很忙，就别相互耽误时间了。"说完之后，我拿着包包就往楼下走。

侯小岑一时半会儿没追上来，可能是忙着去看文件去了。

这一趟也不算白来，我下午无聊的时候在基金会上上下下转悠了一圈，从项目部走到资产管理部，然后又绕去了人事部和策划部。我赫然发现，曾经我见过的熟面孔全部消失不见了，现在几个重要部门的人员个个脸生，我全都不认得。

我想问侯小岑这是怎么一回事，但又怕打草惊蛇，只得把疑惑咽下去。

但是那些不太重要的部门，还有几个我见过的人。这更加说明，老员工已经被悄无声息地换掉了一批，而且换掉他们的人，郑克己只怕是十分信任，要不然也不会出现这么大的变动，郑克己还不闻不问。

我暗自庆幸，幸好这一趟我来了。

等我坐上飞机回到江城之后，我便去了郑克己的病房。他的头发被剃光，这么多天也没长多少，看起来像一颗猕猴桃。

见我这么晚赶来，郑克己多少有些意外。他坐在病床上，问："你跟Evan闹脾气了吗，怎么一脸不高兴？"

我不说话，只是坐在椅子上低着脑袋，看着自己的双腿。

"怎么了？你说话。"郑克己的语气有些急。

"以后……我学着管基金会的事情怎么样？"我抬起头，看着郑克己。

对方有些诧异，他问我："你怎么突然想管那边的事情了？"

"原因很多，不过主要的原因是希望你别那么累，帮你分担一下。"我说。

"你有那么好心吗？"郑克己毫不客气地白了我一眼。

"对了，你身体恢复得怎么样，有些事情要跟你说。"

"我明天就出院，你觉得我的身体恢复得怎么样？"

听他这么说，我吁了一口大气："那我就放心了。"

"别废话，跟我说正事。"郑克己催促我。

我又嘱咐他一句："那你留神，不要激动。"

"说事情！"郑克己瞪我，那急脾气又上来了。于是我把宋伊汶亲口承认身世的事情告诉了郑克己。他不自觉点了点头，说，"如果基金会知道Evan的身世，只怕又是一场风波。老师的决定是对的。"

我有些犹豫地说："在你做手术的时候，我做了一件事情。"

"你背着我做的事情还少了？"郑克己反问。

我向他交代了关于遗产和宋伊汶公司的事情。他听过之后，摩挲着下巴沉思了半天："你这么一说，我知道他为什么要让我做法律顾问了。"

"是吧。"我耸了下肩膀。

"他的计划确实周密。他既然把那笔钱做进了账面，那么那群人想要违约拿钱自然要经过我，我稍微卡一下，他们就没办法了。如果有人想办法叫停了工程，利用这个名义让我这边松手的话，那就有迹可循了。我就愁没把柄，只要他们出手，我就能把他们揪出来。"郑克己越说越兴奋，他那双黑眸亮闪闪的。

"所以你不会怪我这次做事没跟你商量吧？"我借机问了一句。

"将功抵过吧，这次的事情就饶了你。"

我跟郑克己说了我今天去基金会的事情，也说了关于刘总监的事情。听到这里，郑克己沉默了。

过了一会儿，他对我说："没想到啊……"

"没想到什么？"我问。

"刘威是我的人。那时我觉得基金会的项目上有问题，便把他从下面给调了上去。等他上任之后，确实刹了不少歪风邪气。但是自从老师去世，那些风头又抑制不住了，我以为是别的原因。我千算万算，没想过要怀疑他。"

郑克己的表情有些自责，他口气有些无奈："当初我怎么没注意到门口那两盆滴水观音给换了？"

"我今天在基金会上上下下转了一圈，我听到大家说得最多的，除了刘总监，还有就是另一个副秘书长，好像是管资产的。我不知道他是谁，我只知道他姓陈。你最好也多留意一下。反正我今天听得最多的，就是这俩人的名字。"我对郑克己说。

郑克己嗤笑："为什么我什么都没听到。"

"因为我在基金会里没什么地位，大家也不怎么认识我。外加我年纪小，更是容易被人轻视。”

郑克己点了点头：“明天我去找Evan，和他商量一下对策。”

“嗯，那我等基金会那边的电话，随时保持联系。最重要的是，你要保重身体，可以吗？”我问他。

“好，你真是越来越啰唆了。”郑克己不耐烦地冲我挥手，“快走吧，晚了回家不安全。”

“你放心睡吧，明天见。”我冲他摆了摆手，便往门外走去。

空荡荡的走廊上一个人都没有，我往左边拐去，走到了电梯跟前。电梯门刚刚打开，阿伯特和宋伊汶就出现在我的面前。

圣诞节前，阿伯特被托马斯先生带回了瑞士。临行前，阿伯特又哭又闹，就是不愿意离开。过机场安检的时候，阿伯特还抱着我不肯走。最后别人把他的手从我的手上掰下来的时候，阿伯特硬生生地在我手上留下了两道抓痕，可见他握得有多用力。他一哭，我也忍不住哭了。一大一小在机场哭得涕泪横流，宋伊汶站在旁边无奈至极。

最后托马斯先生出面，他对阿伯特说：“圣诞节之后再把你送过来好不好？”

这句话说完，阿伯特哭得更大声了：“我讨厌圣诞节！为什么绵绵不能嫁到我们家来，哥哥不娶她，我可以娶她！”

在场的人几乎都笑了，我不好意思地往宋伊汶身后躲。宋伊汶也忍不住笑，他一边摸着阿伯特的脑袋一边说：“不是我不娶绵绵，是你的二叔不让我娶她，他想让我娶艾薇。如果不是二叔的话，绵绵现在就可以陪你回莫尔日过圣诞节了。”

听到这话，阿伯特顿时忘了哭，他气鼓鼓地说：“我要和二叔谈谈！”接着，阿伯特回头看着我：“绵绵你也别哭了，等我找二叔谈判，我会让你下个圣诞节在我家过。”

那人小鬼大的气势了得。他跳下托马斯先生的怀抱，抹了把眼泪之后，很是豪迈地走在了队伍的最前头。

刚过完圣诞假期，阿伯特忙不迭又赶到这里来。他回来就催着宋伊汶给我打电话，听说我去了别的城市，阿伯特难过了一整天。现在我一回来，他又兴高采烈地催促着宋伊汶来接我。

阿伯特上来就是一个熊抱。他人小个矮，只能搂到我的腰，我去牵他，他乖乖地拉住了我的手。

宋伊汶问："他身体怎么样了？"

"反正还是跟以前一样，看不出什么差别。反正吼我的时候精神特别好。"我小声抱怨。

"事情都跟他交代了？"

"都说了，包括你的身世，全部告诉他了。"我说。

他点了点头："就等着吧。我敢打赌，不出三天，最想要那笔钱的人，一定会找上门来。"

听到这话，我忍不住笑了。

小时候我读过伊索寓言，里面有一则故事名叫《鹰与箭》。山鹰从天上俯冲下来想要捉兔子，却被猎人一箭射中。山鹰看到了箭尾，却发现那是由自己的羽毛制作而成。山鹰痛苦地说："我们总是为敌人提供毁灭自己的武器。"只怕那些人，也是一样的吧。

隔日，我接到了基金会的电话。张元恒语气急促，在电话那边不停地责怪我肆意妄为不守信用，说好十日内还钱，现在却把钱投入了别处，而且临时撤资还要付上大笔违约金，简直就是在自寻死路。

他在电话那边训了我十来分钟，我将手机开了外放搁在一边吃早餐。宋伊汶坐在我对面，数次差点笑出声来。阿伯特倒像个大人，他板着脸继续吃他的东西，对这边的声音置之不理。

等他说完，我终于可以抽空说话了："张秘书长，事已至此，你看明年再来怎么样？明年十月份的时候我可以打一笔利息到基金会的账目上。这笔钱要压五年，五年也不算长啊，毕竟宋老规定我将所有财产归还的年限是十年。外加年年都有利息，比买基金还要划算，你们何乐而不为呢？我也是为了基金会考虑啊，不是前段时间资金短缺吗，我给你们投了个长线啊。”

电话那边被我噎得半天没了动静，只有轻微的电流声。过了一会儿，张元恒才说：“你之前向我们承诺的是十日之内。”

“我原来也跟我妈妈承诺过要考上哈佛大学。”我说。

耍无赖嘛，谁不会呢？刘备得天下主要靠哭，那我拖延时间全靠不要脸，也没什么大碍。

坐在一边的宋伊汶本来往嘴里塞了一口炒蛋，听到这话，他掩着嘴站起身，匆匆走去了不远处的厨房。我连忙把手机调回听筒，果不其然，厨房里传来一阵惊天动地的咳嗽声。

张元恒被我气到不知该说什么。他又约我时间，要我去一趟基金会和董事会的人说明情况。我拒绝了：“上一次你跟我约时间，约了之后你们人又不在，我自费飞了回来，这笔钱我会记得从利息里面扣出来的。你们要跟我谈，你们就过来谈解决方案。跟我谈不拢，你们去找傅家的公司解决问题，找律师来想办法。你们对着我说也不能解决问题。”

过了一阵，张元恒说：“那你还是要来一趟，先把房产和其余资金签字上交。”

“我不来，你们要我签字就自己带律师和会计师过来。来之前给我打电话联系，我会先把时间空出来，不会让你们白等一个下午的，毕竟您几位加起来岁数都要过百了。”说完之后，我挂了电话，心里还觉得有口气堵在那里消散不了。

宋伊汶将桌上的橙汁递给了我，他的脸上还有笑意：“绵绵，你真是有气死人的本事。”

我摇了摇头：“我只是睚眦必报。有些人从不觉得自己在给别人添麻烦，好像我年纪小就应该去把所有的时间都奉献给他。一来我不是他的下属；二来是他找我办事，他有什么理由跟我摆架子？”

听完我的话，宋伊汶笑了。他对我说：“你真是一点人情味都没有。你下次试试在郑克己面前这样对别人说话，小心他又要训你。”

何止要训我，只怕是气得连头发都要竖起来。虽然这人看起来狂傲，但唯独在“礼”这方面特别因循守旧。他永远看不惯我这种对事不对人的方法。

说到郑克己，我突然想了起来：“Evan，郑克己说今天要来找你，说是商量事情。”

宋伊汶点头：“那我等他。”

跟随郑克己来的，还有基金会的电话。这次不是张元恒跟我联系了，换成了侯小岑。其实侯小岑也有些怵我，这次一开口喊我周小姐的时候，我都听出了一股子怨气。

我暗自想着，我可算是把基金会里每一个跟我联系的人都得罪光了。

侯小岑对我说，秘书长和副秘书长一行六人在下周一来江城跟我谈遗产的事情，他已经把行程表发到我的邮箱里了，要我看过之后再给他打电话确认时间及其他问题。

他在电话那头语速极快，听我说完“好”字之后便迅速中断聊天挂了电话。我举着电话愣了半天，我又不是什么牛鬼蛇神，至于躲我躲成这样吗？

我调出邮件里的表格，打印后将其中两份递给了在书房谈事情的宋伊汶和郑克己。

郑克己今天戴了顶帽子，脸上还有遮掩不住的憔悴。他看完手里的行程单之后，说：“行吧，还有三天。我真希望他们快点来，事情拖了这么多年。”

“你三年都等下来了，还差这三天吗？”我抖了抖那张打印纸，调侃地问了一句。

“当你挨饿且没有看到食物，你可以忍受这份饥饿；一旦你看到食物就在五百米开外的地方，你甚至连一米都嫌太长。很多人，就是饿死在唾手可得的路上。”郑克己对我说。

他刚做完手术，我听到一个“死”字心里不太舒服。我说：“好了好了，希望三天后一切顺利。”

“会的。他们作威作福那么久，也该换换风水了。”

郑克己将那张纸摔在了桌子上。明明是很轻很薄的一张打印纸，却愣是被他甩出了分量。他压抑在心中的怒火，不言而喻。

还好我是个半路改道与宋老同谋的人，虽然我也有责任，但没那么大怒气。想来这也是优势，因为总带着一分事不关己的想法，反而能把所有的事情看得更清。

宋伊汶叩了叩桌面，终于在郑克己面前讲了中文。他说：“我们的角色分配是这样的。绵绵主演没头脑，我主演不高兴，你主演不知道。”

听到这话，郑克己笑出了声：“这角色分配很到位，俛仰简直就是用灵魂在演出！”

我怒视宋伊汶，他一脸微笑：“我说你演，没说你真的没头脑啊。”

听到这话，我总觉得我更不好受了。宋伊汶和郑克己的话联合起来理解不就是意味着，我演了个傻子，而且演得还挺像？

这俩人真是悄无声息就把我给埋汰了，而且我竟然找不到半点漏洞去反驳他们。此时，我突然有些担心。我问宋伊汶：“宋老不希望你和基金会接触，可这次你决定露面，他们不会认出你的身份吗？”

“怎么会？”宋伊汶笑了，“你第一次见我的时候，认出来我的身份了吗？”

我摇了摇头，忽而又看向郑克己。我指着郑克己说：“他认出来了啊。”

郑克己说：“那是因为我看过老师年轻时候的照片，那张照片世上独一张，就存在我的电脑里。再说了，基金会的人一年也见不了老师几次，短短几面，看不出什么来。”

“可……还是有风险吧？”我忍不住说。

“看出来又如何？我总有办法对付他们，绵绵，你不用担心。”宋伊汶并不担心这种事情，他冲我摆了摆手，“早就想给他们一点教训了，你正好给了我借口。”

宋伊汶神态淡然，言语轻松，似乎根本不把这种事情放在心上。我只能暗自感慨是我杞人忧天了。

没过一会儿，郑克己接了电话，他挂断之后对我们说：“那我先走了，迦陵来接我。”

一听到舒迦陵的名字，我就不怀好意地笑了起来：“哦，迦陵姐啊。”

我特意把那几个字的发音拖得老长，郑克己倏然就脸红了。他咳了两声假装正经：“不说了，我先走了。”

“迦陵姐在等你呢。”我看着起身准备往玄关走去的郑克己，忍不住又补了一句。

听到我连说两句，郑克己终于回头：“闭嘴，周一好好干活。”

我怎么会理郑克己赏给我的“闭嘴”二字呢，我亦步亦趋地跟了出去。郑克己在门口换鞋，我对他说：“迦陵姐真挺好的，比我好多了。”

“谁都比你好。”郑克己瞪我一眼。

“你这三天好好休息啊，周一有一场硬仗要打。”

郑克己打开大门，对我说：“这句话原封不动送给你，好好演傻子。”

周一的时候，我开车先去接了郑克己，二人一同赶去机场。舒迦陵给我打来电话，叮嘱我要我看好郑克己，不能让他激动也不能让他累着。我自然是满口应声，这种事情，交给我就对了。

所以一到机场，我就借了个轮椅。郑克己指着那个轮椅说：“你这是要干吗？”

“迦陵姐说不能让你累着，这不，我给你借了个轮椅。”我一脸无辜地说。

“周俛仰，你皮痒就直说，我虽然不能劳累，但是扇你两巴掌的力气还是有的。”

郑克己坚持不收下我的好意坐轮椅，我推着轮椅一路在他后面说：

“你不能这样啊，你是个病人，大病初愈。你这么活力四射，等会儿那群人把责任推到你头上你怎么办？”

“什么意思？”他问。

“既然没头脑，那我就干脆上报你的病情，说你本来是要把钱转给基金会来维系周转，但是你身体不好，工作繁重，我便替你分担了一部分的任务。你就装作什么都不清楚，是最近几天做完手术出来才知道的。这样的话，他们拿我开刀的概率就更大些。而且你不知情，我想那几个人动作也会更大胆。”

我解释了之后，郑克己想了一阵。他直直地看过来，说：“我怎么总觉得你不是为了顾全大局，你就是想让我坐轮椅？”

“让你坐轮椅有什么好啊，我还要出力去推。”

其实这个方法不是我想的，是宋伊汶交代给我的。他说既然对方特地在这个时间点开刀，便是知道了郑克己的病情。但他们来查过公司，万一对郑克己任职法律顾问有疑心的话，说不定就停手了。所以宋伊汶建议我让郑克己的病看起来更重一些，好让他们以为这一系列的事情都是我的手笔。这样会让那些人更加放心大胆地动手。

我觉得有理。因为郑克己和宋老花了那么大的功夫都没有查到他们的下落，就是因为对方的小心和多疑，一有风吹草动马上就收手了。为了让这件事情更加保险，我不得不也小心起来。

所以，我还特别贴心地给郑克己的腿上搭了条毛毯。

郑克己和我等在出口处时，他小声对我说：“你是在报复我昨天要你演傻子吗？我需要盖毯子吗？我又不是残废！”

他话音刚落，机场广播响起。我拿出手机查了下航班信息，对郑克己说：“那群人要来了。我们等了这么久，终于要开始了。”

侯小岑跟我说是一行六人，结果来了五个。秘书长俞昊，负责管理资产和人事的副秘书长陈思淼，侯小岑本人，还有基金会的法律顾问和会计师。

我看来看去，缺了个张副秘书长。我问侯小岑：“张秘书长呢，他不是说好要来的吗？”

此话一出，五个人脸色各异。最后还是秘书长俞昊回答了我的问题。他笑眯眯地说：“老张身体不适，这次就不来了。”

那个我从没见过的陈秘书对我说：“老张来之前高血压发了，想必是被人气的。”

“哦，年纪大了就不要生气嘛，不是说越老脾气越好吗，怎么有些人越老越不知道爱护身体呢？”

其实我平日里讲话也不是这样，不过今天有人一上来就指桑骂槐的，我也忍不住和他顶上了。

陈思淼看着我，说：“这小姑娘很不客气嘛。”

“我挺客气的啊，一大早就来等你们了。不像您，我去了一天也没见着人，只是听着满基金会上下都以您的名字马首是瞻。”

说完之后，我还看了郑克己一眼：“我们郑律师做了开颅手术，昨天刚出的院，今天就要我推着轮椅来恭候您几位了，我还不客气，我要跪下来接您才叫客气吗？”

这时，郑克己插了一句：“周俛仰，闭嘴。你真是越来越不成体统了。先是擅自做决定，现在又对几位长辈出言不逊，你给我退到后面去。”

我白了陈思淼一眼，这才不情不愿地站到了郑克己后面。

郑克己演得也不错。他本来就看起来是一脸病容，现在刻意收了声音，显得更加虚弱。他说话的声音也慢，回答的速度也慢。基金会那群人本来趾高气扬，但是和郑克己应对了几个回合之后，统统都软了态度。

侯小岑说，他们先去酒店稍作休整，明天在酒店会议室商谈。

这群人架子真大，谈点事情还要预订一间小会议室，怪不得这段时间基金会亏得这么厉害。我意思意思行了礼，推着郑克己先告辞了。

送郑克己回家的时候，他坐在车上，很是感慨地说了一句：“我突然觉得吧，你平时跟我讲话挺客气的，我平时对你讲话挺不客气的。”

“怎么样，今天我表现还不错吧？”

虽然我嘴上是这么说，但心里还是相当忐忑的。对上陈思淼的那一瞬间，其实我是害怕的。他看起来就不好惹，而且眼神太利，一眼就能将人看穿。

妄想在他的面前演戏，我真的是鼓足了精神。现在想想，我的胆都是疼的。

“你上次说的姓陈的秘书长就是他。他可是出了名的铁面，基金会上下有人怕他也是理所应当的。你怀疑他吗？”郑克己问我。

被郑克己一问，我倒是有些迷惑了。我将车开到他家楼下时，我才想好了答案。我对郑克己说：“宁可杀错一百，也不放过任何一个可能性，斩草是一定要除根的。”

他听完之后，点了点头：“行啊，看样子以后还真要手把手教你该怎么去处理基金会的事情了。”

第二天，我和郑克己到场，宋伊汶和他的律师随后也来了。他的律师年纪在三十岁左右，是一名华裔。据宋伊汶介绍，这是他们家族酒店法务部的领军人。

基金会那边来得最早的是侯小岑。他一个人忙前忙后，嘱咐会议室的员工用哪种茶叶泡茶，还要去忙着给那些大佬安排座位。我在一边看着他，心里还是有些愧疚的。早知道他这么可怜，我那天去基金会的时候就对他态度好点了。

秘书长们依旧是架子很大，足足让我们等够了一个小时才终于来齐。他们个个都有理由，不是说没睡好，就是年纪大了起不了早床。等他们说开始之后，我也磨磨蹭蹭挨了十几分钟才拿出东西。陈思淼看着我，说：“你这又是发什么脾气？”

“我没有啊。我可能在等您几位的这几个小时里把脑子给丢了，刚刚花了十几分钟找回来。您几位大人有大量，别跟我介意。”

说完之后，我从包里掏出文件，重重地扔到了桌子上。

那一声“啪”的巨响，震得桌面上几个人都向我投来目光。侯小岑连忙走到我身边来拿了文件去分发，生怕我再闹什么幺蛾子出来吓人。

会上，他们针对几个问题向我提出质疑：一是，为什么不跟基金会商量就随意投资项目；二是，我这种没经过组织审批的项目是否具有法律效应；三是，如果一定要违约，我需要承担什么责任。

陈思淼一直看着我，我虽然面上露出一副无所谓的态度，但其实我的右手偷偷握成了拳头，捏得死紧，连指甲都几乎嵌进了肉里。

疼痛缓解了我的忐忑，所以我依旧扮演那副自大又固执的嘴脸。基金会那边的律师数次提到了千万金额的赔偿想要来恐吓我，这会儿，我便要开始假装自己越来越底气不足了。

说真的，一对上陈思淼的眼神，我是真的底气不足，生怕被人看穿。

场上三位大状已经吵到了白热化阶段，我看着身边的郑克己有点体力不支，便申请休息。他们看到郑克己脸色惨白，也暂停了会议，说休息一两个小时再继续。

他们各自回房间休息，会议室留给了我们。郑克己那模样确实吓人，我劝他说："我要医生过来吧，你这样……我怕你身体撑不住。"

郑克己的嗓子有点嘶哑，他摆了摆手："他们就想让你自己私下和Evan协商解约，并且他们这边唯一想抓的点就是你的行动不具备有效性。但是Evan那边抓的点是你的行为有效，而且你有决策权。那笔钱拿不拿出来，全看你的意愿。你放心，Evan这边的律师很厉害，基金会那边的人拿他没办法。"

"我担心的是你，要不然你现在去休息吧，后面的事情我来顶着？"

"不行，我不放心。"郑克己说。

宋伊汶说："既然你们都不放心，我让舒迦陵叫了医生来。等下医疗小队会在外面守着，你只要有事，他们就会进来。"

"你什么时候联系上的迦陵？"郑克己很有些诧异。

"我叫绵绵联系的，以备不时之需。"

说完这句之后，宋伊汶压低了声音，只用我们三人才听得到的音量说："郑克己，等下你装晕。你只要听到我的杯子和桌面发出了碰撞的响声，你就晕。"

“啊？”郑克己一脸茫然地看着宋伊汶。

“照做就行，有什么责任我来担。”宋伊汶伸手拍了两下郑克己的肩膀，便走到一边去和律师谈事情了。

郑克己看着我，说：“你听懂了吗？”

我摇摇头：“我一般都听不懂，照做就行。”

郑克己很是鄙视地看了我一眼，说：“好吧，那我也听他的。”

休息了一个半个小时后，几个人重返会议室。如郑克己所说，他们重要攻击点就是我的行为属于无效行为。为此，他们都把宋老的遗嘱翻烂了，几乎是咬文嚼字断章取义地找有力条款。

但是宋伊汶的律师太厉害了，他的论点有理有据，基金会请来的律师节节败退，甚至连郑克己都忍不住点头。

因为实力悬殊，场面一度陷入了莫名的尴尬，基金会那边谁都没有吭声了。

这时，陈思淼突然发话：“那既然她的行为具有法律效应，那么她就应该为自己的行为负责吧？”接着，他将所有责任全部归到我的头上，违约赔偿金也是我需要缴纳，其余的资金也是需要上交的。他还说在我拿到遗产第一时间开始，所有的投资利润全部都该归基金会所有。

我直接听蒙了。

接着，他又提出了一个方案，说是要把信托基金的里的钱先拿一部分出来让基金会渡过难关，其余的事情再议。

他们真的是拼了命都要打这笔钱的主意，甚至等不到明年。我忍不住想，基金会只怕真的已经捉襟见肘了，要不然他们也不会如此穷凶极恶地要钱。

宋伊汶拿起了桌上的玻璃杯喝茶，放回桌面的时候，杯子和木质桌面发出了磕碰的响声。我本想侧过脑袋去看上一眼，但是这时我还是忍住了。

坐在我正对面的秘书长俞昊突然指着我的身侧喊了一声：“郑克己晕了，郑克己晕了，快！快送医院！”

我转过头，只见郑克己脑袋倒在一边。我突然想到那天他倒在了办公室里的场景，刹那间，我的眼泪就下来了。我一边哭一边喊："都是你们，都是你们非要在这个时候谈这些事情。你们都觉得我做得不对，那你们有本事把工程叫停啊，违约金可多呢！够赔死你们，那你们就开心了！"

医务人员冲进会议室，我被宋伊汶扶了起来，一阵混乱，每个人都不知该如何是好。会议再一次被中断。

我哭得不能自已，基金会那边也没法再跟我谈下去。秘书长俞昊叹了口气："散了散了，等郑律师醒过来我们再说吧。"

宋伊汶扶着我走出了会议室。他一路揽着我的肩膀，将我带到车内。

他抽了纸巾给我，我揉了揉眼睛。仰头看他的时候，我的眼里还带着朦胧的泪光，宋伊汶的眉目就像被那层泪光镶上了光芒。

这时，车窗玻璃被敲响。宋伊汶摇下车窗，他的律师对他比了个"OK"的手势。

"绵绵，你和郑克己都做得很好，他们上钩了。"宋伊汶又露出了那副胜券在握的表情。

郑克己的"病情"久不好转，基金会那边不能再等，只得先行回去。令我大感奇怪的是，陈思淼信誓旦旦要钱的势头突然转了弯，直到他走的时候，都没有提到半个"钱"字。

前后态度转变之大，真是让我有些措手不及。

我去找宋伊汶问个究竟。他最近很闲适，每天沉迷于做菜和儿童玩具无法自拔。他最近还学会了网购，除了买各种食材和烹饪书之外，就喜欢买乐高玩具。比如说现在，阿伯特在客厅拼乐高，宋伊汶在厨房烤比萨。

我站在厨房门口："现在基金会的人走了，我是不是可以认为我们渡过了难关？"

宋伊汶盯着烤箱，甚至都不屑向我投来一个目光。他说："这算什么难关，你觉得困难吗？"

"我……"被他这么一问，我不知道如何回答是好。说"觉得"显得太没用，说“不觉得”又太违心。不过我是真的觉得那是个难关，毕竟我还是提心吊胆了好一阵。

我想了想，最后回答：“我觉得是个难关，毕竟演戏挺累的。”

宋伊汶一笑，他看向我，说：“人每天都在演戏，累不累都要装。所以啊，要找共度余生的人，一定要找个不用在她面前演戏的。即使不演戏，两人还能互看顺眼，这才是真的难得。”说着，他走过来搭住了我的肩膀，低下头问我，“是吧，绵绵？”

“啊？嗯！”我点了点头。

被他这么一哄，我差点忘了我原本是要问什么了。他揽着我的肩膀往客厅走去，边走边说：“至于为什么陈思淼的态度变了，那是你的功劳。”

“我？”我有些不解，“我做了什么？”

“你提到了工程停止的违约金。”宋伊汶说。

“我提到了吗？”那天我说了太多的话，自己也记不得了。但是宋伊汶说我说了，我应该就是说了吧。

“郑克己装晕之后，你刚好提到了工程停止的违约金。我的律师在我们走后给几个秘书长递了名片，有心的人应该能顺藤摸瓜找上我爸爸那边的关系。我家那边现在关系还没到位，所以没办法叫停工程威胁我，毕竟只要工程一停，我每天都要亏钱。只要开始亏钱，家里人就好跟我谈条件了。而且如果我项目停止了，基金会就有由头向我索赔，那笔钱他们就可以借机拿出来了。”

听完这话，我觉得我的脑子有点不够用了。我在心里默默又把整个流程捋了一遍，终于弄明白了整件事情的经过。

“那你到底……准不准备开发酒店？”我问。

“开发酒店，本来就不是我想做的事情，但是我想做的事情资金流太大，我手头钱不够，所以我想赌一把。”

把酒店开到中国来，本来是他们家的战略计划。但是宋伊汶先了一步，并且打的还是子品牌的名义，等于独占鳌头。如果这个品牌被宋伊汶独立出去，对家族酒店也是不小的影响。所以公司正在努力维稳，许了宋伊汶董事会的席位和几个区域的经管权，想让品牌留在公司内。

但是宋伊汶不吃这招，他要的其实是和品牌价格相当的真金白银。但是这话不能直接说出去，于是宋伊汶就打了个太极。

假意不领家族公司的情面，先让这边项目开工，假装一心想要独立出去。等他们乱了阵脚的时候，宋伊汶再来开始真正的谈判。他完美地将两件事情合二为一，虽然说很麻烦，但是效果却出奇的好。

“你为什么要把事情搞得这么复杂？”我问。

“事情越简单越难办，你的想法暴露得越快，失败得越快。就是要让人猜不透，让他们把最坏的打算全部想完，你再把条件抛出去的时候，对方便觉得也还好了。因为有了心理预警，所以他们也知道该怎么跟你去谈。懂了吗？”

我点了点头，心里沉甸甸的。

每次跟他聊天，我总会有胜读十年书的感慨。这人心思缜密细腻，真是很难有人超越。而且最难得的是，他愿意手把手地教我，还让我放手去做。

这时厨房里传来“叮”的一声，想必是比萨烤好了。

听到动静，最先欢呼的是阿伯特。他扔下玩具跑向宋伊汶，拽着他往厨房去了。我跟在他们身后进了厨房。宋伊汶戴着手套取出了比萨，阿伯特像只小狗一样围着他转圈圈。空气里充斥着食物的香味，我站在这两兄弟身后，心里满溢着一种名为“幸福”的感觉。

自从和宋伊汶在一起之后，我便格外珍视我和他的每一分每一秒，这种细碎的幸福就像是星星的碎片，又罕见又珍贵。

回忆那么多，也许真正经过时间洗淘后，我能记得的还是那几帧画面。

清晨起床是他倒给我的温水。

凡尔赛镜厅里的华尔兹。

下雪天里围炉夜话。

星星帐篷里交握的双手。

还有充满食物香气的厨房。

……

即使前路再难，磨难再多，只要这些回忆藏在心里，我就能不惧苦难，勇往直前。

没过多久，果然如宋伊汶所料，工程出问题了。这次从瑞士来的不是托马斯先生了，是宋伊汶的二叔。

不知道为什么，宋伊汶的二叔Daniel（丹尼尔）跟宋伊汶的气质更像。两人同样不近人情，看起来冷冰冰的。而且他看向我的时候，带着审视的意味。那种从头到脚的考量，像是在对商品估价一般。

被那种不客气的眼神审视，我真想在自己的额头上贴几个字——我不值钱，你别看了。

我以相同的目光看了回去，丹尼尔倒是颇有些意外地挑了下眉毛。他也不自我介绍，我也懒得向他介绍。于是两人就这样保持着陌生人的距离感。

反正他们谈事情和我又没什么关系，我何必要那么礼貌。

等到丹尼尔从书房出来，我和阿伯特还在客厅里疯闹。阿伯特一回头，便撞上了自己的二叔。丹尼尔一手将阿伯特拎了起来，他抱着阿伯特说：“小家伙，你不打算和我一起回瑞士了吗？”

看起来，阿伯特有点害怕他二叔。这时，阿伯特一张小脸写满了惊恐，他扭过脑袋喊我的名字：“绵绵，绵绵。”

我走过去伸手，阿伯特想从丹尼尔的怀抱中挣脱出来。丹尼尔不松手，阿伯特吸了吸鼻子，看起来就要哭了。

这时，丹尼尔终于松了手让他着陆。阿伯特一踩到地面，第一件事便是跑到我的身后，用力抱住我，将脸贴在我的背上。

“绵绵？”丹尼尔看着我，一腔法文说得是迅速流畅，“这是你的中文名字？”我点头，丹尼尔看着我说：“阿伯特为了你，上次在圣诞节全家聚餐的时候跟我吵了一架。”这时，阿伯特探出脑袋，对自己的二叔做了个鬼脸，但是丹尼尔眸光扫过来的时候，阿伯特又把脑袋缩了回去。

“虽然我妥协了，但是我仍旧要说，你对Evan的事业没有任何帮助。”丹尼尔对我说道。

“叔叔，你这话就说错了。”宋伊汶不知何时走了出来，他看着丹尼尔，说，“绵绵不论在生活上还是在工作上，都对我有莫大的帮助。而且你不能因为你的婚姻为你带来了利益，就用这个标准去衡量每一个人的婚姻。而且我也不需要你来认可我和她之间的感情，你只要接受绵绵即将成为我们家的成员就可以了。”

其实这话我同样也能说，但是我说出口就是没有宋伊汶说出口的效果好。因为宋伊汶是阿姆莱德家的人，他对待我的态度，直接影响他的家人对我的态度。他对我的爱护坚不可摧，他的家人自然也不会轻视我。

上次是，这次也一样。我偷偷伸手，宋伊汶察觉了我的小动作，他牵住了我的右手。

丹尼尔点头，脸上仍旧带着不认同的神色：“反正我只是来谈公事的，家事留到复活节再说。”

他话音刚落，阿伯特突然小声问了一句：“那是不是意味着我在复活节可以当Ring Bearer？”

Ring Bearer是花童的意思。在西方的婚礼上，女孩儿负责拿花，男孩儿负责送戒指。

听到这话，丹尼尔哭笑不得，他甚至都不知道该怎么接话了。

一场本该严肃的对话被阿伯特的童言击溃。我突然发现宋伊汶他们家挺有趣的，虽然在生意场上你争我夺各自立场明确，但是回归家庭的时候，又变得柔软起来。虽然阿伯特生性顽劣，但是也没人真的对他发过火。每位家长依旧把他宠得不像话。

见丹尼尔不说话，阿伯特忙追问一句：“叔叔，难道你说的不是这个意思吗，是我理解错了？”

有时候阿伯特那人小鬼大的聪慧让我都琢磨不透，我不知道这是他的童言无忌还是有心为之。

丹尼尔被逼到不知道该如何是好，这时，宋伊汶说：“复活节可能不行，时间太紧。但是等到烟火大会说不定还是可以的。”

明明这一次商谈是关于公司品牌的买卖交易，他们花了一上午时间在谈这件事情。但是在离开前，却用了十分钟不到决定了我的事情。而且宋伊汶还说：“叔叔，如果你答应我一件事情，那我们一切都好说。”

“什么？”丹尼尔问。

“烟火大会的那两天，把阿姆莱德酒店的宴会厅空出来，我要举办婚礼。”

话音落下，我和丹尼尔倒是愣住了。我也没听说，他也觉得愕然。

阿伯特很开心，转身就松开了我直奔宋伊汶的怀抱。他顺着宋伊汶的腿往上爬，宋伊汶也由着他，还将他抱了起来，说：“做人最基本的原则就是，永远不要对小朋友失信，不是吗？”

宋伊汶和丹尼尔谈妥协议。宋伊汶就三个要求：一是他不要董事会的席位和经管权，他只要股份和钱；二是他要阿姆莱德酒店空出八号和九号两天的宴会厅；三是他要丹尼尔出面，让傅司真坐镇新公司。

这三件事都不算难，丹尼尔一口应了下来。

丹尼尔问宋伊汶：“你不想继续在公司发展了吗？”

宋伊汶说：“你们饶了我吧，我给你们打了五六年工，所有亚洲的工程都是我在负责。现在我的剩余价值榨干了，你们也该放我自由了吧？”

丹尼尔笑笑，没说话。

我在一边漫不经心地听着，这时宋伊汶突然话锋一转，他对丹尼尔说：“既然我们的协议达成了，那你再无偿卖给我一个消息吧？”

“那要看什么消息了。”丹尼尔说。

“你在这边找的谁的关系叫停我的工程，我懒得去查了，你直接说吧。反正都是家里人，有什么不好说的呢？”宋伊汶说。

一听是这个，丹尼尔的神色松懈了下来。他报出了几个中文名，他的发音有点不准，但我依旧听清楚了。其中一个是陈思淼，还有一个是曾经被傅司泉引荐的黄先生，另外一个我没有听说过他的名字。

等到丹尼尔走后，我直接将名字报给了郑克己。他在电话那边失笑：“俛仰，自从你说了陈思淼之后我去查了一下，他几个账户名下有大量资金吞吐，好像是因为之前投资失败，所以亏了不少。而且他的钱都是从基金会的项目中挪出来的，所以最近基金会的项目严重亏损。”

“那刘总监呢？”我又问。

“逃不了干系。如果不是他把控项目，陈思淼不可能那么顺利拿到钱，是一伙的。”郑克己说。

“郑克己，你还记得那天酒会的事情吗？我听过陈思淼的声音，他不是其中之一。”我说。

“你的意思是，后面还有人我们没有揪出来？”

“既然到了这一步，只能先放倒能看到的，以儆效尤。后面的事情，再做打算吧。”

我们没有选择，只有这一条路可以走。

郑克己说：“那先这样吧。我去准备资料上诉。这次不让他们进去，也得让他们从基金会滚出去。”

“郑克己，医生嘱咐过要你少动怒。”我在电话这边嘱咐了一句。

“又不能生气，又不能开心。三四年了，我好不容易揪出了几个人，现在居然连半分情绪都不能发泄，简直病得不是时候。”他无奈道。

我有些想笑，但也不知道该说什么好。我们又说了点别的之后，便挂了电话。郑克己说后面的事情他来处理，等到基金会那边风波平定了，他再跟我谈遗产的事情。我点了点头，心里的一块大石终于落地。

算起来，这件事情落到我的头上，整整一年零三个月。从我答应宋老开始，我就像背着一个沉重的包袱在黑夜里行走。我不怕黑，但是我怕有人惦记我的包袱。毕竟匹夫无罪，怀璧其罪。

虽然事情完结，但我也没有想象中的痛快。我站在阳台上吹了半天冷风，怎么都平静不下来。

这时宋伊汶走了过来，他伸手搭上了我的肩膀，说：“又不高兴？”

听到这话，我居然忍不住笑了。我侧过头看他：“你有没有发现，你跟我说得最多的一句话，就是说我不高兴。”

“你总把情绪写在脸上，让人一看就懂。”宋伊汶说，“不过这样也好，我不用猜。”

我对他说：“我只是觉得，这件事情虽然告一段落了，但没有将人一网打尽，总是不甘心。”

“一网打尽？”宋伊汶有些好笑地看着我，“事情是永远做不完的。此消，彼会长。有利益的地方，自然就有麻烦。没有任何一件事可以一劳永逸，工作不行，爱情不行，过日子也不行。人只要活着，每天都在找麻烦。你啊，慢慢适应吧。”

他揉了揉我的头发，转身又进了屋子。进屋之前，宋伊汶对我说：“哦，对了，你还有件事情要烦。”

“什么？”我问。

“你找个你家人的空闲时间，我要上门拜访。”

他话音落下，我的心跳突然开始加速。刚刚的烦闷被现下的羞恼取代。我立刻追了进去喊住宋伊汶：“你怎么总这样啊，不跟我商量一下，自己就做了决定。”

“商量？”宋伊汶看着我，忽而又转头看向了阿伯特。他对阿伯特说：“我们下周末去绵绵家里玩好不好，你想不想去？”

阿伯特本来坐在沙发上看动画，听到这话，突然就跳了起来。他像个小炮弹一个栽到了我的怀里，很是兴奋地握着我的手说：“真的吗，绵绵？我可以去你家玩吗？”

看着阿伯特那张兴奋的小脸，我一句话都说不出来了。

宋伊汶抱着双臂，目光里满是调侃，他对我说：“刚才我是在跟你商量，现在才是没跟你商量自己就做了决定。你看，这还是有区别的吧？”

玩手段我玩不过宋伊汶，抠字眼我也比不过这个外国人。我学乖了，以后在他面前绝不逞强，反正不管怎么来，我都是落得一个“输”字。

周末的时候，宋伊汶带着阿伯特如约上门。阿伯特实在是长得太讨喜了，他一进我家大门，我妈妈就开始拼命给他找玩具塞吃的。

我爸还算镇定，只不过看到家里多出两个外国人有些不自在。即使我早就跟他们说宋伊汶中文说得特别好，我爸一开口，还是忍不住说了句“Hello”。

好在宋伊汶收敛起态度的时候还是特别有亲和力的，没过一会儿，家里紧绷的气氛缓和下来。

吃饭的时候，我妈还担心阿伯特吃不惯，特地做了两个西式菜肴。哪知阿伯特特别习惯，他人虽然小，但是饭量却很喜人，我妈全程喜笑颜开。

吃完之后，宋伊汶卸下袖扣，卷起袖子帮我一起收拾餐具。趁着宋伊汶不注意的时候，我妈问我：“他还洗碗？这种看起来就不会下厨房的人真的会洗碗吗？”

我看着我妈：“他不仅会洗碗，他还会做菜。而且他做的菜比我做的还好吃。”

宋伊汶不太喜欢我下厨做饭，也不怎么让我洗碗。他不是因为宠我才不让我做这些事，而是因为我每次做完饭后厨房很脏，他看不过眼。而且我每次洗碗的时候水池都像炸过一样，他实在是忍不了。所以这人干脆把我扔了出去，自己打扫。

我浇花他看不惯，我拖地他也看不惯。他唯一觉得我能做好的事情就是熨烫衣服。我能发挥余热的地方，就是收衣服熨衣服叠衣服了。

这真不怪我不做事，是宋伊汶要求高，觉得我什么都做不好。

我和我妈正说着话，宋伊汶已经开始在厨房洗碗了。他洗完之后站在我家厨房皱了半天眉头，我妈打发我过去问问是什么情况。我一走近，就看到他有些犯难的脸色：“这个油烟机，我实在看不下去了。”在他准备动手拆我家抽油烟机之前，我把他轰出了厨房，让他去陪阿伯特了。

等我泡好茶后，大家终于坐了下来，宋伊汶开始和我父母谈我的事情。

其实也没什么好谈的。宋伊汶不喜欢多说话，所以他将自己的资产公正翻译了一份，这会儿直接把东西都放到了桌面上给我父母看。而且我爸问他为什么中文那么好的时候，这人脸不红心不跳地说了句假话：“哦，我为了绵绵学了一年多的中文。”

听到这话，我差点一口水呛死。他这中文学了二十多年了，还说什么是特地为了我学了一年，一年能讲这么好吗?

而且他告诉了我的父母，他是宋老的外孙。听到这句，我爸了然地点了点头，眼里的疑惑，也消散了大半。

大家的话题进展很快，不过一会儿，就说到婚礼的事情。我妈忍不住问：“我们需要准备什么吗？”

宋伊汶看着我：“你需要准备什么？”

“你要我准备什么？”我问。

“我除了你，什么都不缺啊。”他的回答非常果断。

听到这话，我忍不住脸红，伸手在他的胳膊上轻轻捶了一下。这可是在我父母面前，他居然能如此大胆地说出这样的话。

我的父母忍不住笑了。

其实父母哪会真正妨碍儿女的感情。如果足够相爱，即使是死亡也无法将恋人隔开。

他们又聊了一阵，我在旁边听着。宋伊汶明明早就确定了婚礼时间，却在婉转的话语中，引导我的父母将婚期定在八月，而且宋伊汶还说：“我觉得八月八号不错，而且日内瓦也有烟火大会，您二位也可以去度假。”

我父母可高兴了，他们觉得宋伊汶很尊重他们的想法，还觉得婚期其实是他们定的日子。殊不知这人明里暗里推波助澜，把一切事情都推上了他掌控的轨道。

而且我明知他的阴谋诡计，还没办法戳穿。最后我只能偷偷叹气，暗自腹诽，这人真是太有心机。败给他，我心服口服。

三月，我再次来到日内瓦。

宋伊汶将公司转手后，带资金带车手直接进驻了某F1著名车队。我那时候才明白过来，原来他几年的等待，就是为了将自己的爱好做成事业。而且，他成功了。

好在三月份F1大奖赛还没开始，四月份的时候宋伊汶便有得忙了。所以三月伊始，他就催促我动身来瑞士。

虽然他们家在日内瓦也有房子，但宋伊汶的家人大多数时间都住在莫尔日。莫尔日夹在日内瓦和洛桑之间，是个小镇。同莫尔日隔湖相望的，是法国小镇依云，就是那个著名矿泉水依云的产地。

我这才明白，为什么宋老有间屋子会在莫尔日，原来他有时候回来这边度假，顺便见见自己的女儿。

宋伊汶名义上说着回来度假，实际上却带着我和他的家人见了个遍。分开来见的时候我倒觉得没什么，直到晚上聚餐的时候，我这才知道，阿姆莱德家确实人员众多。

除了阿姆莱德家的人，宋伊汶的外婆西莉亚也赶到了。陪着西莉亚一起来的还有亨利和他的妈妈。亨利一看到我就大吐苦水："我是请假赶来看你的，你知道我飞了多少个小时吗？"

这时我才知道，亨利还在美国读书，之前他一直是休学帮宋伊汶处理业务的。不过宋伊汶也没亏待他，他赚了很大一笔。

亨利偷偷告诉我，这样大型的家庭聚餐，连艾薇都没有参加过。

晚餐的时候，宋伊汶特地换上了我为他制作的衬衣。这人得意异常，逢人便问："你看我的衣服好吗，绵绵做给我的。"

他脸上的骄傲简直不言而喻，我都要被他那副小孩模样给逗笑了。

席上，宋伊汶的家人为了照顾我，特地放慢了说话的语速，并且尽量使用简单的语言和我交谈。我备感温暖，心里充满了感激。

饭后，他的家人三三两两散去。宋伊汶的母亲忙着操持家务，我本想帮忙，却被她支开："莫尔日你还没来过吧，要Evan带你去湖边看看，这里的风景比日内瓦更美。”

宋伊汶不知何时走来，他牵过我的手说：“好啊，那我就带绵绵出去走走。”

我被他带出门外，心里还有些犹疑：“就这样离开会不会不太好？”

“有什么不好，反正以后你有得忙，也不差这一次。”

我不知该如何接话，索性闭了嘴。

我们走出住宅区，沿着小路往码头走去。夜里的水面上印着月光，风有些大，将粼粼的波光割裂开来。路边不知从何处散发着鲜花的幽香，头顶的星芒偷偷发亮，远处的灯光自顾自璀璨。

这样的夜景，实在美丽。

“绵绵。”宋伊汶突然叫住我。

我应了一声，侧过脑袋去看他。宋伊汶表情认真，他对我说：“你还记得我曾经说过的一句话吗？我说我从来不会感觉到孤独。”

“记得。”我点头。

宋伊汶说：“但是我发现，这句话我说得太早了。”

看着他俊美的脸庞，我依旧不解其意。我看着他，不发一言。

“我刚刚察觉，我是爱上你之后，才明白什么是孤独。”

我的心跳剧增，一时间我想起我们不算初见的“初见”。他在飞机上举着那本绿色封皮的《情人》问我，那句孤独该作何解。

原来在那个时候，他就已经向我表白心声，只是我没听懂而已。

我的左手掩着嘴，眼泪大颗大颗地滚落下来。这个时候我本该高兴的，但是因为太高兴了，我忍不住哭着投入了他的怀抱。

“Evan，我爱你。”我带着哭腔，哽咽着表白。

“嗯，我知道。”

我在他的怀里，听到了同样的心跳。那样的频率，好像在说着三个字——

我爱你。

Amore è gioia.（爱是喜悦）

Amore è gelosia.（爱是妒忌）

Amore è soffrire.（爱是经受）

Amore è tenerezza.（爱是温柔）

Amore è calore.（爱是热度）

Amore è nostalgia.（爱是怀旧）

Amore sei tu.（爱是你）

（全文完）

后记

一颗最酷的星星

文｜柒柒若

沈熊猫的英文名是叫Stella。

在意大利语里，是星星的意思。

她对于我而言，就像是夜空中，一颗最酷的星星。

我们因工作结缘。那会儿，我其实还只看过沈熊猫写的一个稿子，但我觉得她有才，有潜力，将来一定会成为一颗耀眼的星星。

事实证明，她不仅很有潜力，还很有灵性。

写故事这件事，有时候光勤奋是不够的，它还需要作者有大量的阅读体验，有丰富的见识，以及写故事时独特的悟性。

这些东西，沈熊猫身上都有。

后来，我们渐渐成为了朋友。

我想，除去气场合适，更多的则是我们相互欣赏。

在我还不够了解沈熊猫的时候，我其他的朋友就已经很关注她了。透过她们，我所了解到的沈熊猫，是话不多，性格很酷，生活在上流社会的沈小姐。偶尔我也会翻翻她的微博，的确言辞冷酷，个性分明，非常有自己的想法。

只是后来，在我面前的她，却有着另外一番模样。

她主动热情。

她轻柔温暖。

她会隔三岔五地将她看到的听到的有趣的人或事分享给我；她也会在难过的时候委屈巴巴地跟我倒会儿苦水；她还会时不时出其不意地给我准备节日惊喜和生日惊喜。

记得我们第一次见面，是在那年长沙冬天最冷的一天。

当时新闻里说，这种天气能出门相约见面的，都算是生死之交。

于是一不小心，我们的初次见面，就让我们的关系迅速升温到“生死之交”。

沈熊猫给我的第一印象，的确是酷。

她很高，又很瘦，腿还长。整个人的气质跟国际名模刘雯神似。

不仅如此，见面后，她的话也变少了很多。好在我话多，倒也不怕冷场。而在我絮絮叨叨的时候，从她脸上的表情能够分辨出，她听得倒是很愉悦。而且她总是十分体贴地在喊我注意过往的车，脚下的路。

那个时候，我就知道，她的温暖，并不是慷慨赠予每一个人的。

稀少却很宝贵。

我很庆幸，我感受到了。

看到熊猫出版新书，我很高兴，虽然也有点遗憾。

新书标题《喜欢你是你》，简单直白，又纯粹。

我曾经问过沈熊猫，她是否相信一见钟情，她回答：“一眼定终生。”也问过她在一段感情里，男女主角之间的年龄差多大岁数是她能够接受的，她回答：“上下五千年。”

答案有点夸张。

但这样的回答从她的嘴里说出来，又似乎合情合理。

毕竟，正如她所说：“遇见你，我不得不相信‘缘分’这种虚无缥缈的东西了。”

沈熊猫的爱情观很纯粹。

她笔下的故事，也很纯粹。

当宋伊汶举起周绵绵的手对她说：“我跟自己打了个赌。如果我遇到了两年前让我怦然心动的那个人，我会放下一切带她走。而今天，我遇到了。”

我在心里发出了一声感叹。

Stella。

这颗星星一定会照亮夜空。

以她独特的姿态，划破天际，成为夜空中最酷的一颗星星。

对此，我从未怀疑。

2017.08.31